IP转化与系列片
影视改编、想象世界与系列角色

IP Transformation and Franchise: A Study of Film Adaptation, Imaginary Worlds and Serial Characters

梁君健 著

清华大学出版社
北京

版权所有，侵权必究。举报：010-62782989，beiqinquan@tup.tsinghua.edu.cn。

图书在版编目（CIP）数据

IP转化与系列片：影视改编、想象世界与系列角色 / 梁君健著. —北京：清华大学出版社，2024.4

ISBN 978-7-302-65900-6

Ⅰ.①I… Ⅱ.①梁… Ⅲ.①电影改编—研究②电视剧—改编—研究 Ⅳ.①I053.5

中国国家版本馆 CIP 数据核字 (2024) 第 067694 号

责任编辑：纪海虹
封面设计：常雪影
责任校对：王荣静
责任印制：丛怀宇

出版发行：清华大学出版社
    网　　址：https://www.tup.com.cn，https://www.wqxuetang.com
    地　　址：北京清华大学学研大厦 A 座　　邮　　编：100084
    社 总 机：010-83470000　　邮　　购：010-62786544
    投稿与读者服务：010-62776969，c-service@tup.tsinghua.edu.cn
    质量反馈：010-62772015，zhiliang@tup.tsinghua.edu.cn
印 装 者：北京联兴盛业印刷股份有限公司
经　　销：全国新华书店
开　　本：165mm×238mm　　印　张：12.25　　字　数：188 千字
版　　次：2024 年 4 月第 1 版　　印　次：2024 年 4 月第 1 次印刷
定　　价：78.00 元

产品编号：102615-01

课题组名单

梁君健(清华大学)

鲁昱晖(清华大学)

尹鸿(清华大学)

苏筱(清华大学)

段鹏飞(清华大学)

张梓轩(北京交通大学)

杨慧(首都师范大学)

北京市社会科学基金项目

项目编号：16YTC034

项目名称：IP转化与中国电影的系列化策略研究

前言

"IP 转化"与"系列化"创作是影视领域的重要现象。两者的不同之处在于,"IP 转化"考虑的是不同媒介形态之间的横向迁移关系,而"系列化"更多地体现了一个影视剧品牌的纵向发展过程。随着媒体融合以及文化产业的蓬勃发展,"IP 转化"成为炙手可热的影视改编途径,体现了鲜明的时代风格。"系列化"创作则是对影视剧自身品牌的延续,追求的是类型化创作与品牌化营销之间的集合。本书聚焦 IP 转化和系列化创作的文本特征和创作特点,旨在厘清 IP 转化与系列片涉及的三组关系,即影视作品与现实生活、其他艺术形态以及作品本身之间的关系。

第一,影视作品与现实生活的关系。其内涵既包括真实改编中题材的现实来源,也涵盖虚构系列故事通过艺术的方式重复地触及和释放现实生活中的集体焦虑。关于这组关系的讨论,其目的在于揭示 IP 转化和系列片的社会文化价值,探讨它们如何成为当代大众获得价值确认和精神共鸣的方式,并成功延续自身。第二,影视作品与其他艺术形态的关系。这组关系较为清晰地体现了 IP 转化肩负的任务,即跨媒介叙事的艺术任务和跨领域整合的产业任务。随着移动互联网时代媒介融合的日益发展,包括影视作品在内的绝大多数文艺类型的影响力都得到了增强。围绕同一 IP 的不同形态文化产品能够在互联网的土壤中形成市场合力,产生持久的影响力。第三,影视作品与它们自身的关系。这组关系是对影视作品内部加以审视,考察同一 IP 或系列之下的不同作品之间的相似与差异。具体而言,需要回答两个层面的问题:一是什么特质让一个系列区别于其他作品，为观众营造一个熟悉的、可以反复进入的叙事文本；二是应如何控制系列片内部的差异和创新的程度，才能使其适应处于变化之中的观众口味与文化语境。今天，IP 转化和系列片在产业和艺术领域占有重要地位，正是缘于对以上三组关系的思考与叩问：从产业层面来说，这类影视作品体现出了融合时代与文化产业发展的内在要求；从创作层面来说，这类影视作品展示出了类型化和系列化的艺术规律；从社会层面来说，这类影视作品成为人们通过消费和娱乐来获取价值观与共鸣感的途径之一。

除第一章"导论"之外，本书共分为四个部分。其一，第二章"IP 转化的产业基础"重点关注与 IP 转化相关的产业规律，对影视产业的基本特征加以分析，梳理了改革开放以来中国影视行业的产业观念的变迁过程，为理解 IP 转化提供了外部经济基础。第一节"版权经济与体验产品：影视产业的基本特征"，从体验性产品、版权经济两个方面对于与 IP 转化相关的影视产业的基本特征进行了分析，并指出版权已成为影视和文化产业的基础，为 IP 转化提供了法律保障和经济动力；第二节"追寻'大片'：当代中国影视的商业观念"，从产业改革之前的大片观念、中国式大片的出现与反思两个方面出发，围绕"大片"这一具有中国文化语境特点的关键词展开分析；第三节"从拼盘式大片到 IP 转化热潮"，从电影产业的新挑战、知识产权与系列片及特许权经营、我国影视业的 IP 转化与产业发展三个层次分析 IP 转化的法律和产业基础，对于中国当代IP 转化兴起的内在动因与文化特征进行探讨。"拼盘式大片"主导了产业改革头十年的市场观念和实践策略，但随着产业内部对于市场和创作规律、观众需求的深入把握，以及互联网作为新力量进入影视行业的投资、制作和发行流程，在接下来的十年里 IP 转化作为市场策略催生了一批重要的作品与产品。

其二，第三章、第四章、第五章基于真实改编、遗产改编和网络改编三个类型，从不同的 IP 来源进一步探讨影视改编的创作规律。第三章"真实改编：从现实故事到好莱坞主流电影"，将 21 世纪获得奥斯卡主要奖项提名的 108 部真实改编电影作为案例，围绕其艺术成就、类型特征开展画像研究。第一节"21 世纪奥斯卡提名影片中的真实改编电影"，结合大量数据统计图表，对影片提名情况、真实改编电影的题材选择、真实改编电影的市场表现、真实改编电影的主流创作者进行分析；第二节"真实改编电影的真实观"，从创作方式的层面将真实改编电影分为基本忠实真人真事的故事再现和根据真人真事进行较大虚构的两大偏向；第三节"真实改编电影的价值观"则聚焦于社会主流价值的表达、人性思考与人文精神、时代寓言与意识形态，提炼出此类作品的固定主题。

第四章"遗产改编：从文学遗产到当代神话"，围绕中国传统小说《封神演义》的影视改编展开基于史料和文本的历时性研究，对当下成熟的改编作品展开神话—原型分析，探讨如何在影视领域创造性地转化与继承传统文化资源、促进影视产业结构的优化、加强影视文化的当代性与竞争力等问题。第一节"民俗电影"，梳理了20世纪30年代到70年代粤剧电影对封神故事的搬演、香港故事片的神话杂糅、电影本土化的变迁过程；第二节"遗产电影"，对80年代遗产影视剧和古装影视剧的改编模式进行剖析；第三节"当代神话"，对90年代以后传统幻想文学中的原型与母题、当代神话与传统故事的重新讲述进行论述；第四节"传统幻想文学的当代转化之路"，指出传统幻想文学的成功改编，创造性地解决了我国影视行业如何在走向全球文化市场的过程中有机地继承中华民族特有的美学价值、人生价值和历史资源的问题。

第五章"网络改编：互联网与中国的IP剧"，基于2015—2019年以来热播的IP电视剧的统计与画像分析，探讨互联网为电视剧领域带来的革新，以及IP网剧在这五年间呈现出的创作和产业趋势。第一节"互联网与电视剧的IP化浪潮"，对"IP"概念与2015年以来的网络热播IP剧的文本特征和生产情况进行了概述；第二节"IP电视剧的产业与艺术特征"，明确提出IP剧在形态风格方面的特征、IP剧在产业方面的特征和趋势是当前亟待解决的两个问题；第三节"热播网剧中IP改编的形态画像"对2015—2019年五年间IP改编的网络热播电视剧进行统计，整理了其题材分布、叙事特征以及从格式化到多元化的变化趋势；第四节"热播网剧中IP改编的产业特征"，围绕IP原著来源、热门作者、制作主体等要素展开分析，描述IP电视剧的对于产业资源使用的集中度和观众反响。

其三，第六章、第七章讨论的是系列片在世界观架构方面的创作规律，探讨了想象世界的构成元素，以及在西方魔幻片和中国仙侠剧这两个迥异类型中的体现。第六章"系列片的想象世界研究"重点探讨了系列片的世界观创作特征。第一节"想象世界的基本内涵",从哲学和认知科学中的"可能世界"、文学和艺术中的"想象世界"、系列片中想象世界的核心特征三个层面,阐明想象世界的最核心特征在于对一般性的叙事需求和叙事规则的超越;第二节"想象世界的艺术与商业价值",总结了想象世界具有为电影行业提供核心品牌资源、促进虚拟现实等视听技术的进步、促进媒介融合和产业升级的三重功用;第三节"系列片想象世界的创作规律",在既有叙事研究的强假定性和弱假定性两个类别的基础上,提炼出系列片中想象世界的四个核心构成要素:神奇时空、社会文化、超级能力、神奇生物。

第七章"幻想题材系列片的世界观建构"以中西方的幻想题材影视剧为案例,分析想象世界的创作特征和基本规律。第一节"西方魔幻片中的想象世界",从摹仿世界的组装与表征、社会关系的形塑与彰显两个层面对现象与情感之真加以考察;第二节"我国仙侠题材影视剧中的想象世界",以《古剑奇谭》《花千骨》《诛仙·青云志》与《三生三世十里桃花》为例,探讨仙侠网络IP剧的想象世界创作的三个核心要素"时空规则、社会文化和超级能力",指出想象世界的创作问题与仙侠IP的升级策略。一是神奇时空普遍缺乏"访问者"这一角色要素;二是仙侠类网络文艺的社会文化要素,需要在提供叙事动机、核心矛盾的基础上,迈出非黑即白的简单框架;三是应当具有更多的文化表意和价值观陈述的功能。

其四,第八章、第九章和第十章集中关注系列化的角色以及由角色驱动的类型叙事,以人物塑造研究为路径,探讨系列片的社会文化指涉和功能。第八章"系列片的人物塑造研究",第一节"系列角色的叙事功能与符号功能",叙述了叙事文本中的角色和人物塑造的研究方法,即角色的叙事功能和表意功能;第二节"静态角色与外部世界的相遇"和第三节"动态角色与个体内在世界的揭示"分别论述两个主要的系列角色类别,即静态角色和动态角色的塑造规律。

第九章"超级英雄:系列角色的意义指涉",结合超级英雄电影的核心文本,阐述分析这一类型角色的能力、身份、情感三条轴线及其主导下的常见桥段和叙事功能。第一节"超级英雄的语义轴线",论述了超级英雄的能力轴线、身份轴线、情感轴线及其对应的情节桥段;第二节"超级英雄电影的符号功能和价值陈述",指明由于"不受控制的绝对权力"带来的焦虑,超级英雄电影成为表达和释放这种焦虑的重要文化手段；第三节"超级英雄电影的创作启示"，结合中国的西游题材作品、武侠片中英雄角色的塑造，指出国产电影还须注重能力、身份和情感这三条轴线对于角色的塑造与社会文化表意功能，不断提升艺术水准。

第十章"反英雄：香港警匪片的系列化角色"，以《窃听风云》三部曲为例，探讨港产警匪片的类型化策略在21世纪的表现，探讨系列片与社会文化背景之间的丰富关联。第一节"类型策略与港产警匪片"梳理了港产警匪片的系列化的演进过程；第二节"反英雄：归来、复仇与自我毁灭"，揭示了在全球剧烈变动的金融新环境中，人物设定及其行动的选择的新变化；第三节"空间隐喻：城市暗角和作为故土的乡村"和第四节"时间与记忆"，集中阐述了城乡物理空间的差异隐喻的价值观的二元对立以及对时间的征用和处理；第五节"文化语境、类型更新与系列化策略"，指出80年代以来中国香港人在"在地／全球"的二元关系中对于传统与现代的文化焦虑，并尝试通过警匪片中行动者在二元困境中的抉择，为现实的社会问题提供解决方案。

总体而言，近年来IP转化和系列化的影视作品收获了不俗的口碑，《复仇者联盟》《星球大战》《速度与激情》等作品屡创票房新高，体现了IP转化与互联网之间的正向震荡，推动了文化产业的高质量发展。关于IP转化与系列片中的想象世界和系列角色的考察，无疑有助于我们理解电影艺术的文化内涵与类型化特征，为中国电影行业的发展提供宝贵经验与参照坐标，从而推动国产电影在世界范围内的文化传播。

目 录

第一章　导论　1

第二章　IP 转化的产业基础　6
  第一节　版权经济与体验产品：影视产业的基本特征　7
  第二节　追寻"大片"：当代中国影视的商业观念　10
  第三节　从拼盘式大片到 IP 转化热潮　18

第三章　真实改编：从现实故事到好莱坞主流电影　26
  第一节　21 世纪奥斯卡提名影片中的真实改编电影　27
  第二节　真实改编电影的真实观　43
  第三节　真实改编电影的价值观　49

第四章　遗产改编：从文学遗产到当代神话　55
  第一节　民俗电影　56
  第二节　遗产电影　61
  第三节　当代神话　65
  第四节　传统幻想文学的当代转化之路　68

第五章　网络改编：互联网与中国的 IP 剧　70
  第一节　互联网与电视剧的 IP 化浪潮　70
  第二节　IP 电视剧的产业与艺术特征　72
  第三节　热播网剧中 IP 改编的形态画像　74
  第四节　热播网剧中 IP 改编的产业特征　79

第六章　系列片的想象世界研究　　85

第一节　想象世界的基本内涵　　86

第二节　想象世界的艺术与商业价值　　90

第三节　系列片想象世界的创作规律　　94

第七章　幻想题材系列片的世界观建构　　103

第一节　西方魔幻片中的想象世界　　104

第二节　我国仙侠题材影视剧中的想象世界　　114

第八章　系列片的人物塑造研究　　123

第一节　系列角色的叙事功能与符号功能　　124

第二节　静态角色与外部世界的相遇　　129

第三节　动态角色与个体内在世界的揭示　　134

第九章　超级英雄：系列角色的意义指涉　　139

第一节　超级英雄的语义轴线　　141

第二节　超级英雄电影的符号功能和价值陈述　　145

第三节　超级英雄电影的创作启示　　150

第十章　反英雄：中国香港警匪片的系列化角色　　152

第一节　类型策略与港产警匪片　　153

第二节　反英雄：归来、复仇与自我毁灭　　156

第三节　空间隐喻：城市暗角和作为故土的乡村　　163

第四节　时间与记忆　　166

第五节　文化语境、类型更新与系列化策略　　169

参考文献　　173

后记　　181

第一章 导　　论

本书关注影视领域的改编、系列化和 IP 转化现象。对于出生在改革开放后的我来说，IP 改编和系列片是个人观影经验中的重要部分。儿时看的电视节目，除了"新闻联播"，就是四大名著改编的电视剧。因为对于看管着电视的大人们来说，大多数的时候看电视都是无助于学业的娱乐，但四大名著电视剧仿佛有那么一点和学习沾边的影子——尽管还是电视改编的，毕竟是经典文学作品。高中的时候到同学家里看租来的光盘，最常看的是"古惑仔"系列和"黄飞鸿"系列，这些身手不凡、忠于兄弟的角色，是热血青春的最好载体。进大学后看的第一部电影是周星驰的《大话西游》，那几段脍炙人口的台词在我们这代大学生口中被反复传诵，不断品味齐天大圣和紫霞仙子之间的意难平。当时听到一个说法，最后那场表白戏的城楼是在离北京不远的鸡鸣驿拍摄的，大学期间还和同学们专门坐绿皮火车去鸡鸣驿玩耍了两日。上大学之后也接触了越来越多的欧美影视剧，并且，随着中国电影产业改革和互联网的兴起，我们已经越来越能够和世界其他地方的观众同步欣赏这些商业大制作。后来从事影视方面的研究，就更加关注改编和系列化的现象了。虽然大多数"严肃"的学术文献对此类影视作品往往一笔带过，但每当一个系列有新作品出现时，它给我带来的观影快乐是无与伦比的。在 2020 年新冠疫情期间，我和其他"星战"粉丝一样，惊喜于两季《曼达洛人》对星战宇宙的延续，也时不时地关注由于疫情而不断推后上映日期的最新一部《007：无暇赴死》究竟要等到什么时候可以在大银幕上看到。

即使不考虑个体喜好，IP 转化和系列化创作也是影视领域的重要现象。作为第七艺术，电影自发明之日起就广泛地受到其他艺术门类的影响，也主动地从它们身上借鉴内容与形态。除了艺术语言和风格之外，将现实生活和其他艺术中的内容"搬上银幕"，成为影视创作的常见手法。这一方式最早被归结为各类改编，如小说改编、戏剧改编、真实改编等；而随着文化产业的发展和互联网的兴起，"IP转化"成为包容性更强、也更加体现当代特点的称谓。系列化则是对于影视剧自身品牌的延续，追求的是类型化创作与品牌化营销之间的集合。系列片既可以是一个被分成了不同部分的完整故事，如"指环王""哈利·波特"等；也可以由同一角色支撑，但每一部影片都具备了故事的完整性和自足性，如"叶问""007"等；甚至还可以是大致相同的背景设定和故事形态，但影片的具体角色不同的情况，如"拆弹专家""窃听风云"等。可以说，IP转化考虑的是不同媒介形态之间的横向迁移关系，而系列化则更多体现了一个固定的影视剧品牌的纵向发展过程。

IP转化和系列片在产业和艺术领域都具有重要地位。进入21世纪以来，系列片牢牢地霸占着每年票房排行榜的前列位置。例如，2019年的全球电影票房前十位都属于改编和系列化的作品。其中位列首位的《复仇者联盟4：终局之战》于当年的4月26日全球上映，和它的前面几部一样不断刷新票房纪录，最终全球票房为27.99亿美元。此外，前十名中也包括了另外几部超级英雄系列电影，其中《蜘蛛侠：英雄远征》位列第三，《惊奇队长》位列第四，《小丑》位列第八。除了这四部超级英雄系列之外，同属于系列片的还有排名第五的《玩具总动员4》以及位列第七的《速度与激情：特别行动》。除上述六部影片外，剩下四席则均为改编影片，排名第二的《狮子王》和排名第六的《阿拉丁》均改编自迪斯尼此前的动画电影，而排名第九和第十的《哪吒之魔童降世》和《流浪地球》则分别改编自中国的传统和当代幻想文学IP。而2021年初统计的史上全球票房最高的前十位影片中，系列片就包括了三部"复仇者联盟"（分别是排名第一的2019年《复仇者联盟4：终局之战》、排名第五的2018年《复仇者联盟3：无限战争》和排名第八的2012年的首部《复仇者联盟》），一部"星球大战"（排名第四的2015年《星球大战7：原力觉醒》），一部"侏罗纪公园"（排名第六的2015年《侏罗纪世界》）、一部"速度与激情"（排名第九的2015年《速度与激情7》），以及排名第十的《冰雪奇缘2》。另外，改编自经典动画

IP 的《狮子王》（2019）排名第七。前十部中只有两部和 IP 转化及系列片没有直接关系，分别是排名第二的《阿凡达》（虽然续集已经接近完成，但这部影片上映时为单片原创作品）和排名第三的《泰坦尼克号》。除了在票房和市场上的直接表现之外，IP 转化与互联网之间的正向震荡，更是推动了整个文化产业的高质量发展。（表 1-1）

表 1-1　影史全球票房最高的 10 部电影[①]

排　名	名　　称	全球票房（亿美金）	年　份
1	复仇者联盟 4：终局之战	27.99	2019
2	阿凡达	27.90	2009
3	泰坦尼克号	24.72	1997
4	星球大战 7：原力觉醒	20.68	2015
5	复仇者联盟 3：无限战争	20.48	2018
6	侏罗纪世界	16.70	2015
7	狮子王	16.58	2019
8	复仇者联盟	15.19	2012
9	速度与激情 7	15.15	2015
10	冰雪奇缘 2	14.50	2019

表格数据来源：IMDbpro

随着 IP 转化和系列片日益成为影视行业和大众文化领域引人瞩目的现象，它们也引起了越来越多的学者们的关注。其中，系列片早已是重要的跨学科研究对象，针对"007"和"星球大战"的学术著作和文集就各有不下十本。例如，进入 21 世纪以来，针对"詹姆斯·邦德"的严肃学术研究层出不穷，关于"007"的研究成为一个热门的跨学科领域：政治史、电影研究、文化研究、性别研究、后殖民……来自不同领域的成果将邦德系列电影及其相关的文化产品理解成大英帝国力量的投射，看作是对阶级和男性主义的动态表征，甚至有时候体现出相互冲突的后殖民和性别话语的表达。[②] 在《詹姆斯·邦德的世界》（*The World of James Bond*）中，杰瑞米·布莱克（Jeremy Black）以饰演邦德的不同演员为轴线，研究了这一角色身上所被赋予的阶层、空间、性别、暴力、种族等内涵；安德烈·米拉德（Andre Millard）则在他的著作《装备詹姆斯·邦德》

[①] Box Office Mojo. Top Lifetime Grosses[EB/OL]. https://www.boxofficemojo.com/chart/ww_top_lifetime_gross/?area=XWW&ref_=bo_cso_ac，2021-1-25.

[②] James Chapman. Afterword："Reflections in a Double Bourbon"[A]. Robert G. Weiner，B. Lynn Whitfield and Jack Becker. *James Bond in World and Popular Culture：The Films are Not Enough*[C]. Newcastle upon Tyne：Cambridge Scholars Publishing，2011：489-493.

(*Equipping James Bond: Guns, Gadgets, and Technological Enthusiasm*)中专门分析了邦德的高科技装备所反映出的不断变迁的科技哲学与世界图景；克莱尔·辛斯（Claire Hines）追溯了"007"与《花花公子》杂志之间的历史关联，分析了二者所共享和共同塑造的 20 世纪中叶以来的流行文化（"The Playboy and James Bond：007, Ian Fleming, and Playboy Magazine"）；两位德国学者梅汀·杜兰（Metin Tolan）和约阿希姆·施托尔策（Joachim Stolze）甚至出版了一本名为《搅拌，不用摇！物理学视野下的詹姆斯·邦德》(*Shaken, Not Stirred! James Bond in the Spotlight of Physics*)的著作来探讨这个系列片对于物理规则的利用和改写。

  本书将着重研究 IP 转化和系列化创作的文本特征和创作特点，主要探讨影视改编和系列片的艺术特征与文化价值。除导论外，本书的其余章节可以分为四个部分。其中，第二章主要探讨与 IP 转化相关的产业规律，具体分析了影视产业的基本特征，以及改革开放之后尤其是电影产业改革以来，我国影视行业的产业观念变迁，从而为理解 IP 转化提供外部的经济基础。第三章、第四章和第五章从不同的 IP 来源探讨影视改编的创作规律，主要分为真实改编、遗产改编和网络改编三个类型。第六章和第七章讨论的是系列片在世界观架构方面的创作规律，主要探讨想象世界的构成元素，以及在西方魔幻片和中国仙侠剧这两个迥异类型中的具体体现。第八章、第九章和第十章则集中关注系列化的角色以及由角色驱动的类型叙事，围绕着人物这一创作中心，探讨系列片的社会文化指涉和功能。

  在上述章节的基础上，本书将着重解答 IP 转化和系列片所涉及的三组关系。首先是影视作品与现实生活的关系，这既包括了真实改编中题材的现实来源，也包括了更大范围内的虚构系列故事通过艺术的方式重复地触及和释放现实生活中的集体焦虑。可以说，与现实生活的关系探讨的是 IP 转化和系列片的社会文化价值，它们日益地成为当代观众获得价值确认和精神共鸣的重要方式，它们既是一种当代神话，也反过来确保了系列得以延续。其次是影视作品与其他艺术形态的关系，这是 IP 转化要解决的跨媒介叙事的艺术任务和跨领域整合的产业任务。这一关系在互联网尤其是移动网络日益发达的今天显得尤为突出，人们会从不同渠道、在不同的媒介形态上消费文化创意产品，这拓展了包括影视作品在内的绝大多数文艺类型的影响力。围绕同一 IP 的不同形态的内容产品能够在互联网的土壤中形成市场合力，并产生持久的文化影响。最后是影视作品与它们自身的关系，这主要是指同一 IP 或系列之下的不同作品之间的相似与差异之间的张力。这具体需要解答两方面的创作规律问题：一是什么样的特质让一个系列区别于其他作品，为观众营造一个熟悉的、可以反复进入的叙事文本；二是如何控制系列片内部的差异和创新，来适应不断变化的观众口味和文化语境。对上述三类关系的研究，共同回答了为什么 IP 转化和系列片在今天如此重要这一话题：从产业层面来说，它体现出融合时代和文化产业发展的内在要求；从创作层面来说，它展示出类型化和系列化的艺术规律；从社会层面来说，它是人们通过消费和娱乐来获取价值观和共鸣感的重要方式。

第二章　IP 转化的产业基础

产业与市场，是连接文化产品的创作者与消费者的主要机制，也是我们认识 IP 转化为什么会出现、将会如何发展的重要依据。对文化产业来说，IP 和系列片具有多方面的价值。首先，IP 提供了成熟的故事和创意来源，IP 转化的对象往往是在其他媒介形态和细分市场中已经得到证明、积累了一定口碑的版权产品，为文化产品的生产提供了内容品质的保障。其次，IP 转化和系列片还能够借助品牌的力量节约宣发成本，让内容产品高效率地抵达观众。不论是在国外还是国内，知名 IP 的影视改编往往本身就是一个大众营销事件，能够引发观看期待和讨论热情。最后，IP 转化还反映了文化产业内部的整合与融合的趋势，一直是跨平台和跨媒介融合的前沿实践。近年来随着产业主体之间的各种联合与并购，特定的 IP 也迅速得到了新的开发。总体上看，在文化产业领域，IP 转化和系列化的创作策略反映了提升资源配置效率和产出比的要求，也一定程度上预示着产业未来的发展趋势。

本章的第一节将首先分析与 IP 转化相关的影视产业的基本特征。正是由于它的非实体体验产品的特点，版权成为影视和文化产业的基础，这也为 IP 转化提供了法律保障和经济动力。接下来的第二节将围绕"大片"这一具有中国文化语境特点的关键词，来追溯产业改革前后中国影视行业对视听产品经济属性的认知，以及对市场规律的认识。随着市场化改革和行业飞速发展，以"大片"为代表的对影视产品经济规律的认识也在迅速地发生变化，并在互联网的推动下来到了 IP 转化的时代。本章的第三节将分析 IP 转化的法律和产业基础，即知识产权和特许权经营，并探讨中国当代 IP 转化兴起的内在动因与文化特征。

第一节　版权经济与体验产品：影视产业的基本特征

IP 转化和电影的系列化创作首先是一种产业现象，它的出现和兴起，与电影产业本身的特征密不可分。正如艾尔萨埃瑟针对好莱坞电影产业的发展史所述，"好莱坞的历史可以被描述为定位和定义电影商品的持续不断的努力，同时不断扩展和重新定义影院服务的过程"[①]。正是在这个以商品和市场为主要动力的发展过程中，影视产业的基本特征逐渐地浮现出来，甚至有些时候这些产业特征是为了更好地发展而被市场所规定出来的。理解 IP 转化和系列片的创作逻辑和市场逻辑，离不开对当代影视产业的基本特征的认识。

一、体验性产品

影视产业的特征首先来自它的核心产品的属性。与大多数商品不同，影视作品是一种典型的"体验性产品"（experience good），消费者无法在消费之前获得充分的信息并进行评价。相比于食品、电器，乃至医疗教育服务等其他商品而言，电影是无形的，它的消费体验也是主观的，依赖于个体的感受，而且在体验和消费之前观众无法完全获知产品的品质。例如，当购买电影票进入影厅时，观众只拥有有限的信息，这些信息来自电影海报、宣传文章甚至是好友评价，它为观众提供了观影预期和动机，但无法与观看之后的个体感受完全对等；而且，即使看完后没有达成预期，票已售出，无法退款。因此，电影业很重要的工作就是观影前针对潜在观众的说服和宣发工作。

此外，体验性产品的一个重要特点是生产者和消费者共同营造价值。[②] 它的品质判断具有很强的主观性。虽然具有纪念性的 DVD 或者衍生产品具有物质实体，但影视作品本身的价值并不在于胶片或数码载体，而在于它所蕴含的情感、意义和价值。而情感、意义和价值是无法直接通过媒介灌输给消费者的，也无法使用统一的标准化的方式生产；这需要消费者在观看过程中将个人化的

[①] 托马斯·艾尔萨埃瑟，王俊花. 大片——一切休戚相关，并非无往不利[J]. 世界电影，2006(02)：4-12.
[②] S. Swami. Invited commentary-research perspectives at the interface of marketing and operations: applications to the motion picture industry[J]. *Marketing science*，2006(25)：670-673.

经历和体验自主地调动起来,与内容形成"共振"和"共鸣",从而完成文化消费,也在这个过程中对文化产品的价值形成了个人化的评价。因此,传统的信息收集模式已经无法描述和理解电影观众的行为,电影消费是一种对于多样的符号意义、趣味点和美学标准的主观认知。①在互联网时代,这种主观性的消费模式得到了进一步的增强。

体验性产品的属性,在很大程度上决定了电影产业是一个高度不确定性的产业。这首先表现在单一产品的票房表现很难预测。虽然当代成熟的影视行业已经建立起一整套科学模型预测市场反应,并且在产品创意阶段就开始了针对不同观众的各种测试工作,但对于影视作品的真正收益,仍然没有人能够作出持续准确的预测。这种不确定性也决定了整个行业的收入模式。百余年来的历史表明,少数成功产品往往奠定了整个行业的收益规模,大多数产品则处于亏损状态,因而,不确定性成为电影产业的一个核心特征。亚瑟·德·万尼(Arthur De Vany)在他的经典著作《好莱坞经济学:极度不确定性是如何形塑电影产业的》中系统地分析了电影产业的各个层面中的不可预知和不确定性。②对于电影业的管理者来说,他们所面对的是不断变化的观众口味,加上较长的生产周期和对于影片的大量需求,这都注定无法像其他行业一样具有稳定的生产和市场预测规律。

二、版权经济

版权,是一切文化产业的基础。如果没有版权体系,作为产业形态的文艺创作也将不复存在。作为一种"无形"的商品,电影虽然有胶片、DVD 等具体承载形态,但它进入市场成为商品的先决条件同样是版权体系的建立;影视产业因而成为版权经济的代表性行业。20 世纪末,版权经济在社会经济中的地位逐渐突出。以美国为例,版权成为了第一大出口类别,超过了医药、服装、汽车、电脑和飞机等,并形成了版权产业(copyright industries)。根据国际知识产

---

① Morris B. Holbrook, Elizabeth C. Hirschman. The Experiential Aspects of Consumption: Consumer Fantasies, Feelings and Fun[J]. *Journal of Consumer Research*, 1982(09): 132-140.
② Arthur De Vany. *Hollywood Economics: How Extreme Uncertainty Shapes the Film Industry*[M]. London and New York: Routledge, 2004.

权联盟（The International Intellectual Property Alliance，IIPA）官网的定义，版权经济核心的行业包括广告业、电脑软件、设计、摄影、电影、视频、表演艺术、音乐、出版、广播电视，以及视频游戏。版权产业的重要性可以用版权经济体量在GDP中占比和就业占比两个数据来衡量。2013年年底的数据显示，美国版权产业占GDP比例超过11%，位列第一；而在这次调查的42个国家中，各国版权产业占GDP的平均比例是5.18%，中国排名第七，位列美国、韩国、圣卢西亚、匈牙利、澳大利亚、圣基茨和尼维斯之后。[①] 在就业占比方面，全球版权经济提供的就业岗位占总就业岗位的5.32%，高于GDP占比，具体国别的排名依次为：菲律宾、墨西哥、不丹、荷兰、美国、澳大利亚、马来西亚、俄罗斯、匈牙利、斯洛文尼亚、中国、韩国、新加坡等。[②] 2017年，美国核心版权产业雇员为570万人，占就业总人数的3.85%；核心版权产业对美国GDP贡献率为6.85%，总额为13 283亿美元，版权产业的出口额超过电力系统、农业、医药、航空、化学等一系列社会经济部门。2014—2017年，美国核心版权产业的增长率为5.23%，相比于整个经济增长率2.21%来说多了一倍有余。[③]

电影不仅自身属于版权经济的重要类目与核心动力，还与出版、音乐、游戏等其他版权经济的部门之间有着密不可分的关联。IP转化和系列化，正是在版权经济的框架下，为了应对电影业的不确定性、为观众提供消费预期而出现的重要产业现象。IP和系列片能够在有限的制作投入下争取更好的市场表现，已经成为当代全球电影业的主要策略之一。在对IP转化和系列化的产业方式进行进一步分析之前，第二节将以"大片"为线索、梳理中国影视产业的商业观念和制作模式，进而观察IP转化和系列片的策略在这一历史演进中是如何出现并成为核心议题的。

---

① World Intellectual Property Organization (WIPO). 2014 WIPO Studies on the Economic Contribution of the Copyright Industries[EB/OL]. https://www. wipo. int/export/sites/www/copyright/en/performance/pdf/economic_contribution_analysis_2014. pdf.
② World Intellectual Property Organization (WIPO). 2014 WIPO Studies on the Economic Contribution of the Copyright Industries[EB/OL]. https://www. wipo. int/export/sites/www/copyright/en/performance/pdf/economic_contribution_analysis_2014. pdf.
③ World Intellectual Property Organization (WIPO). Copyright Industries in the U. S. Economy 2018[EB/OL]. https://iipa. wpengine. com/files/uploads/2018/12/2018CpyrtRptFull. pdf.

第二节　追寻"大片":当代中国影视的商业观念

"大片"是改革开放以来中国电影领域的一个典型的"地方性概念"。20 世纪 80 年代以来,它在行业领域和大众文化领域出现并迅速流行,是人们对影片品质和市场潜力的通俗而朴素的表达,也展示了不同群体对影视产品商业价值的认识和产业发展的期待。可以说,"大片"这一表述最大程度地容纳了电影领域诸多方面的问题,包括了电影产品与影院体验,宏观层面的资本和微观层面的欲望,以及商品上和服务上的这两种集体状态的影院体验。① 对"大片"进行概念史的梳理,能够帮助我们认识中国影视产业的市场观念变迁,以及 IP 转化在中国出现和流行的产业土壤。

一、产业改革之前的大片观念

在中国,大片概念的起源可以追溯到民国时期。这一时期,与"大片"相对应的概念是"巨片"或"钜片",表达的意思基本类似,只是用词不同。早在 20 世纪 20 年代,国人就用"巨片"来形容一部电影的品质。如 1925 年 12 月 27 日《申报》的"本埠增刊"在报道默片《歌剧魅影》上映时,就在标题中用"美术巨片"形容。1928 年 10 月 28 日,《申报》刊登了两部完全不同的影片的广告,一部是上海影戏公司出品的武侠传奇片《万丈魔》,推荐语包括了"到魔窟去!""精心触目"等;一部是十六本的医学卫生题材影片《医学与人生》。两部影片分别称为"巨片"和"钜片",而后者实际上是一部罕见的科教片,可见这一时期的"巨片"还可以带有对稀缺性的描述。1932 年,《玲珑》杂志第 2 卷第 45 期对国际电影进行了综述,列出了 1930 年的十大"巨片",包括了《西线无战事》(*All Quiet on the Western Front*)、《顽童小传》(*Tom Sawyer*)、《假日》(*Holiday*)、《南极探险记》(*With Byrd at the South Pole*)、《末路》(*Journey's End*)、《闪电》(*Lightning*)、《魔鬼债》(*The Devil to Pay*)、《境界》(*Outward Bound*)、《林肯》(*Abraham Lincoln*),以及《安娜女郎传》

---

① 托马斯·艾尔萨埃瑟,王俊花.大片——一切休戚相关,并非无往不利[J].世界电影,2006(2):4-12.

（*Anna Christie*）。此外，还列出 1930 年中其他 35 部"佳片"。在上述片目中，"巨片"要胜于"佳片"，是电影最高水准的体现。

值得注意的是，"巨片"在民国时期常被用来指代历史题材的影片。这大概是因为这一题材耗资巨大，而又能够满足大多数人的观影需求，具有很好的市场潜力。例如，抗战时期沦陷区的杂志《上海影坛》1944 年第 1 卷第 5 期刊发了一组由卜万仓编导的电影《红楼梦》的剧照，照片包括了周璇、王丹凤等当时明星，并称这部电影为"古装钜片"。1934 年《文化月刊》第 1 卷第 11 期号还翻译刊登了导演塞西尔·B. 戴米尔（Cecil B. DeMille）的文章《摄制历史钜片之准备》，以《倾国倾城》（又译《埃及艳后》）为例介绍了史诗片的拍摄过程和体会。

1949 年之后的很长一段时间内，"巨片"和"大片"的称谓消失了，直到改革开放之后才重新回到人们的视野中。80 年代，"大片"开始被用作形容优质电影。1985 年，《电影艺术》刊发的一封观众来信就用"大片子"来形容当时优质的国产电影《黄土地》《谭嗣同》《高山下的花环》《人生》。[1] 1988 年 12 月 4 日，《人民日报》第 3 版报道了广西电影制片厂的艺术和经济成就，标题即为《边疆着眼全国 小厂敢拍大片》。除了"大片"外，文中仍然使用了"巨片"一词，来形容反映邓小平同志在广西领导农民运动的影片《百色起义》，称之为"历史巨片"。

"大片"称谓的固定，与 1994 年年底开始的分账片的引进密不可分。这一年，针对电影市场的不景气，时任中影公司总经理的吴孟辰请示电影局，建议以国际通行的分账方式引进一流的外国影片，来提振市场，促进国内外电影艺术交流。这一建议获得电影局批准，表示每年可以引进 10 部"基本反映世界优秀文明成果和表现当代电影成就"的影片[2]。自此，进口大片成为中国电影市场的重要现象。1994 年 11 月 19 日，署名"巴山雨"的作者发表了《电影市场能承受如此"大片"吗？》的文章，探讨了这一年中国第一次引进十部"大片"对于国人和中国电影市场带来的威胁。在首部引进影片《亡命天涯》临近公映之际，作者不惜笔墨，以如下文字系统介绍了这部影片的若干产业成就：

---

[1] 李兴叶. 从今年的几部大片说起——就 84 年电影创作给编辑部的一封信 [J]. 电影艺术，1985(3): 8-10.
[2] 陈泽伟，左娅. 进口大片的市场魅力 [J]. 瞭望新闻周刊，2004(34): 56-57.

耗资4000多万美元，票房收入高达3.49亿美元，在1993年全球最卖座影片的排行榜上，位居第二，仅次于风靡全球的《侏罗纪公园》。该片于1994年获得了包括最佳影片、最佳音乐、最佳男配角在内的七项奥斯卡奖提名。在片中扮演执法者的汤米·李·琼斯荣获了最佳男配角奖，该片的男主角金布尔医生的扮演者哈里森·福特曾主演过包括《星球大战》《帝国反击战》《印第安纳·琼斯》系列片等多部美国最叫座的商业片，还曾因在《目击者》中的出色表演而荣获奥斯卡最佳男主角奖提名，是美国影坛的巨星。该片的导演安德鲁·戴维斯是一位拍动作片的后起之秀，特别擅长于拍摄各种无情的追捕场面。

可见，这一时期对于好莱坞大片的认知和评价主要来自于票房、获奖和明星等方面。同时，这篇评论也探讨了引进片在中国面临的文化上和市场管理上水土不服的可能性。总体来讲，当时对于"大片"的态度是积极中带有怀疑的。

事实上，自1994年第一部进口分账大片《亡命天涯》引进以来，中国电影市场在短时间内的确如预期那样得到了恢复，甚至获得了增长的动力。据统计，1994年全国电影观影人次仅为3亿，相比于1979年的293亿差别巨大。其中的一个重要原因是20世纪80年代对海外电影主要采取买断的方式，引进费用有限，导致了代表市场和创作趋势的全球流行影片常常无法在内地院线上映，而国产电影也缺乏与世界的交流，进而导致缺乏将娱乐性和艺术性相结合的有效探索，电影市场因此步入危机。①自分账影片引进后，上述情况得到了显著改观。1995年年底，《人民日报》副刊在回顾一年来北京文化生活时首先提到的就是热闹的电影院：

去年底第一部美国大片与中国观众见面，精彩的情节吸引了很多人，而在北京又引起了一番要不要美国大片的争论，以至今年初又有新的大片上映时炒得沸沸扬扬，电影院门前挤满了倒票的和钓票的，甚至朋友相见或打电话都少不了交流几句有关大片的信息和感受，电影公司和电影院自然是大有收益。大片一部接一部地演，到年末上映《绝地战警》时，大片已成了人们生活中平平常常的事儿，虽然上座也不错，却远不是年初的景象了。中国电影今年也争了一口气，一些影片创造了较好的社会效益和经济效益。

---

① 方玉强.我们爱看怎样的进口大片——入世后回首引进大片九年之得失[J].电影新作，2002(4): 52-53.

1996年初《人民日报》的经济生活版在《95回眸看消费》中再次提到了"大片热":"电影迈向市场活了,十部大片的引进不仅激活了暗淡不景气的电影市场,使观众们重新回到了久违的影院,竞争也促使一些国产电影精品一片阳光灿烂。"

分账大片不仅激活了电影市场,也为中国电影自身水准的提升提供了参照,成为国产影片努力的方向。1995年6月17日,《人民日报》报道了八一厂拍摄《大进军——解放大西北》的情况,标题为《拍大片下的是大功夫》。文章将"大投资、大制作拍摄大片的路子"视作振兴中国电影市场的良方和全球性的应对电视竞争和多元文化挑战的电影艺术发展道路;"甚至有人提出,与其每年坚持拍片100多部的数量,还不如集中财力拍出一批精彩的国产大片,将流失的国产电影观众重新召回来。"当时人们普遍认为,加强国产大片的制作,能够与进口片争夺市场,提升国营厂的经济效益。例如,1995年10月15日《人民日报》对于电影《兰陵王》摄制的短篇消息,就关注国产的高投入电影与"进口大片"在国内市场上的竞争,报道了《兰陵王》不仅耗资高达200万美元,而且还在电影语言方面试图超越地域和文化局限,瞄准国际市场。1996年1月21日短文《国产电影挑战进口"大片"〈再生勇士〉拍成》则报道了这部影片对特技队的使用以及香港演员的参演。

正是1995年前后,"大片"成为一个通俗的电影概念和电影现象,带来了对中国电影创作观念和制作方式的商业化洗礼。这一时期,关于"大片"的标准和界定得到了集中讨论。于清认为,大制作和大投入并非"大片"的本质特征,大片的条件包括"好的故事情节和较深的思想内涵","较高的文化品位和艺术性","较为雄厚的经济投入",以及"较好的观赏效果和票房收入"。[①]在特征界定的基础上,对大片的讨论还关注国产电影的大片策略、大片本身的制作规律以及进口大片的市场影响。例如,丁屏风探讨了"十部大片"现象给中国电影带来的启示,将这些进口电影比喻为中国电影业的一针"清醒剂",认为大片让国人认识到"全球电影所共同信奉的理想和追求的准则",这些准则包括了"在不同民族之间激起的雷同效应的人类的共同情感""英雄的

---

① 于青. 关于"大片"[J]. 科技与经济画报,1998(4): 3-5.

主题""人情味""结构紧凑"等。① 相对而言，丁屏风批评当时的国产电影主题"苍白、平庸、无聊、逃避英雄和崇高，银幕上是一群从荧屏移居上来的侃爷"，甚至在进口大片面前"显现出何等的猥琐和阴暗"。② 可以看出，10部大片让当时比较萎靡的中国电影受到了世界一流水准的震撼，不啻为晴天霹雳。

大片给当时中国电影界带来的首要震动是对于投资水平和制作规模的震撼。相形之下，国产片"就好像是小孩玩积木一般"③。在进口大片的激励下，中国电影行业迅速地开始想方设法提升制作投资，如《荆轲刺秦王》4000万元人民币，《阳光灿烂的日子》3000万元人民币，《风月》5000万元人民币等。这一时期，大投入、大制作、大特技、大腕班底被认为是大片的标配，1997年的《鸦片战争》《大转折》《红河谷》《夫唱妻和》《离开雷锋的日子》等被认为是走出了中国大片的道路，包括了大主题作为影片脊梁、市场运作为影片提供资金等，以达到经济效益与社会效益的结合。④

10部大片的引进也让好莱坞成为电影研究的热门对象，当时很多学者开始注意到好莱坞的造梦机制、后工业社会的文化表征、电影艺术的娱乐本性、全球后殖民语境，以及民族电影的全球视野等。⑤ 这一时期还出现了对好莱坞编剧技法的专门介绍，如好莱坞故事模式、冲突设置、三部曲结构、时间限制等。⑥ 最后，大片也成为20世纪90年代中后期的一个重要的社会文化现象和风潮。"大片"不仅被用来形容电影，而且还延伸到电视剧、新闻摄影等领域，用以指代高品质文艺作品。

二、中国式大片的出现与反思

进入21世纪，伴随着产业改革的开启，中国电影领域迫切地需要在商业观念和对产业规律的认识上更新换代。在这样的背景下，"大片"的观念和实践都出现了显著的发展。短短几年内，以"商业拼盘"为特征的"中式大片"，成

---

① 丁屏风."十部大片"现象启示录[J].电影评介，1995(6)：14-15.
② 丁屏风."十部大片"现象启示录[J].电影评介，1995(6)：14-15.
③ 西岭.国产大片风是喜还是忧[J].价格与市场，1996(6)：39-40.
④ 洪文.中国大片，路在何方？——97国产大片火爆的启示[J].决策探索，1997(12)：37-39.
⑤ 王韬.从东西方文化的角度谈进口"十大片"[J].电影艺术，1997(3)：79-83.
⑥ 蓝沙.好莱坞大片烹饪法[J].书城，2000(7)：23.

为中国电影市场上的顶尖产品；客观上促进国产片票房提升的同时，也出现了一系列的创作问题，引发了人们对视听流行文化的商业价值与艺术价值之间关系的深层次反思。

大投资是"大片"的第一要义。相比 90 年代后半段，产业改革为大片的投资提供了更好的政策，不断开放的制作领域带来了丰富的制作资源和广阔的资金来源，催生了越来越多的国产"大片"。以张艺谋的《英雄》为代表，一批影片上映之后票房纷纷过亿，用国产影片将观众重新吸引到电影院，客观上也促成了管理部门渴望已久的新中国成立后第三次电影创作高潮。电影的商品属性、电影作为文化产业的重要组成部分，以及电影创作的市场规律，在日益繁荣的创作实践中成为当代中国电影人关心的核心话题。

从题材上看，21 世纪"大片"这一称谓用于中国电影，延续了历史上积累下来的指代范畴，主要仍然集中在历史和动作影片中。这些"大片"为改革后的中国电影产业提供了第一批高票房的影片。2002 年，唯一票房过亿的影片是《英雄》（2.6 亿元人民币），其次是刘镇伟导演，梁朝伟、王菲、赵薇、张震等主演的《天下无双》（4000 万元人民币）。2003 年没有过亿影片，国产片票房最高的是《手机》（4500 万元人民币），其次是《天地英雄》（4100 万元人民币）。2004 年出现了 3 部过亿影片，且差距不大：第一名是《十面埋伏》（1.53 亿元人民币），第二名是《功夫》（1.25 亿元人民币），紧随其后的《天下无贼》在跨年时也收获了 1.06 亿票房。2005 年过亿的影片仅有 1 部《无极》（2.1 亿元人民币），但《神话》（9100 万元人民币）和《七剑》（8345 万元人民币）也接近 1 亿票房。

也正是在 2005 年前后，国产大片的形态逐渐稳定。在前几年获得市场持续正面反馈的作用下，一批古装、动作、武侠元素杂糅的国产电影成为创作热门，几乎所有的一线导演和演员都投身其中，这也进一步让此类影片更容易获得高额制作投资和高票房回报。这一年，国产电影前十名的票房总量（5.7 亿元人民币）十年来首次超过分账进口影片前十名的票房总量（4.5 亿元人民币）。[①] 2006 年，过亿票房的国产片有 3 部，分别是《满城尽带黄金甲》（2.91 亿元人民币）、《夜宴》（1.3 亿元人民币）和《霍元甲》（1.02 亿元人民币）。总体来看，

---

① 余莉. 2005 华语大片现象研究 [J]. 北京电影学院学报，2006(4)：19-24.

在产业改革后的前五年里，除了《天下无贼》之外，仅有的 7 部过亿影片均为古装和年代背景下的武打动作类型，国产"大片"的模式或者说公式开始逐渐定型。

伴随着国产大片票房成绩提升的，是观众对于国产大片越来越凸显的不满以及评论界的集中反思。尹鸿将这类具有"杂交"和"拼盘"特征的影片称为"中国式大片"，在"大片"之前以"中国式"限定，既是对文化和地域的表述，也是对这个历史时刻中出现的特定创作模式的指代。这一配方模式起源于《卧虎藏龙》，成形于《英雄》，可以将其总结为"武侠动作、历史背景、东方风情、国际华人明星与制作人混合的模式"。从市场角度来看，这类电影的创作、美学都与市场营销手段直接挂钩，或者说，是"为市场配置美学"。① 而其问题也正在于缺乏主流价值表达的意识，因而缺乏与观众之间的情感和价值共享的基础。作为依靠观众深度参与才能够获得价值的体验式产品，仅仅通过商业元素堆砌的电影无法真正地打动观众。围绕着产业改革与大片现象，学术杂志开始组织圆桌讨论，学者之间也出现了丰富的论争甚至商榷，如 2006 年刘帆发表的《大片十年》，李磊在《商业文化》上发表的《中国大片的五年之痒》，以及《人民论坛》组织的相关专栏，都让对于大片的不同态度得到更鲜明的阐释和交锋。针对大片这一话题，基于民族电影观念的文化冲突论和基于艺术评论观念的文化品质论成为主要的讨论框架。可以说，陈凯歌的《无极》既是这一时期国产大片的代表之作，它所引发的行业内外的舆论也让这部影片成为围绕国产大片展开的一系列讨论的焦点。

21 世纪初产业改革之后的几年里，拍摄中式大片已经成为中国顶尖导演对商业电影进行尝试的"集体无意识"，而这种无意识是长期以来对娱乐片的压制，以及对类型和商业电影缺乏认识导致的。② 在缺乏一套完整商业电影认识论支撑的情况下，这些影片大都滑向了商业元素的简单拼凑，而缺乏类型意识和价值陈述。这些影片不约而同地对商业元素，尤其是古代动作奇观和暴力色情等感官刺激进行了夸张的渲染和使用。这不仅违背了创作规律，也在一定程度上触碰了社会共同伦理的禁区。陶东风批评《满城尽带黄金甲》是"一部嗜血

---

① 尹鸿.《夜宴》：中国式大片的宿命 [J]. 电影艺术，2007(1)：17-19.
② 彭吉象. 中国大片向何处去？——兼论电影理论应承担的责任之一 [J]. 艺术评论，2006(11)：38-40.

如命的电影",认为国产大片中缺乏道德立场和价值指向而纯粹宣泄性的"暴力美学"和"暴力崇拜"已经突破了道德底线,也必然无法打动观众。[①] 除了影片在技术和美学上的极致与夸张之外,很多导演还尝试将各种各样的民族元素加入到大片制作中,试图让民族电影进入世界视野,获得全球电影市场的认可。但以市场而非创作为导向的这类实践大多很难成功。从跨文化传播和全球化的角度来看,具有明确的国际市场诉求的中国式大片,因为其"制作的初衷和编码方式建立在西方对中国文化的固有想象之上",具有后殖民的征候,[②] 在文化价值方面也是落后甚至危险的。

中国式大片与好莱坞大片既有相似之处,也有一定的区别。"大片"对应的英文翻译一般是"blockbuster"。这一单词从 20 世纪 50 年代起被好莱坞借用,一方面指大投入的影片,一方面指得到高票房的影片。[③]20 世纪五六十年代,随着电影业和整个市场环境的变化,史诗片、灾难片等成为大片拍摄的首选题材,它们往往具有至少三倍于普通类型电影的高成本,并积极采纳最新的视听技术,片长也更长。[④] 好莱坞多年的创作经验,主要是技术、类型片和明星制这三个关键的商业美学原则,都体现在大片中。[⑤] 一些国内学者用"高概念"来指代这些电影的特征。技术与奇观(spectacle)是好莱坞大片(blockbuster)的重要内涵。[⑥] 换句话说,好莱坞大片从观看效果来说是"奇观电影",从制作来说应该是高概念方式。

对比之下可以发现,中国式大片是市场化改革和全球化忧患这内外两方面条件作用下,中国电影业作出的一次集体探索。它不仅借助产业改革的契机将观众重新吸引到影院,让电影再次回到社会文化的核心位置,一定程度上保护了还没有发展完善的中国电影业不被外来影片冲垮,同时也触发了对于电影究竟是什么、商业与美学之间如何更好融合等一系列更深层次的思考。大片,不论是中国式大片还是好莱坞大片,首先是一种产业和商业的选择和探索,希望

---

① 陶东风. 中国大片到了嗜血如命的时代 [J]. 艺术评论,2007(2):36-38.
② 史可扬. 全球化·后殖民·民族电影——对中国电影"大片"的拷问 [J]. 文艺争鸣,2007(3):126-130.
③ 史蒂夫·尼尔,黄新萍. 好莱坞大片——历史的维度 [J]. 世界电影,2006(1):41-47.
④ 史蒂夫·尼尔,黄新萍. 好莱坞大片——历史的维度 [J]. 世界电影,2006(1):41-47.
⑤ 刘辉. 商业美学的差距——关于国产大片和电影市场博弈的思考 [J]. 艺术广角,2006(4):33-36.
⑥ 김병철. Mapping the Korean Blockbuster. Film Studies,2003(21):7-30.

用更集中的资源获取更高的回报。在此基础上,如何设计一个能够被普遍接受、大多数情况下还要具有跨文化接受性的故事,如何符合剧情和观众心理需求地配置更有吸引力的奇观和商业元素,如何让商业大片传递主流意识和共享情感甚至成为卖座的主流电影,这些都是"大片"带给行业的值得持续思考的重要话题。

第三节　从拼盘式大片到 IP 转化热潮

一、电影产业的新挑战

在拼盘式大片的问题得到暴露和反思之后,中国电影业很快展开积极调整,出现了 2008—2018 年的黄金十年。这十年,不仅票房总量出现了年均 35% 的高速增幅,而且也是从产业增长的黄金十年到质量提升的黄金十年。针对外部热钱流入之后带来的粗放发展,电影行业发挥市场和评论的资源调配和品质培育的功能,淘汰了一批无效和低效的产能。

然而,电影产业在飞速发展的同时也一直面临深层次的挑战,尤其是 2018 年,被普遍视为遭遇寒流的一年。2018 年,全年票房在最后几天终于微弱地突破了 600 亿的"小目标",票房的同比增长仅为 9%;城市院线观影人次的增长率更低,只有不到 6%。[①] 虽然在改革开放四十周年之际,国产电影和整体的电影行业得到了各个方面的重视,2018 年下半年相关部门还先后出台了《国产电影复映暂行规定》《关于加快电影院建设、促进电影市场繁荣发展的意见》等促进行业发展的政策;然而,由于前些年的盲目扩张尤其是行业外热钱流入带来的过盛和泡沫,在面临经济下行、机构调整尤其是税收政策变化的具体情境下,这些积弊被充分地释放出来,从而形成了影视行业投资者和创作者们所担忧的"寒冬"。其中,经济下行的整个大环境对电影市场产生了显著影响,特别是对三四线城市的电影消费有非常明显的阻滞;另外,多部电影处于舆论的风口浪

---

① 郝杰梅. 2018 年中国电影票房 609.76 亿元,同比增长 9.06%[N]. 中国电影报,2018-12-31.

尖,从《芳华》《无问东西》,到崔永元曝光影星范冰冰阴阳合同的事件所引发的整个娱乐圈的地震效应之后,市场疲软、行业波动、产业动荡的情况持续了相当一段时间,影视投融资和市场走势的不确定性持续增加,影视行业开始步入调整阶段。

2019年年底开始出现的新冠疫情,则为全球影视行业带来了直接影响。经济下行和隔离措施首先影响到院线电影的上映,不仅之前的宣发投入打了水漂,延时上映也影响了制作公司回款和现金流;其次,从院线到创作人员,乃至主题公园都不得不暂时停业。例如,连续18年票房位居全国第一的广东在2020年的1—4月全省电影票房比去年同期下降28.34亿元人民币,降幅达89.9%,全省电影备案立项量同比减少36%。为了抵御疫情带来的不利影响,全球很多国家的行业管理机构和产业主体都采取了各种自救的方案。北京市提前启动了宣传文化引导基金的申请,还对受疫情影响未能如期上映的春节档京产影片发放了宣发补贴。广东下拨4879万元专项资金扶持全省影院,统筹安排4亿元省级财政资金专项支持包括电影企业在内的文旅企业,还安排了2000万元用于支持包括影院、拍摄基地等电影企业贴息贷款。美国作为电影强国也受到疫情的重创,奈飞(Netflix)在2020年3月底设立了1亿美元的"纾困基金",用于支援由于新冠疫情而无收入的影视创作者;迪士尼也不得不要求员工无薪休假、对管理层进行降薪,并增加了贷款额度来抵御危机。

从历史的角度看,作为一个以"不确定性"为重要特征的行业,电影业和后来的影视娱乐业经常要面对来自各方面的危机。这些危机,有的时候来自整体经济形势的恶化,有的时候来自于竞争性行业对消费者的吸引,有的时候也来自于行业内部的变革与调整。在面对诸多的内外部挑战、对抗不确定性的过程中,IP转化和系列化策略逐渐成为电影行业的重要经验,通过知识产权和特许权经营的手段,确保产业稳定和增长。

二、知识产权、系列片与特许权经营

从产业理论上看,相比于不同播放窗口对影片本身放映价值的开发,系列片在长时段的轴线上拓展了影片的经济价值和文化影响。詹妮弗·海沃德(Jennifer Hayward)将系列故事的叙事模型追溯到19世纪查尔斯·狄更斯等人发表的一系列小说。从那个时代起，这种系列娱乐故事就鼓励了读者群体更加投入甚至参与到整个故事文本的完整建构中；参与式的读者会把每个新故事与已有的信息进行主动的链接、寻找隐藏的叙事。[1]

对于充满不确定性的电影产业来说，系列化的创作提供了预判的可能。1998年的时候，全球票房前十的电影中没有一部是系列片；但到今天，行业已经被系列片大大地改变了。[2] 沃尔斯和麦肯齐（W. D.Walls & Jordi McKenzie）研究了1997—2007年1910部电影在国际市场和北美市场上的表现，发现了当国际市场的份额超越北美之后，好莱坞也更多地针对国际市场的需求进行创作；其中，相比于北美市场，系列片和剧情片在国际市场上更受欢迎，尤其是系列片的第二部在一些国家的票房成功概率更高。[3]

系列片之所以成功，一个重要的解释理论是斯蒂格勒和贝克（Stigler & Becker）提出的"消费资本理论"（consumption capital theory）。[4] 简单来说，对于影片、文学、音乐和当代艺术来说，观众知道的背景信息越多，就越能够更好地欣赏和投入。[5] 对于系列片，消费资本理论建议，需要在当下的影片中建立起与既有影片之间的充分关联；这些关联既可以是角色的，也可以是情节的，还可以是世界观架构方面的。主创团队尤其是主要演员的稳定性，对系列片也很关键。根据经验性的研究，主要演员和主要创作团队的更换，分别会减少影片28.5%和17.6%的收入；[6] 更换主创，尤其是在早期更换主要演员，是一种市场"自杀"行为。[7]

相比于系列片，IP转化在"消费资本"层面有更好的表现，它的定义

---

[1] Jennifer Hayward. Consuming Passions: Active Audiences and Serial Fictions from Dickens to Soap Opera[M]. Lexington: University of Kentucky press, 1997.
[2] Darlene C. Chisholm, Victor Fernandez-Blanco, Abraham S. Ravid, W. David Walls. Economics of motion pictures: the state of the art[J]. *Journal of Cultural Economics*, 2015(39): 1-13.
[3] W. D. Walls, Jordi McKenzie. The Changing Role of Hollywood in the Global Movie Market[J]. *Journal of Media Economics*, 2012(25): 198-219.
[4] G. J. Stigler, G. S. Becker. De gustibus non est disputandum[J]. *American Economic Review*, 1977(67): 76-90.
[5] M. Adler. Stardom and talent[J]. *American Economic Review*, 1985(75): 208-212.
[6] Christian Opitz, Kay H. Hofmann. The More You Know ... The More You Enjoy? Applying 'Consumption Capital Theory' To Motion Picture Franchises[J]. *Journal of Media Economics*, 2016(29): 181-195.
[7] Darren Filson, James H. Havlicek. The Performance of Global Film Franchises: Installment Effects and Extension Decisions[J]. *Journal of Cultural Economics*, 2018(42): 447-467.

和覆盖的面向也更广。根据世界知识产权组织（World Intellectual Property Organization）的定义，"知识产权"（Intellectual Property，即经典意义上的IP）主要指的是智力和思想上的创造，包括发明创造、文学和艺术、设计，以及运用于商业上的符号、名称和图像。知识产权可以分为两个主要的类别：第一类是产业资产（Industrial Property），包括了发明、商标、工业设计和地理标识等的产权；第二类是版权（Copyright），包括了文学作品、电影、音乐、艺术作品以及建筑设计。IP成为产业要素的基础是与之相应的法律系统。这套法律系统将非物质性的版权确立为一种所有权，让版权得以在全球范围内转让、交易和消费，从而为创作和发明提供更好环境，保障创作者的商业利益和行业健康有序地发展。

在好莱坞电影产业中，与IP直接相关的是"特许经营权电影"（film franchise），我们通常所说的"系列片"，在大多数时候对应的正是这个概念。这是好莱坞主要制片厂的一种公式化的、规避风险的操作；它依赖于观众对于品牌的预认知，不仅扩大了全球票房，而且节省了宣发费用。[①] 特许经营权电影的内涵比系列片更广，作为一种商业模式，主要是指电影在发行之外获取其他收入的盈利模式，这些收入可以来自于授权生产的附属产品，例如衣服、视频、游戏等。[②]

20世纪20年代，默片卡通时期的著名卡通形象"菲利克斯猫"（Felix the Cat）被认为是最早的特许权形象。1929年有声卡通出现之后，我们所熟知的米老鼠这一银幕形象开始出现，并成为迪士尼最为成功的一个案例。而且此后数十年间，迪士尼也是好莱坞唯一一个经营特许权规则的制片机构。凯西·鲍瑞和迈克尔·汉德勒（Kathy Bowrey & Michael Handler）则将IP的历史追溯到20世纪初碧翠克丝·波特（Beatrix Potter）创作的《彼得兔的故事》（*The Tale of Peter Rabbit*）。1902年出版之后，彼得兔的原创形象迅速地拓展到玩具、桌面游戏、墙纸和瓷器；而BBC于1963年上映的《神秘博士》标志着IP成为一种系

[①] Kathy Bowrey, Michael Handler. Franchise Dynamics, Creativity and the Law[A]//*Law and Creativity in the Age of the Entertainment Franchise*[C]. Cambridge: Cambridge University Press, 2014: 3-26.
[②] Kristin Thompson. *The Frodo Franchise: The Lord of the Rings and Modern Hollywood*[M]. Berkeley and Los Angeles: University of California Press, 2007: 4.

统的娱乐产业模式。①70年代，特许权电影开始进入高概念和"票房炸弹"影片，斯皮尔伯格的《大白鲨》和卢卡斯的"星球大战"系列都是其中引人瞩目的案例。② 不断升高的制作费用，尤其是明星片酬和数字视效，让好莱坞走到了一个大多数大制作电影无法仅仅依赖票房回收成本的转折点。因此，一部电影是否能够产生特许权，就成为大制作电影最常思考的问题。

20世纪90年代以来，系列片和特许经营权电影成为日益瞩目的现象，《终结者》《蝙蝠侠》《哈利·波特》等影片成为当年的现象级电影（event film）。由于在投资规模上不断提升，这些影片在叙事和风格上也具备了多种类型要素，形成了"流行类型"（popular genre），以吸引尽可能大规模的观众走入影院。"指环王"三部曲第一次采取了同时完成整个系列制作、然后再按最优档期依次上映的模式，而不再像之前的系列片一样，等待第一部获得市场证明后再进行续集拍摄。③ 当然，对系列片和特许权经营的批评一直不绝于耳；但不论好莱坞是否越来越缺乏想象力，系列片和IP转化的确将制片厂的知识产权最大化地转化为市场优势和资本收益。它已经显著地改变了电影业的盈利模式——票房不再是主要的成本回收保障，电影只是商业系统中的一部分。

三、我国影视业的IP转化与产业发展

在学习和吸收好莱坞经验的基础上，在产业发展的内在需求的推动下，我国的IP转化和系列化的影视创作策略，在21世纪头十年的黄金发展期开始出现了。IP的本意是"知识产权"，但在当下中国电影语境中的IP，其核心内涵似乎又与互联网有着密切关系，吸纳了"IP地址"中所蕴含的对于用户和粉丝的理解。传统的电影改编（如小说、戏剧、报告文学、诗歌散文的电影改编）早就是我国电影业的一种重要的创作形式，而如今所谓的IP，则主要指的是在互联网上产生或者形成的拥有大量用户，甚至粉丝的创意文本，包括网络文学、

---

① Kathy Bowrey, Michael Handler. Franchise Dynamics, Creativity and the Law[A]//*Law and Creativity in the Age of the Entertainment Franchise*[C]. Cambridge: Cambridge University Press, 2014: 3-26.
② Kristin Thompson. *The Frodo Franchise: The Lord of the Rings and Modern Hollywood*[M]. Berkeley and Los Angeles: University of California Press, 2007: 4.
③ Kristin Thompson. *The Frodo franchise: The Lord of the Rings and Modern Hollywood*[M]. Berkeley and Los Angeles: University of California Press 2007: 4.

网络游戏、网络视频、网络红人以及其他网络形态的文本。因此，IP 改编，改编的不仅是文本，更重要的也是转换文本所拥有的用户或粉丝，让他们从原来的网络形态进入新的电影形态。换句话说，"大片"和"流量"代表了不同时期人们对于影视作品的商业属性的特定的观念认知，而且还代表了围绕这种认知而发展出来的一整套产业方法论。IP 转化和系列化则在拼盘式大片的基础上，将商业目标与影视产业和创作特征进行了更加深度的结合，是对于产业规律认识和影视商业策略的"迭代更新"。

我国影视业 IP 转化的兴起，与互联网企业进入影视行业密不可分。互联网企业最初正是利用自身的资源，作为 IP 资源的提供方和二轮渠道方而进入电影业的。2011 年 4 月 14 日，腾讯[①] 公司正式设立 5 亿元人民币规模的影视投资基金，第一次向互联网及 IT 产业以外的行业跨界发展。新媒体入股影视公司、投资电影制作发行，成为 2011 年电影市场投资的热点，两部国产动画电影《摩尔庄园》和《洛克王国》在以网络游戏为内容的电影细分市场中继续深耕细作；《摩尔庄园》《赛尔号》《洛克王国》三部电影的第二部分别在 2011 年第三、四季度进入筹拍阶段，体现新媒体在电影制作和发行上的整合资源优势。盛大[②]集团的盛大华影盛视是影片《龙门飞甲》的重要投资方之一，凭借盛大的丰富资源尝试在《龙门飞甲》的新媒体及后产品开发中发掘和延伸影片的周边产品，涉及游戏、文学、微电影等多元化的市场。由此而言，《龙门飞甲》对于中国电影市场不仅是一部贺岁档商业大片，也是国产电影首次以观众和网络用户为目标人群，进行 IP 转化的突破与尝试。

[①] 腾讯公司于 2004 年 6 月 16 日在香港联交所主板公开上市，股票代号 700，是目前中国大型互联网综合服务提供商之一。它通过即时通信 QQ、腾讯网（qq.com）、腾讯游戏、QQ 空间、无线门户、搜搜、拍拍、财付通等中国领先的网络平台打造中国的网络社区，满足互联网用户沟通、资讯、娱乐和电子商务等方面的需求。截至 2011 年 9 月 30 日，QQ 即时通信的活跃账户数达到 7.117 亿，最高同时在线账户数达到 1.454 亿，成为目前中国服务用户最多的互联网企业之一。

[②] 2004 年 5 月 12 日，盛大网络成为中国内地第一个在美国纳斯达克上市的网络游戏企业，股票代码 SNDA。它是一家通过盛大游戏、盛大文学、盛大在线等主体和其他业务，为客户提供多元化的互动娱乐内容和服务的公司。2011 年 11 月 23 日，盛大网络宣布董事会已经批准私有化退市协议。如果母公司收购所有流通股成功，该公司将成为一家私人持有的公司，不再在纳斯达克市场上市。2011 年 9 月 25 日，盛大游戏在美国纳斯达克市场挂牌，代码 GAME。它拥有国内最丰富的自主知识产权网络游戏的产品线，向用户提供包括大型多人在线角色扮演游戏、休闲游戏等多样化的网络游戏产品。2010 年，盛大与湖南广电集团共同出资 6 亿元人民币，成立全新的娱乐传媒公司华影盛视影业有限公司。

从"大片热"到"IP 热",背后是从电影逻辑到互联网逻辑的转化。之前依靠奇观、明星的视觉特征来吸引观众,变成依靠偶像和粉丝之间的关系以及对于内容的熟知程度来达成影视作品的商业目标,而这种关系又在互联网和社交网络时代得到了质变式的飞跃。这些年的产业实践表明,在系列片和 IP 转化的成功要素中,粉丝群体及其所形成的粉丝文化逐渐发挥着越来越重要的作用。他们不仅是特定电影系列的核心观众群体和观影"发动机",而且还通过同人作品等方式反哺创作,并支撑起特许权产品的消费市场。

媒介融合也为 IP 转化提供了更加肥沃的土壤。尤其是这几年随着移动播放设施以及电脑作为电影消费终端的发展,都改变了观众与电影相遇的情境,进而也改变了电影的定义和制作观念。[①] 特定的故事和创意往往会在不同媒介形态上转化和发行,如印刷品、广播、电视、电影、游戏等。这些媒介形态本身就对应了不同类型的消费群体和商业模式。而媒介融合则促进了特定的 IP 形成一股文化力量,跨媒介的传播得到了技术放大,并在更长的时间段上增强了消费者的忠诚度和消费意愿。[②] 詹金斯等人认为,在媒介融合的时代,传统的大众传播模式的单向度的内容发行(distribution)变成了内容的循环和流通(circulation),人们愿意通过互联网平台去分享信息、从而改变了内容的技术逻辑、文化逻辑和社会逻辑,形成了网状的传播和参与逻辑。[③] 在这种情况下,媒介融合将电影转化为一种文化体验,它对于消费者的价值远远超过了仅仅是在特定的时间段中在电影院等屏幕前对一系列画面的观看,这种文化体验能够让从来没有看过电影的人也能够为其中的角色和观念所吸引,沉浸其中。[④]

纵观产业改革之后的 20 年,尤其是近年来 IP 转化和系列化策略在影视产业领域的发展,我们能够看到这一趋势是如何被多种条件共同促成的。如果说

[①] Chuck Tryon. *Reinventing Cinema: Movies in the Age of Media Convergence*[M]. New Brunswick: Rutgers University Press, 2009: 6.
[②] Henry Jenkins. *Convergence Culture: When Old and New Media Collide*[M]. New York: New York University, 2006: 96.
[③] Henry Jenkins, Sam Ford, Joshua Green. *Spreadable Media: Creating Value and Meaning in a Networked Culture*[M]. New York and London: New York university Press, 2013: 1.
[④] Lionel Bently, Laura Biron. The Author Strikes Back: Mutating Authorship in the Expanded Universe[A]// *Law and creativity in the Age of the Entertainment Franchise*[C]. Cambridge: Cambridge University Press, 2014: 29-51.

"拼盘式大片"主导了产业改革头十年的市场观念和实践策略的话，那么在接下来的十年里，随着产业内部对市场规律、创作规律和观众需求把握更为深入，以及互联网作为新力量进入影视行业的投资、制作和发行/放映中，IP 转化成为重要的市场策略，主导了一批重要作品和产品的诞生。它还带动了不同细分领域以互联网为平台的横向整合，反过来也让几大互联网公司在文娱领域快速成长，甚至在全球范围内也规模靠前，具备了国际竞争和全球传播的初步实力。在产业的基础上，接下来的章节将在艺术创作和影视文化的范畴内，进一步地分析 IP 转化和系列化创作的规律与特征，展现产业推动之下影视产品的美学价值和文化影响。

第三章　真实改编：从现实故事到好莱坞主流电影

真实改编是电影创作的一个重要方式，真实事件和真实人物则是影视 IP 的一个重要来源。虽然"改编自真实事件"（based on a true story）这一表述直到 20 世纪 90 年代才在好莱坞电影中开始广泛使用，但这一创作取向具有悠久的历史。[①] 近年来，世界主要的影视大国都创作了大量的真实改编电影。例如，在废除旧的电影法和引入电影分级制度后，韩国真实改编电影获得了广阔的发挥空间，类型化手法与真实事件的成功结合所带来的市场影响力和艺术水准已经引起很多学者的研究兴趣[②]。印度的宝莱坞以歌舞片知名，但 21 世纪以来也创作了不少基于真实事件的改编电影，这些影片突破了印度本身的文化圈而得到全球观众的喜爱。其中，阿米尔·汗主演和导演的《摔跤吧！爸爸》因切中了中国观众在时代巨变的年代对"无痛宣泄"的需求而在我国大获成功。[③] 近年来，我国的真实改编电影也呈现出新的趋势。不论是现实主义风格的《我不是药神》《中国女排》，还是类型化的《中国机长》《攀登者》《红海行动》，都展示出真实改编的巨大力量。当下，国内的很多市场化媒体平台也推出各式各样的真实写作计划，并致力于将文字形态的真实故事进行商业化的 IP 运营、开发为更有市场价值的影视项目。

---

① Thomas Leitch. *Film Adaptation and Its Discontents：From Gone with the Wind to The Passion of the Christ*[M]. Maryland：The Johns Hopkins University Press，2007：280.
② 汪萌. "真实事件改编"电影研究 [J]. 电影文学. 2016 (19)：44-46.
③ 张步中. 刺破现实的温柔刀芒——阿米尔·汗电影的人物谱系与叙事模式 [J]. 当代电影，2019(3)：145-148.

从电影理论研究的角度看，由于电影创作方式的独特性，真实改编不仅是一类 IP 转化的特殊方式，而且在电影现实主义、跨文本叙事、意识形态批评、影视产业等领域具有广阔的研究价值。真实改编既代表着电影不断地向现实社会靠拢的努力，同时也展现了这一极具影响力的艺术形态用戏剧性的叙事模式和视听语言来阐释现实、改造现实，从而将真实事件转变为永恒的艺术品的过程。大多数真实改编都并非对现实的亦步亦趋，而是真实事件与大众期待之间不断相互影响和相互塑造的过程，是在特定社会文化语境下的叙事实践；真实事件为影视创作提供了基本的结构，而影视艺术和大众文化则对这种结构予以丰富和改写。有些时候，这种改写不仅"借他人酒杯，浇自己块垒"，还借用了真实事件的符号资源在当下的社会结构与意识形态斗争中展开政治表达。最后，真实改编还是一种市场驱动和消费导向的产业策略；"真实"这一标签既赋予了电影特殊的艺术力量，也提供了巨大的商业潜能。

为了系统研究真实改编电影这类独特 IP 转化现象的创作规律，探索真实改编电影与真实事件、真实人物、真实历史之间丰富多元的表征关系，本章以 21 世纪获得奥斯卡主要奖项提名的 108 部真实改编电影为案例，对其艺术成就、类型特征等展开基于统计的画像研究。为了尽量囊括多元丰富的样本，本章采取了一个较为宽泛的操作性定义：只要在影片的简介和宣传材料中声明了根据真实事件改编，即纳入统计范围。不过，有两类和真实事件相关的影片被排除在本文研究范围之外，一是纪录电影，二是以真实的历史情境和框架为基础、但核心的故事创意和角色为虚构的情况，如《1917》《珍珠港》等细节还原度高但缺乏具体人物事件参照的战争影片。

第一节　21 世纪奥斯卡提名影片中的真实改编电影

以好莱坞为代表的美国电影产业是全球最具影响力的电影创作力量，而奥斯卡金像奖则是代表了好莱坞基本艺术判断的核心奖项。为了对当代真实改编电影展开统计研究，本章选取 2001—2020 年 20 届奥斯卡评奖中获得核心奖项最终提名的影片为分析对象，这样就涵盖了 21 世纪前 20 年的所有入围影片；

所统计的核心奖项具体包括最佳影片、最佳导演、最佳男主角、最佳女主角、最佳原创剧本、最佳改编剧本和最佳外语片（后更名为最佳国际影片）共 7 个奖项。

一、影片提名情况

按照上述操作性定义和取样范畴进行统计后，可以看出，2001—2020 年共有 108 部真实改编影片 222 次入围上述主要奖项。其中，2014 年改编自真实案件的犯罪类影片《美国骗局》一举获得了最佳影片、最佳导演、最佳男主角、最佳女主角和最佳原创剧本 5 个奖项的提名。而《好莱坞往事》《永不妥协》等 21 部影片也获得了 4 个奖项的提名，由于这些影片很多情况下只有一位主要角色，在最佳男主角和最佳女主角中只能获得一项提名，而一部电影也只能获得最佳原创剧本和最佳改编剧本中的一项提名，因此上述 22 部影片可以被视为囊括了几乎所有可能获得的奥斯卡主要奖项的提名，在艺术创作的各个方面同时受到了行业的最高肯定。此外，还有 17 部影片获得了 3 个奖项的提名。可以说，以上 40 部影片都在艺术水准上达到了顶尖水平。（表 3-1）

表 3-1　获得 2 项以上奥斯卡主要奖项提名的片目列表

提名	数量	影片名称
5 项	1 部	《美国骗局》
4 项	22 部	《好莱坞往事》《宠儿》《副总统》《房间》《模仿游戏》《万物理论》《华尔街之狼》《林肯》《国王的演讲》《社交网络》《拆弹部队》《对话尼克松》《米尔克》《女王》《卡波特》《晚安，好运》《飞行家》《时时刻刻》《钢琴家》《美丽心灵》《永不妥协》
3 项	17 部	《爱尔兰人》《黑色党徒》《绿皮书》《血战钢锯岭》《聚焦》《美国狙击手》《狐狸猎手》《达拉斯买家俱乐部》《菲洛梅娜》《猎杀本·拉登》《点球成金》《斗士》《127 小时》《硫磺岛家书》《慕尼黑》《灵魂歌王》《寻找梦幻岛》

从单个奖项的提名情况来看，获得提名最多的奖项是最佳男主角，20 年内共有 52 部影片获得了这个奖项的提名。每年获得最佳男主角提名的影片为 5 部，20 年间共有 100 部各类影片获得最佳男主角提名，由此我们可以看出，真实改编类电影超过了这一奖项总提名数的一半。其次是最佳影片，共有 50 部影片获得了这个奖项的提名。由于 2010 年起最佳影片的最终提名由 5 部变为 10

部，这 20 年内共有 155 部影片获得这一奖项的题名。因此，获得最佳影片提名和最佳女主角提名（34 部）以及最佳导演提名（33 部）的真实改编电影，都占该奖项总提名数影片的三分之一左右。最后，获得两个编剧类提名的影片共有 51 部，和获得最佳影片及最佳男主角提名的影片数量相仿，都占 108 部总数的一半。（表 3-2）

从提名奖项的分布来看，真实改编对影片的整体水准，尤其是表演和编剧的要求都很高；艺术家们需要在剧作和表演等方面对真实生活中现存的事件和人物展开详细的调研、揣摩和再创作，让这些来自真实世界的 IP 变成能够为当代观众所接受和喜爱的故事。而真实改编的影片也往往对演员的演技提出了很高要求，经过考验的演员也常常能够在奥斯卡的表演类奖项中获得肯定。

表 3-2　奥斯卡主要奖项提名的真实改编影片数量统计表

奖项名称	提名数量	占总提名数的比例
最佳男主角	52	52%
最佳影片	50	32.3%
最佳女主角	34	34%
最佳导演	33	33%
最佳改编剧本	29	29%
最佳原创剧本	23	23%
最佳外语片（最佳国际影片）	11	11%

二、真实改编电影的题材选择

按照美国互联网电影资料库（IMDb）的类型标记，这 108 部真实改编影片共被指定了 336 个标签。其中，情节剧（Drama）这一类别被标记给了所有的影片。除此之外，最多的标签是传记片（Biography），共有 83 部影片都被视为是传记性的，其中不乏大量改编自既有传记文学 IP 的影视作品。其他的标签有些代表着影片改编的题材，如音乐、运动、冒险等，有些则与电影的视听与叙事类型较为接近，如惊险、浪漫、喜剧等。（表 3-3）为了更加细致地分析真实改编电影的文本特征，这一部分将分别对真实改编的历史偏好和内容偏好展开统计和分析。

表 3-3 IMDB 对真实改编电影的类型标注统计表

标 签 类 型	标记影片数量	标 签 类 型	标记影片数量
剧情（Drama）	108	喜剧（Comedy）	12
传记（Biography）	83	音乐（Music）	9
历史（History）	35	运动（Sport）	9
惊险（Thriller）	18	动作（Action）	7
战争（War）	18	冒险（Adventure）	4
犯罪（Crime）	15	推理（Mystery）	2
浪漫（Romance）	15	家庭（Family）	1

（一）真实改编的历史偏好

从影片所讲述的历史时期来看，改编自现当代真实事件的影片占多数。其中，主要事件发生在 21 世纪的有 18 部影片。考虑到统计对象是 21 世纪最初 20 年创作的电影，而对于晚近事件的改编难度较大、周期也较长，因此这些影片都展示出电影与当下社会之间的密切互动。这 18 部影片中既有《93 号航班》《猎杀本·拉登》等 21 世纪的重大国际事件，也包含了《聚焦》《爆炸新闻》等发生在美国具有很大影响力的社会丑闻，还包括了当时仍然"在世"的"脸书"和"苹果"创始人的创业传奇和人生传记。主要事件发生在 20 世纪的影片共有 84 部，占全部 108 部影片的绝大多数。如果以"二战"结束的 1945 年作为节点，主要事件发生在"二战"和"二战"前的有 18 部影片，完全以"二战"后到 90 年代为时代背景的影片有 61 部，超过了所有影片总数的一半，还有 5 部影片的主要时间线贯穿了"二战"前后。而 19 世纪或更早时期的影片仅有 6 部，其中 19 世纪的 3 部，18 世纪、16 世纪和 12 世纪各 1 部。（表 3-4、图 3-1）

从上述统计可以看出，21 世纪好莱坞的真实改编电影更倾向于关注"二战"结束后的当代社会。虽然改编自真实历史人物和历史事件的影片自经典好莱坞时期以来就是美国商业电影的重要组成部分和高概念制作的重要题材，但在 21 世纪的全部 108 部主要学院奖入围影片中，有 79 部的背景完全设置在 1945 年以后，占绝大多数；而讲述 20 世纪之前真实故事的影片仅有 6 部入围了奥斯卡的主要奖项。关注现实，关注当下，是电影艺术的永恒追求。

表 3-4　真实改编电影的故事时代分布统计表

历　史　时　期		影　片　数　量
21 世纪		18
20 世纪	"二战"后	61
	"二战"及"二战"前	18
	"二战"前后	5
20 世纪以前	19 世纪	3
	18 世纪	1
	16 世纪	1
	12 世纪	1

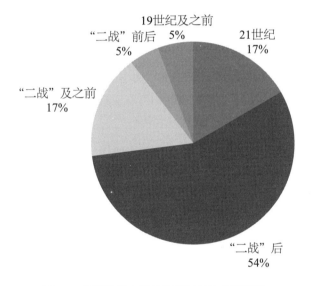

图 3-1　真实改编电影的故事时代分布示意图

（二）真实改编的题材偏好

本章挑选出的一百余部真实改编电影涉及众多题材，但基本的改编逻辑是人物传记改编和社会事件改编。需要说明的是，基于人物的改编并不排斥事件，但事件主要为人物塑造和编年体式的人生叙事服务；同样，基于事件的改编也无法不去塑造人物，甚至有些真实事件本身也是由具体人物推动和主导的。统计发现，根据人物传记改编的电影是真实改编的主要方式，共有 84 部电影可以视为具备人物传记特征的影片，其余的 24 部影片则以事件为改编首要考量。

从题材分布的统计可以看出（表3-5），好莱坞真实改编影片分为人物传记和戏剧性事件两大类型。从题材分布上能够看出，在以人物为核心的真实改编电影中对于知名人物的生平改编占比最大，达47部；改编自普通人真实经历的影片也占有不小的分量，体现了现实主义的创作取向。相对而言，以事件为核心的改编影片数量较少，影片的时间跨度相对较短，戏剧性和外部冲突相比传记影片更加集中。

表3-5 真实改编电影的题材分布表

改编题材		影片数量	具体片目
名人改编	政治人物	17	《宠儿》《米尔克》《副总统》《至暗时刻》《国王的演讲》《铁娘子》《摩托日记》《林肯》《辉煌年代》《蒙古王》《塞尔玛》《哈丽特》《第一夫人》《女王》《教宗的继承》《帝国的毁灭》《末代独裁》
	文艺名人	16	《灾难艺术家》《玫瑰人生》《弗里达》《寻找梦幻岛》《朱迪》《波西米亚狂想曲》《无主之作》《冲出康普顿》《特朗勃》《与歌同行》《灵魂歌王》《夜幕降临前》《画家波拉克》《鹅毛笔》《卡波特》《最后一站》
	体育名人	7	《极速车王》《我，花样女王》《点球成金》《斗士》《弱点》《拳王阿里》《狐狸猎手》
	企业家	4	《社交网络》《乔布斯》《飞行家》《奋斗的乔伊》
	科学家	3	《模仿游戏》《万物理论》《美丽心灵》
普通人		30	《丹麦女孩》《奔腾年代》《钢琴家》《美国荣耀》《当幸福来敲门》《隐藏人物》《潜水钟与蝴蝶》《深海长眠》《朱莉与朱莉娅》《时时刻刻》《涉足荒野》《美国狙击手》《血战钢锯岭》《希望与反抗》《大病》《菲利普船长》《127小时》《晚安，好运》《房间》《雄狮》《间谍之桥》《菲洛梅娜》《爱恋》《达拉斯买家俱乐部》《永不妥协》《绿皮书》《北方风云》《换子疑云》《亨德森夫人的礼物》《携手人生》
罪犯		5	《爱尔兰人》《华尔街之狼》《茉莉的牌局》《女魔头》《你能原谅我吗》
探险者		2	《孤筏重洋》《蛇之拥抱》
事件		24	《慕尼黑》《美国骗局》《巴德尔和迈因霍夫》《进退维谷》《辛瑞那》《我与梦露的一周》《黑暗弥漫》《海啸奇迹》《黑色党徒》《颤栗航班93》《硫磺岛家书》《伪钞制造者》《圣诞快乐》《卢旺达饭店》《华盛顿邮报》《爆炸新闻》《聚焦》《好莱坞往事》《猎杀本·拉登》《拆弹部队》《黑鹰坠落》《逃离德黑兰》《对话尼克松》《成事在人》

（三）围绕人物传记的改编

传记是西方古典学和神学中的一个重要传统，并且与新古典主义对古典学中人文主义精神的重新发现息息相关。20世纪以来，"传记片"（Biopics）也成为好莱坞的重要类型。但相比于其他类型电影和艺术电影，传记电影较少得到学术研究的关注，在市场表现上也常常不温不火。传记片缺乏原创性、对人物的处理方式以及情节走向的可预期等，都是被质疑的对象；它的历史目的论、对大团圆结局的喜爱、甚至是过分夸大浪漫情节在个体生活中的作用等方面，也引发了电影和历史研究者的批评。[①] 然而，传记片作为美国社会盛行的名人文化的一部分、也获得了广泛的影响力。虽然名人文化在时间上早于现代传播媒介，但在20世纪大众媒介兴起之后，美国的名人文化、名人消费与大众文化之间就发展出愈加密切的关系，这大大推动了知名个体形象的生产、传播和推广，并且在当代社会文化场域为名人文化提供了更加广阔的空间。[②] 很多知名人物的人生故事在影片拍摄之前就已经具备广泛知名度，往往通过报刊、电视、传记文学等为人所熟知，已然是具备较好电影市场潜力的优质IP。

知名人物改编最多的对象是政治人物，主要包括《宠儿》《米尔克》等17部影片，大都展示了政治家对历史社会的直接推动力和他们的努力与挣扎。体育和艺术也是重要的名人改编领域。艺术家常常被公众想象为天才和生活在现实社会之外的个体，他们不食人间烟火，只创作伟大艺术；而电影则通过具有强度的故事和广泛的观看效果进一步强化了关于艺术家和艺术品的基本观念和当代神话。[③] 传记片研究的学者通过统计发现，在20世纪50年代，传统制片厂生产的传记片进入繁荣阶段，艺术家和演员的传记在比例上十分突出。[④] 在本章统计范畴内，对知名文艺界人士的改编影片共有16部，涉及的文艺领域包括

---

① Thomas S. Freeman, David L. Smith. 'Movies That Exist Merely to Tell Entertaining Lies'?: Biography on Film[A]//T. S. Freeman and D. L. Smith. *Biography and History in Film*[C]. Palgrave Studies in the History of the Media, London: Palgrave Macmillan, 2019: 1-42.
② Andy Miah. The Cultural Politics of Celebrity[J]. *Cultural Politics: An International Journal*, 2010(6): 49-64.
③ Doris Berger. *Projected Art History: Biopics, Celebrity Culture, and the Popularizing of American Art*[M]. London: Bloomsbury Academic, 2014: 1-2.
④ George Frederick Custen. The Mechanical Life In The Age Of Human Reproduction: American Biopics, 1961-1980[J]. *Biography* 1(23): 127-159.

音乐、绘画、文学，如脍炙人口的《波西米亚狂想曲》《弗里达》《寻找梦幻岛》等。对知名体育从业者的改编数量较少，仅有 7 部，涉及的运动多为拳击、棒球、赛车等广为好莱坞商业类型创作者喜爱的项目。相比文艺领域，体育类人物的改编略少，这是因为体育题材本身就是好莱坞电影中重要的商业类型，《速度与激情》等商业大片也将体育运动元素借用于惊险动作样式中，因此在一定程度上形成了题材的竞争关系，多少影响了对真实体育人物的改编规模。其他类型的名人改编数量相对较少：对知名企业家和创业者的改编有《社交网络》《乔布斯》等 4 部，对知名科学家的生平改编有《模仿游戏》《万物理论》《美丽心灵》3 部。

值得注意的是，人物传记类型的真实改编影片同样重视对普通人生平故事的讲述。虽然在电影改编之前一些普通人的故事也已经被电视报道并出版了自传或传记文学，但大多数影响力远远小于名人，因此这些改编均可以被视为从日常生活中挖掘出来的闪光人物。这类改编共有 30 部，包括了《涉足荒野》《携手人生》等。这些影片广泛地处理了现实生活中的个体困境，探讨了人性的善恶。在上述 30 部影片之外，还有 7 部较难归类的人物改编类型：其中 5 部是《爱尔兰人》《华尔街之狼》等改编自犯罪经历的影片，具有一定的黑色电影和黑帮电影的特征，另有《孤筏重洋》《蛇之拥抱》这 2 部对探险家经历展开改编的影片。

（四）围绕戏剧性事件的改编

相较于人物改编，以事件为核心的改编影片数量较少，获得奥斯卡主要奖项提名的这类影片包括了《慕尼黑》《美国骗局》等 24 部影片。这些影片改编对象较为丰富，既有"9·11"恐怖袭击、伊拉克战争、伊朗革命、"二战"等重要的国际事件，也有《美国骗局》《黑色党徒》《聚焦》等影片所关注的美国国内的犯罪事件，还有《华盛顿邮报》《对话尼克松》等影片揭示出政治事件背后不为人知的细节。可以说，现实生活中的法律、新闻、社会、政治等热点事件，因其本身的公共性、争议性和揭秘性，都是真实改编的潜在对象。

从剧作特征上看，围绕戏剧性事件的改编往往会涉及参与其中的多个人物，他们构成了几条齐头并进的线索，通过层层悬念呈现真实事件的整体样貌与核心环节。例如，2012 年获得最佳影片的《逃离德黑兰》除了以主角 CIA 雇员托尼·门德兹为主线展开叙述外，还同时呈现了被困在加拿大使馆的六名美国外交官、伊朗革命卫队的拼图进展、CIA 和政府官员的犹豫，以及好莱坞虚构制片厂的留守同伴。在影片中，我们不仅跟随门德兹的行动深入解救行动中，而且也通过不同线索了解到更为广阔的时代背景，预知了主要角色所没有体察到的危机；特别是在影片高潮阶段，几条线索齐头并进、平行剪辑，构成了经典的"最后一分钟营救"故事桥段。相比而言，虽然传记叙事也会围绕传主设计关于配角和反派的多条线索，但其核心目标是通过人物关系来完成对传主的性格塑造和命运揭示；而像《逃离德黑兰》这类戏剧性事件改编中的人物和情节设置，则主要是为了展现事件全貌，并通过不同线索之间的关联来营造悬念和推动叙事。可以说，戏剧性事件的改编更加贴近于经典好莱坞的叙事模式。

　　实际上，很多真实人物改编的影片虽然以传记为特征、但也参照了戏剧性事件改编的类型，聚焦于人物经历中的关键事件展开叙事。一方面，由于政治人物和政治事件之间不可分割的联系，一些政治人物传记往往围绕较为集中的事件展开，而非针对人物完整生平的改编，例如《第一夫人》主要展现了肯尼迪遇刺事件，《女王》表现的是戴安娜王妃遇难和王室丑闻，《帝国的毁灭》则是对于希特勒执掌纳粹德国最后日子的呈现。因此可以说，很多根据政治人物改编的影片同时体现出真实改编的人物逻辑和事件逻辑，二者相辅相成。另一方面，针对普通人故事的电影改编中也有很多影片围绕核心事件展开，也并非展示这个人的完整一生。如《127 小时》《菲利普船长》主要讲述了遭遇意外事件的个体的勇气和自救，《北方风云》《永不妥协》通过法律事务展示弱者对于公平正义的追寻，《血战钢锯岭》《美国狙击手》则以战争事件中的普通士兵为表现对象。上述的这两类情况可以视为人物传记和戏剧性事件这两种改编类型的某种结合。

三、真实改编电影的市场表现

　　20 世纪 90 年代以来，真实改编电影逐渐成为好莱坞的重要创作趋势，不仅"改编自真实事件"的标记开始被广泛使用，而且真实改编也逐渐成为一种娱乐和卖座的策略保证。[①] 本章的这一部分根据数据库公开资料统计了 21 世纪获奥斯卡主要奖项提名的真实改编电影在制作成本和票房收入上的具体表现。

---

① Thomas Leitch. *Film Adaptation and Its Discontents: From Gone with the Wind to The Passion of the Christ*[M]. Maryland: The Johns Hopkins University Press 2007: 291.

在制作规模方面，2000万～8000万美元的中等成本影片居多，另有少量低成本和大制作影片；而这类电影的市场表现也差异较大，若干表现优异的影片在北美市场甚至可以与高概念幻想类电影一较高下。

（一）真实改编电影的制作规模

从制作规模来看，已经被市场证明的流行传记文学因其已经具有较为成熟的 IP 转化潜质，常常被好莱坞改编为大制作影片，能够争取到较高预算，如根据传记文学改编的历史题材影片《绝代艳后》（2006）、《公爵夫人》（2008）等。[①]21世纪奥斯卡入围的真实改编电影的制作规模差距较大，既有瞄准主流观影市的大制作手笔，也有走文艺和独立路线的小众电影。在本章所考察的 108 部影片中，有 61 部影片在 IMDB 上可以查到制作成本，中位数是 3500 万美元（《北方风云》《钢琴家》）。其中，制作成本最高的是《飞行家》，达 1.1 亿美元；制作成本超过 1 亿美元的还有《拳王阿里》和《华尔街之狼》。制作成本最低的影片是《达拉斯买家俱乐部》，为 500 万美元；制作成本在 1000 万美元以下的影片还有《末代独裁》《卡波特》《晚安好运》《女魔头》4 部。从制作成本分布的散点图（图 3-2）上可以看出，这 61 影片的成本分布比较均衡，涵盖了从中小成本电影到商业大制作的广泛区域。

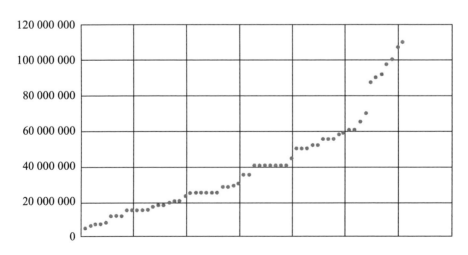

图 3-2　真实改编电影的制作成本散点图（单位：美元）

---

① Srividhya Swaminathan, Steven W. Thomas. *The Cinematic Eighteenth Century：History, Culture, and Adaptation*[M]. London and New York：Routledge, 2018：1.

（二）真实改编电影的票房表现

全部 108 部入围奥斯卡主要提名的真实改编电影都可以在 Box Office Mojo 上查到全球票房数据。其中，票房收入最高的是《波西米亚狂想曲》，全球票房收入超过 9 亿美元。排名全球票房收入前十位的真实改编影片中每一部的票房收入均超过 2.7 亿美元；在全部的 108 部影片中，共有 45 部影片的全球票房超过 1 亿美元。（表 3-6、图 3-3）

表 3-6　全球票房前十位的真实改编电影

影　片	提　名　年　份	收入（美元）
《波西米亚狂想曲》	2019	903 655 259
《美国狙击手》	2015	547 426 372
《国王的演讲》	2011	427 374 317
《华尔街之狼》	2014	392 000 694
《好莱坞往事》	2020	374 341 301
《绿皮书》	2019	329 006 453
《美丽心灵》	2002	316 791 257
《弱点》	2010	309 208 309
《当幸福来敲门》	2007	307 127 625
《林肯》	2013	275 293 450

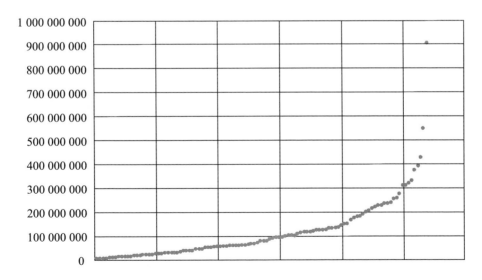

图 3-3　真实改编电影的全球票房收入散点图

根据 2020 年年初的数据,除了《爱尔兰人》和《教宗的承继》没有北美发行数据之外,其他 106 部影片中北美票房收入最高的是《美国狙击手》,达 3.5 亿美元,排名北美票房前十位的影片票房均超过 1.4 亿美元。106 部影片中共有 39 部影片的票房超过 5000 万美元,其中的 20 部影片的票房都超过了 1 亿美元。(表 3-7、图 3-4)

表 3-7　北美票房前十位的真实改编电影

影　片	提　名　年　份	收入（美元）
《美国狙击手》	2015	350 126 372
《弱点》	2010	255 959 475
《波西米亚狂想曲》	2019	216 428 042
《林肯》	2013	182 207 973
《美丽心灵》	2002	170 742 341
《隐藏人物》	2017	169 607 287
《当幸福来敲门》	2007	163 566 459
《冲出康普顿》	2016	161 197 785
《美国骗局》	2014	150 117 807
《好莱坞往事》	2020	142 502 728

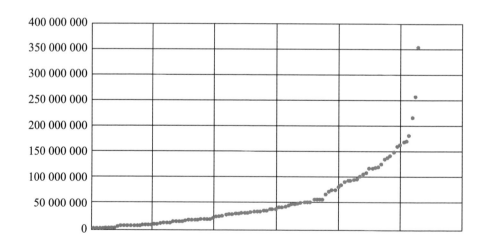

图 3-4　真实改编电影的北美票房收入散点图

在本章研究的真实改编影片中,有 4 部跻身当年北美票房排行榜的前十位。其中,《美国狙击手》拿下了 2014 年北美票房的冠军,以 5880 万的制作成本获得了 3.5 亿美元的票房。排在其身后的当年北美票房前十位的影片依次包括了

《饥饿游戏3：嘲笑鸟（上）》《银河护卫队》《美国队长2》《乐高大电影》《霍比特人3》《变形金刚4》《沉睡魔咒》《X战警：逆转未来》《超能陆战队》，几乎都是基于想象世界和架空世界观的IP改编的科幻、魔幻和动画类商业大片。《弱点》在2009年的北美票房中名列第8位，票房为2.56亿美元。当年的票房冠军被《阿凡达》以7.6亿美元获得，票房排名在《弱点》之上的其他影片还包括《变形金刚2》《哈利·波特与混血王子》《暮光之城2》《飞屋环游记》《宿醉》《星际迷航》。《波西米亚狂想曲》以2.16亿美元的票房位列2018年北美票房排名的第十位。排在前面的依次为《黑豹》《复仇者联盟3》《超人总动员2》《侏罗纪世界2》《海王》《死侍2》《绿毛怪格林奇》《碟中谍6》《蚁人2》，其中名列第一的《黑豹》拿下7亿美元票房，是《波西米亚狂想曲》的3倍以上。《当幸福来敲门》以1.6亿票房名列2006年北美票房排名的第10位。排名在前面的依次为《加勒比海盗2》（4.2亿）、《博物馆惊魂夜》《汽车总动员》《X战警3》《达·芬奇密码》《超人归来》《快乐的大脚》《冰河世纪2》《007之皇家赌场》。这四部影片很好地为我们展示出，真实改编影片中的优秀作品在成功的市场策略下也能够与商业大制作影片在票房收入上一较高下。

四、真实改编电影的主流创作者

真实改编电影因其重要的社会价值和艺术潜力，成为诸多好莱坞导演经常尝试的创作题材；他们的加入也提升了这类影片的市场表现和艺术水准，标志着真实改编电影的主流化过程。从创作经历分析可以看出，一批当代重要的欧美导演都有真实改编电影的创作经历；真实改编电影不仅成为他们创作生涯中的标志作品，而且也展现出这些导演的个人风格。此外，不少一线演员也常常参演真实改编电影。

（一）资深导演

很多当代顶尖的资深导演都创作过大量的真实改编电影。斯皮尔伯格是真实改编电影领域的重要导演，得到了评论界和电影研究领域的广泛重视。21世纪他执导的《华盛顿邮报》《间谍之桥》《林肯》《慕尼黑》均获得了多项奥斯卡提名；此外，由他执导的《幸福终点站》（2004）、《辛德勒的名单》（1993）也都是真实改编的口碑佳作，在票房市场上也有上佳表现。另一位具有市场号召力的美国导演克林特·伊斯特伍德创作出《美国狙击手》这部高票房真实改编电影，此外仅在21世纪这位高产的电影人就创作了《成事在人》《换子疑云》《硫磺岛家书》等奥斯卡提名影片，以及《理查德·朱维尔的哀歌》（2019）、《萨利机长》（2016）等广受欢迎的作品。

马丁·斯科塞斯偏好大制作的真实改编电影，21世纪获得奥斯卡主要奖项提名的真实改编电影中制作成本最高的《飞行家》就出自其手，另外《爱尔兰人》《华尔街之狼》也都是高成本的真实改编影片。值得一提的是，斯科塞斯是较早进行真实改编创作的导演，他在纽约学习电影时就接受了较为系统的纪录片训练，早期作品中改编自真实事件的《愤怒的公牛》（1980）、《好家伙》（1990）都是当时影响力很大的重要影片，而他目前正在制作的最新项目《罗斯福》同样也是真实改编题材。

（二）中坚力量

上述三位极具票房号召力的、出生于20世纪三四十年代的导演是真实改编电影创作群体中的领头羊，很多出生于50年代的好莱坞中坚力量也常常进行真实改编创作。朗·霍华德代表了好莱坞商业电影导演的普遍风格，曾执导过《达·芬奇密码》等一系列商业大片。他从90年代起就长期投身真实改编影片的创作，根据真实事件改编的《阿波罗13号》（1995）荣获了包括1996年奥斯卡金像奖最佳剪辑和最佳音效奖在内的20多个奖项，21世纪以来他又相继执导了《对话尼克松》《美丽心灵》等获得奥斯卡提名的真实改编影片，他的《极速风流》（2013）、《铁拳男人》（2005）、《报业先锋》（1994）等也都改编自真实事件。可以说，朗·霍华德是将商业电影模式与真实改编融合较好的一位导演。

约翰·李·汉考克从编剧开始入行，1998年才开始担任长片导演，常常进行具有商业色彩的真实改编创作。他不仅执导了获得奥斯卡提名的《弱点》，还创作了《大创业家》（2016）、《大梦想家》（2013）、《心灵投手》（2002）等真实改编电影。值得注意的是，汉考克在真实改编的选材上内容宽广，除了上述当代故事之外，还包括了《阿拉莫之战》（2004）所展示的1836年美墨战争，以及由奈飞出品的最新作品《劫匪》（2019）所展现的追踪邦妮和克莱德这对雌雄大盗的骑警的真实故事。

另一位导演大卫·O.拉塞尔从影以来执导的所有真实改编影片《美国骗局》《奋斗的乔伊》《斗士》也均获得了奥斯卡提名。上述三位导演都出生于20世纪50年代，是当代好莱坞的中坚力量，熟悉商业电影的普遍规则，具有熟练的创作技巧和稳定的市场成绩。

（三）独立导演

一些导演还在真实改编电影中寻求个性风格和艺术突破，在题材和主题方面展示了自己独特的爱好。例如，美国著名独立电影导演托德·海因斯的《我不在那儿》（2007）《天鹅绒金矿》（1998）都是叙事独特的音乐传记片，探索了传主的精神世界，充分体现了他作为独立导演的创意，最近的《黑水》（2019）讲述了针对大型企业破坏环境的漫长诉讼，在叙事和题材上开始向主流电影靠拢。

"谍影重重"系列的导演保罗·格林格拉斯则尤其关注政治热点题材的改编，作为一名独立导演，他凭借改编自北爱尔兰争端的《血腥星期天》（2002）荣获柏林电影节金熊奖，奠定了职业生涯的基础，并将纪录片式的真实影像风格带入了"谍影重重"系列中。后来格林格拉斯不仅依靠《菲利普船长》《颤栗航班93》等继续得到奥斯卡提名，而且还改编拍摄了《挪威7·22爆炸枪击案》（2018，获金狮奖提名）、《绿区》（2010）等政治热点事件影片。

相对年轻的英国导演乔·赖特也是改编电影的老手，并且尤其喜爱历史题材，他执导的电影《傲慢与偏见》（2005）、《安娜·卡列尼娜》（2012）、《赎罪》（2007）以及BBC迷你剧《查理二世》（2003，4集）都广受好评。《至暗时刻》代表了赖特在真实改编领域的最高水准，而且获得观影市场的欢迎。除了收获第90届奥斯卡金像奖之外，还获得了最佳影片和最佳摄影的提名，全球票房突破1亿美元[①]。在第90届奥斯卡最佳影片提名中该片全球票房仅次于《敦刻尔克》的5.26亿美元和《逃出绝命镇》的2.55亿美元。

（四）一线演员

值得注意的是，真实改编电影与主要演员之间有密切关系。在21世纪头20年中，有23位演员最终依靠扮演真实人物而最终荣获了奥斯卡最佳男女主角奖项，超过了所有获得主要演员奖项的一半；其中2019年、2010年、2007年、

---

① IMDb. Darkest Hour (2017) Awards[EB/OL]. https://www.imdb.com/title/tt4555426/awards?ref_=tt_awd.

2006年、2003年这五个年份最佳男女主角均来自真实改编电影。对于当代观众来说,演员比他饰演的角色更加为人所知,这通常会鼓励观众将演员的人格带入他们对于角色的理解中,演员也用自己的专业表现和明星形象让真实世界中的人们在银幕上活了起来。① 例如,著名演员艾德·哈里斯在电影《波洛克》中成功地饰演了这位美国现代绘画巨匠,艺术家的神话和明星的传奇也在电影内外融合在一起。② 菲利普·塞默·霍夫曼依靠他在《卡波特》中对20世纪50年代作家杜鲁门·卡波特的出色诠释而荣获当年奥斯卡最佳男主角;而他自己生活经历和性格特征与他饰演的角色之间的相似性也屡屡被人提起。(表3-8)

表3-8 21世纪真实改编电影奥斯卡主要表演奖项统计表

年 份	荣获奖项	获奖人	获奖影片
2020	最佳女主角	蕾妮·齐薇格	《朱迪》
2019	最佳男主角	拉米·马雷克	《波西米亚狂想曲》
2019	最佳女主角	奥利维娅·科尔曼	《宠儿》
2018	最佳男主角	加里·奥德曼	《至暗时刻》
2016	最佳女主角	布丽·拉尔森	《房间》
2015	最佳男主角	埃迪·雷德梅恩	《万物理论》
2014	最佳男主角	马修·麦康纳	《达拉斯买家俱乐部》
2013	最佳男主角	丹尼尔·戴-刘易斯	《林肯》
2012	最佳女主角	梅丽尔·斯特里普	《铁娘子》
2011	最佳男主角	科林·费斯	《国王的演讲》
2010	最佳男主角	杰夫·布里吉斯	《疯狂的心》
2010	最佳女主角	桑德拉·布洛克	《弱点》
2009	最佳男主角	西恩·潘	《米尔克》
2008	最佳女主角	玛丽昂·歌利亚	《玫瑰人生》
2007	最佳男主角	福里斯特·惠特克	《末代独裁》
2007	最佳女主角	海伦·米伦	《女王》
2006	最佳男主角	菲利普·塞默·霍夫曼	《卡波特》
2006	最佳女主角	瑞茜·威瑟斯彭	《与歌同行》
2005	最佳男主角	杰米·福克斯	《灵魂歌王》
2004	最佳女主角	查理斯·塞隆	《女魔头》
2003	最佳男主角	阿德里安·布劳迪	《钢琴师》
2003	最佳女主角	妮可·基德曼	《时时刻刻》
2001	最佳女主角	朱莉亚·罗伯茨	《永不妥协》

---

① Doris Berger. Projected Art History: Biopics, Celebrity Culture, and the Popularizing of American Art. London: Bloomsbury Academic, 2014: 12.
② Doris Berger. Projected Art History: Biopics, Celebrity Culture, and the Popularizing of American Art. London: Bloomsbury Academic, 2014: 295.

本节以 21 世纪以来获得奥斯卡主要奖项提名的 108 部真实改编影片为对象展开了画像分析。研究发现，这些影片在最佳男主角这一奖项中囊括了一半以上的提名，在最佳影片、最佳导演和最佳女主角的奖项提名中也占据了三分之一左右，表明真实改编电影的艺术水准广受认可，是这股电影新浪潮的重要标志。从改编对象的时代分布情况来看，获得艺术认可的真实改编影片具有很强的当代意识，对于"二战"之后的真实事件和真实人物的改编占大多数，而对于 20 世纪之前的改编则几乎可以忽略不计。对各类名人和普通人的改编是主要的创作方式，热门事件也是影视改编的重要对象，这些都呼应了当代观众对电影社会价值的期待。对市场表现的统计则发现，在一定的外部市场支持下，真实改编电影也能够带来较好的票房，有 4 部影片冲入当年北美年度票房排名的前十位。获得奥斯卡主要奖项提名的真实改编电影的上述画像特征，不仅揭示了真实改编这一特殊 IP 转化领域的一般规律，而且也为我国当前的同类创作提供了借鉴和启发。真实改编电影对剧作水平和表演水准的要求，在改编对象上的当代性和话题性，以及这一创作类别在电影艺术领域中的主流地位，都能够启发我国真实改编电影创作在质量上进一步提升。

第二节　真实改编电影的真实观

21 世纪的真实改编电影继承了传记片和社会问题电影这两类创作传统，成为美国电影的一股新浪潮，是历年奥斯卡奖的热门，也为北美电影市场所青睐。本章的上一节对 21 世纪获得奥斯卡主要奖项提名的真实改编电影展开了统计分析，发现当代性和话题性是这类影片在改编对象选择方面的重要特征。那么，这类以"真实"为首要标签的电影是如何处理和呈现当代真实世界的？它希望传递出哪些信息，建构关于当代社会的什么样的价值系统？本节将分析 21 世纪好莱坞真实改编电影的创作特征，探究真实改编电影在好莱坞主流电影中的独特地位，以及它所传递和支持的主流价值系统。

真实改编在具体的创作实践中发展出丰富的样式，仅在片头表述中就有"根据真实事件"（based on a true story）和"由真实事件启发"（inspired by a true story）等区别。在具体的叙事创作中，文本和事实之间的关系更加复杂——有些影片追求完全复原现实，有些影片仅参照真实事件中的基本要素而展开尺度很大的改编。因而，在创作方式上，真实改编电影可以粗略地分为基本忠实真人真事的故事再现和根据真人真事进行较大虚构的两大偏向。在这两种偏向之间，是从真实到虚构这条轴线上的大部分频谱，在美学上也体现了现实主义、类型叙事、艺术电影等不同主张。

一、真实之辨

将"真实"作为核心标志必然带来的是电影与真实之间的复杂辩证关系，人物改编和事件改编的影片常常引发人们对其真实性的争议。如何对待和呈现真实，是这类电影无法绕开的创作难题。

学术领域的严肃学者对于电影能否达到历史学意义上的真实性普遍持否定态度，他们常常将真实人物的影视改编视为一个通往历史真相道路上的麻烦制造者，甚至建议应当将传记片这类真实改编视为和真实毫无关联的一种艺术类型。[①] 这是因为，大多数观众都先入为主地相信他们在银幕上看到的就是真相本身，电影因此可以影响甚至改变基本事实，服务于特定的娱乐和政治目标。例如，著名政治家肯尼迪在影视剧中的公共形象与历史学家和政治学者的评价之间就存在很大反差，展示出媒体对于真实的持续建构过程及其广泛影响力。[②]《理查德·朱维尔的哀歌》中与女性新闻记者相关的一个推测性情节则引发了一部分当代观众的不满，对待特定细节的改编态度甚至间接影响了这部影片在颁奖季上的表现。在这一层面上，对于影视改编真实性的反思，和历史研究领域中的"元史学"，共享了一套批评话语。它们都强调"真实"的建构性，试图发掘这种建构背后的意识形态目的和集体无意识。

即便如此，一些历史学家也承认，影视媒介仍然是当下最具影响力的公共史学的存在形态，绝大多数人都将影视剧视为学校教科书之外最重要的历史知识来源。就像任何历史档案和历史叙述都不可能是历史真相本身一样，任何的

---

① J. Welsh. Musical Biography and Film：John Tibbetts Interviewed by Jim Welsh[J]. *Film and History*，2005(35)：87.
② Mark White. Apparent Perfection：The Image of John F. Kennedy[J]. *History*，2013(98)：226-246.

真实改编电影,从摄影机开始工作的那一刻起,就意味着它不可能是原样的真实。但这并不影响真实改编对于人们认识历史与社会的价值。即使是对电影能否成为历史叙述媒介持最为苛刻态度的历史学家和意识形态批评者,也认可影像的巨大能量——它能够让过去无比生动地呈现在观众面前。例如,1973 年奥斯卡奖的最大赢家《歌厅》(*Cabaret*,1972)通过歌舞类型的诸多要素,讲述了 20 世纪 30 年代德国柏林几个年轻男女的生活故事,但却传递出浓郁的时代气息,吟唱出一曲末世悲歌。弗里曼和史密斯(Freeman & Smith)以影片中对希特勒崛起的描述为例,认为观众通过影视作品中的视听呈现而产生的对于"二战"前社会生活的真切感受,是其他任何一本历史教材所无法给予的。[①] 当下,创作者和评论家们普遍认为,并非完全遵从真实原貌就是最好的改编,观众一方面希望真实改编电影在基本的细节层面上尊重事实,不要犯常识错误和挑战观众的基本认知;另一方面也希望借助真实改编来完成自己对于现实世界的想象和期望,赋予现实更多的意义和情感。

二、真实的想象力

在创作过程中,真实改编普遍追求对特定历史情境下的必然性的探索,有时候甚至可以用必然性的想象挑战经验上的真实性。叙事学的鼻祖亚里士多德较早地讨论了历史必然性的法则。在《诗学》第 8 章亚里士多德首先指出,情节的统一性并不因为所有内容聚焦在一个人身上就可以自然达成。"一个人可以经历许多行动,但这些并不组成一个完整的行动。"[②] 因此,亚里士多德在接下来的文字中探讨了诗人的职责,清晰地定义出了历史必然性和真实之间的关系。他说:

> 诗人的职责不在于描述已经发生的事,而在于描述可能发生的事,即根据可然或必然的原则可能发生的事。历史学家和诗人的区别不在于是否用格律文写作,而在于前者记述已经发生的事,后者描述可能发生的事。所以,诗是一

[①] Thomas S. Freeman, David L. Smith. 'Movies That Exist Merely to Tell Entertaining Lies'?: Biography on Film[A]. T. S. Freeman and D. L. Smith. Biography and History in Film[C], Palgrave Studies in the History of the Media, London: Palgrave Macmillan, 2019: 1-42.
[②] (古希腊)亚里士多德,陈中梅译. 诗学[M]. 北京:商务印书馆,2003:78.

种比历史更富哲学性、更严肃的艺术，因为诗倾向于表现带普遍性的事，而历史却倾向于记载具体事件。[①]

亚里士多德对于诗和历史在艺术层面上的褒贬，为符合艺术规律的真实改编提供了合法性。当代改编理论的发展也进一步解放了真实改编的观念，鼓励创作者探索各种具有必然性意义的解释框架而不必囿于呈现完整和所有的真实。乔治·布鲁斯东（George Bluestone）发表于1957年的影视改编领域奠基著作《从小说到电影》认为，改编并非代表着电影附庸于文学，而是导演在阅读小说中得到启发，并创作了自己的作品。从改编理论来看，观众并非期待与真实或原作完全一一对应的改编；原著、观众、改编作品之间的三角关系比较复杂，观众既期待看到忠实原著，又期待看到令人惊喜的变化，甚至是希望看到自己潜意识里所期待的改编方式。虽然上述论述主要针对文学领域的电影改编，但打破电影与真实之间的附庸关系同样适用于真实改编领域。

罗兰·巴特和米哈伊尔·巴赫金进一步地区分了"作品"（work）和"文本"（text），将电影创作视作一种更加积极的理解、阐释和对话，而非复制和复述。[②] 这就为电影改编的主动性和脱离尊重原著的枷锁提供了进一步的支撑。在他们看来，针对同一题材或内容的不同文本创作和文学书写，都是对事件进行理解和阐释的一种手段；这种创作和叙述实践的核心价值，并非是精确复制和完整表述，而是基于不同创作者的创造性甚至是主观性理解。是阐释，而不是复制，提供了新的知识和文化。20世纪80年代以来，建构主义开始成为这一时期的革新力量，女性主义者、马克思主义学者和后结构主义学者纷纷针对准确性、客观性和对历史真相的迷信提出批评，他们接受了历史叙述中建构性的观点，很多呈现了历史可能性而非确定性的电影也开始被严肃对待，[③] 甚至出现了"影视史学"这样的交叉领域。

在上述理论视域下，对真实改编电影来说，想象力和创造力成为这类电影

---

① （古希腊）亚里士多德，陈中梅译. 诗学[M]. 北京：商务印书馆，2003：81.
② Thomas Leitch. *Film Adaptation and Its Discontents：From Gone with the Wind to The Passion of the Christ*[M]. Maryland：The Johns Hopkins University Press，2007：12.
③ Srividhya Swaminathan, Steven W. Thomas. Introduction：Representing and Repositioning the Eighteenth Century on Screen[A]//*The Cinematic Eighteenth Century：History, Culture, and Adaptation*[C]. London and New York：Routledge，2018：4.

的首要价值,用想象去探索真实人物的内心世界、发掘蕴含于真实事件中的共享价值,是真实改编影片的核心任务。例如,几乎每一部传记电影都会被严谨的观众和专家挑出众多的虚构要素;但大家依然热爱传记电影,正因为这一题材本身的价值并非仅仅对于真实人物的记录,而是源于观众和读者需要用它来获得启迪、安慰和陪伴的需求,它能够激发人们的同理心,让我们感受到主体性的力量。[1]例如,影片《波洛克》(Pollock,2000)的主人公是20世纪中叶西方艺术的领军人物,但这一角色从各个方面来看对普通观众来说都有接受上的困难:一方面,他所从事的抽象派油画的创作,是一门难以理解的艺术;另一方面,他自己具有强烈的反社会性格,他的充满怨愤和破坏性的人生正是"大团圆"结局的反面。但影片的导演和主演艾德·哈里斯用十年的时间筹备,深入这名艺术家的内心深处寻求理解的方式,最终提取出了爱情、亲情等核心要素,创作出被大众认可和接受的角色。正如这部影片的制片人彼得·布兰特(Peter Brant)所说,传记片相比历史真实更加浪漫化,虽然贴近历史真相很重要,但是最终需要讲述一个故事给人带来启发。[2]

三、视听艺术对真实改编的影响

在对是否完全尊崇现实原貌持开放态度的情况下,究竟在什么程度上对真实事件展开电影改编是合理和有价值的,这成为一个见仁见智的话题。在电影与真实这对关系中,电影的视听传统同样会对真实改编带来影响,任何改编都要充分考虑影视艺术所提供的形式基础。语言是现实的载体;进一步地,语言也形塑了现实本身。这是因为,真实事件无法言说自己,任何真实事件都需要通过某种文本的形态才能够被人们所了解和认识。换句话说,现实世界只能够在现存的语言和话语系统中得到表述。[3]而对于视听艺术来说,它的话语系统就

---

[1] S. A. Leckie. Biography Matters: Why Historians Need Well-Crafted Biographies More Than Ever[A]//L. E. Ambrosius. *Writing Biography: Historians and Their Craft*[C]. Lincoln: University of Nebraska Press, 2004: 1-26.

[2] Doris Berger. *Projected Art History: Biopics, Celebrity Culture, and the Popularizing of American Art*[M]. London: Bloomsbury Academic, 2014: 8.

[3] H. White. New Historicism: A Comment[A]//H. A. Veeser. *The New Historicism*[C]. London and New York: Routledge, 1989: 297.

包括了视听语言、叙事传统和电影类型等。

从叙事传统的角度看，通过电影改编真实，会受到类型要素、三幕剧格式以及戏剧性追求等方面的影响。在考察历史叙事时海登·怀特指出，叙事不仅是形式，也是内容，因为形式本身就建构了意义并传递了意识形态。对于真实改编电影来说，电影的话语系统同样是一种有意义的形式。不同的电影类型和美学传统都为真实改编提供了具有特定内涵的叙事形态。需要指出的是，电影叙事的话语系统常会给真实改编带来若干问题。在具体改编过程中，为了满足常规的三幕剧和起承转合的电影叙事规范，创作过程中不可避免地要对真实事件和真实人物进行增删和改动。有时候，这种改动是细节层面的，例如《至暗时刻》中丘吉尔在地铁中感受人民的生活，获得了战斗的力量，这种对人物经历和心理的推测是符合人物性格和情节要求的。但当所有的个人生活和政治生活都被压缩整合进一个简单的叙事弧线之后，则会带来认识论方面的扁平化。例如，在撒切尔夫人的传记电影中，她的困境和政敌被简单地塑造为个人使命的对立面，而忽略了丰富的社会文化原因。[1] 此外，一些电影将历史和现实包装成浪漫爱情剧或者喜剧，个体从特定的社会历史情境中被彻底剥离了出来。例如，三部关于18世纪传奇女性的电影《绝代艳后》(*Marie Antoinette*，2006)，《公爵夫人》(*The Duchess*，2008)，以及《再见，我的王后》(*Les Adieux à la Reine*，*Farewell*，*My Queen*，2012)对于当时上层社会奢侈时尚的细节化展示提供了物质层面的历史逼真性，但历史细节却屏蔽了历史真实，影片很大程度上将政治和历史化约为女性的欲望和爱情叙事：对宴会、游戏和时尚的关注掩盖了她们的诗歌写作和对政治的参与。[2] 这些时候，影片看起来提供了对真实人物的生动描摹，但实际上迎合了观众对类型故事的需求。另外一些叙事上的影响还来自创作者自身的美学选择。例如，力图贴近现实的改编往往遵从现实主义的逻辑，而另一些动作更大的改编则更多采取类型化和商业叙事的模式。

---

[1] Florence Sutcliffe-Braithwaite and Jon Lawrence. Power and Its Loss in The Iron Lady [A]//T. S. Freeman and D. L. Smith. *Biography and History in Film*[C], Palgrave Studies in the History of the Media, London：Palgrave Macmillan, 2019：296-299.

[2] Ula Lukszo Klein. Fashionable Failures：Ghosting Female Desires on the Big Screen[A]//*The Cinematic Eighteenth Century*：*History*，*Culture*，*and Adaptation*[C]. London and New York：Routledge, 2018：12-27.

从视听语言的角度看，虽然视听媒介作为当下最流行也最容易被接受的大众媒介会给真实事件的影视改编带来天然的观众优势，但如何在当下用视觉形态呈现已经发生过的现实、如何用一个大家都熟悉的演员去饰演一位和他（她）完全不同的真实人物，这些都构成了很大挑战。例如，对于塑造真实人物的一线演员来说，形似与神似之间的辩证关系是表演创作中的重要问题。一般来说，演员们都会从形似入手，揣摩角色的标志性外在特征；但同时更注重在心理层面体会和塑造真实人物的内在世界，从而最终以神似征服观众，甚至让观众忽略演员和真实人物之间的外表差异。演员和角色之间在精神和情感上的亲密性，甚至成为影评家和观众津津乐道的内容，而演员为了演好角色也作出了极大的个人努力。例如，因在《至暗时刻》中饰演丘吉尔而荣获奥斯卡最佳男主角的加里·奥德曼，之前已经成功饰演过很多在观众心中留下深刻印象的角色，如《蝙蝠侠》中的戈登警长、《这个杀手不太冷》中的变态警探、《哈利·波特》中的小天狼星以及《惊情四百年》中的吸血鬼德古拉。通过对丘吉尔的生活细节和独特性格的塑造，加里·奥特曼成功地说服了观众，相信他们在银幕上看到的就是那个传说中脾气暴躁、时而固执时而可爱的真实丘吉尔。另一位奥斯卡最佳男主角获得者埃迪·雷德梅恩在他的得奖影片《万物理论》中饰演了当代著名物理学家霍金，在饰演患病之后的霍金时从外在形态到内在心态也都完成了极有说服力的表演创作。

最后，对于真实事件的影视改编的方式还会受到文化环境的影响，如中国的改编一般会淡化社会争议性，让它在一个善恶与黑白分明的语境下得到讲述，[①]而韩国的很多真实改编影片则偏向于类型化和强戏剧冲突的叙事。[②]

第三节 真实改编电影的价值观

真实改编电影的叙事创作服务于影片的价值表达。艺术家们不仅从现实社会中发掘戏剧性的冲突，而且最终要通过影片的价值表达来完成对于社会问题

---

① 彭涛.中韩真实事件电影之改编观念比较[J].当代电影，2016(4)：166-169.
② 彭涛.中韩真实事件电影之改编观念比较[J].当代电影，2016(4)：166-169.

的认知功能和评价功能。在电影出现之前,这种价值表达的功能就已经植根于小说、戏剧等艺术形态中。美国新实用主义哲学家理查德·罗蒂（Richard Rorty）曾指出,18世纪以来最好的文字媒介是小说,因为它能够逼真描述不同情境下个体的困境、感悟和生活,从而让人们得以突破自我而达到对人类的历史和社会更丰富的理解与认知中。维克多·特纳对戏剧也秉持类似态度,认为戏剧能够提供一种可选择的生活模式,进而影响主流社会和政治行动。① 相较于艺术的总体社会功能,真实改编电影虽然题材较为多样,但主题却相对集中并形成了自身特点。

一、社会主流价值的表达

首先,大量改编自真人真事的影片都专注于对社会公平的追寻,一大批影片关注了美国社会存在的种族、性别等不平等现象。《哈丽特》《塞尔玛》直接展示了美国民权运动的核心人物、标志性事件和平权精神,《爱恋》改编自20世纪五六十年代一对美国跨种族夫妻的真实经历,《成事在人》则讲述了南非前总统曼德拉推动民族和解的努力。这些影片借助具体的人物故事,完成了对平等、公正等主流价值观的弘扬。另外一些影片则通过法律案例来展现普通人对社会不公的反抗。例如,《北方风云》改编自20世纪80年代末一位单亲母亲因为抚养孩子不得不去矿上工作的故事,她不愿忍受性骚扰而决定将矿业公司告上法庭,忍受了世俗的偏见,成为美国第一个起诉成功的性骚扰官司。《永不妥协》也是一个类似的法律故事,一位带着三个孩子的婚姻失败的母亲将大公司告倒,捍卫了自然环境的安全。

引发广泛关注的热点新闻事件,也是探讨公平正义议题的改编热门,并且往往能够帮助影片吸引更多关注,如2016年的影片《聚焦》根据《波士顿环球报》一组普利策获奖新闻改编,用记者的视角展现了他们对美国神职人员奸污和猥亵儿童丑闻的发掘和报道过程。这时,新闻报道成为影视改编的IP资源;实际上,一批导演和编剧往往会根据真实事件的新闻报道来进行剧本策划,即使不是真实改编,也往往会加入现实的影子。

---

① V. Turner. *From Ritual to Theatre：The Human Seriousness of Play*[M]. New York：PAJ Publications，1982.

总体来看，这些电影都可以视为"通过戏剧来理解公共生活的一种努力"。[①] 以真实事件为基础的电影提出了富有启发性的现实问题，它所传递出来的主题和价值观则提供了艺术家对于历史时刻或当代场景的洞察和分析。[②] 上述主题也体现了好莱坞内部的政治和社会问题电影创作传统。这一传统从《一个国家的诞生》起就深刻地影响着好莱坞乃至世界电影创作的主题选择，也成为电影业和政治机构之间互动的方式。需要指出的是，政治问题和社会问题的内涵在 21 世纪得到了拓展，除了政治斗争和阶级政治之外，越来越多关于性别、种族、认同的话题同样成为真实改编的热门。而好莱坞也往往会严守政治中立的原则，这也决定了对于政治边缘问题和社会问题的真实改编具有一套自己的特点。这是因为，好莱坞对自身角色的定位，首先是一个"纯粹的娱乐机制"，而绝不公然宣称自己的政治立场和社会使命。在这种大环境下，大多数创作者偏向于将故事置于一个清晰的政治历史背景中，并用娱乐类型的叙事完成吸引观众和保持政治中立的目的。[③] 另外，多数影片都采取了建设性的现实主义态度，通过激烈的戏剧冲突在电影叙事过程中达到一定的深度和揭示性，但对于影片的结局，则常用积极正面的结尾完成主题升华，帮助观众释放积累起来的观影情感。

二、人性思考与人文精神

在关注社会性的主题的同时，根据个人生活改编的传记类影片也通过展现个体人生起伏给观众以教益，承载了文艺创作对人生和人性根本问题的追问与思考。大量真实改编的传记影片如《波西米亚狂想曲》《玫瑰人生》等都讲述了传奇艺术家、运动员和作家的独特性格和跌宕人生，探索艺术成就的生活来源，同时也让普通观众能够通过电影去经历和了解充满张力的非凡人生，从而重新审视和接纳自己的生活。值得一提的是，这类影片常常采用"天才与疯子"的

[①] B. Bingham. *Whose Lives Are They Anyway? The Biopic as Contemporary Film Genre*[M]. New Brunswick：Rutgers University Press，2010.

[②] Thomas M. Leitch. Literature vs. Literacy：Two Futures for Adaptation Studies[A]//James M. Welsh，Peter Lev. *The Literature/Film Reader：Issues of Adaptation*[C]. Metuchen：Scarecrow Press，2007：15-34.

[③] [美]理查德·麦特白，吴菁等译：好莱坞电影：美国电影工业发展史 [M]. 北京：华夏出版社，2011：253.

人物塑造模式，2001 年获得最佳男主角提名的三部电影《夜幕降临前》《画家波拉克》《鹅毛笔》都讲述了艺术家在对抗外部环境和束缚的过程中发展自己的创作理想但同时走向自我毁灭的过程，体现了"不疯魔不成活"的艺术追求。另外一些电影则专注于探讨如何对待生活中的意外和挫败，如《与歌同行》描绘了艺术家从爱情中获得力量、走出低谷的过程，《深海长眠》《携手人生》《潜水钟与蝴蝶》关注的则是身体残疾而精神追求解放自由的个体在生命最后时刻的尊严和努力。当然，也有少数影片展示了人性的阴暗面：当无法抵御挫折和诱惑的时候，生命往往会走向沉沦与罪恶，《茉莉的牌局》《卡波特》等都是这一主题类型。

值得注意的是，在一些传记影片中，对于人生的思考往往与提倡个人奋斗的美国价值观紧密联系，尤其是展示普通人从生活挫折中走出的影片。例如，2016 年《奋斗的乔伊》展现了一名入不敷出的单亲妈妈依靠自己的才智成为家庭购物网（HSN）总裁的奋斗历程，堪称一部当代的"美国梦"和一段"开挂的人生"。类似的，2006 年影片《当幸福来敲门》则根据知名投资专家克里斯·加德纳 2007 年出版的同名自传改编，讲述了他是如何带着儿子从一无所有到通过个人奋斗迎接自己的幸福人生。这些影片借助真实发生的故事呼应了社会的主导价值观念，也通过角色的低谷与奋斗引发了主流观众群体的共鸣，在提供人生教益的同时也完成了价值观的再生产。

三、时代寓言与意识形态

以社会价值或个体生命为主题的真实改编电影往往面临两个偏向：或是过于强调个体对历史进程的作用，[①] 或是将个体展现为爱恨情仇的戏剧人生而忽略了人物与时代的必然性关联。将大时代与小人物相结合的时代寓言式的真实改编电影，如近年来获得奥斯卡提名和奖项的《钢琴师》《间谍之桥》《亨德森夫人的礼物》等，一定程度地融合了这两个偏向，是真实改编的重要叙事模式。在这方面，斯皮尔伯格可以被视为这一模式的重要代表。从早期的《横冲直撞

---

① I. Kershaw. *Hitler, 1889–1936: Hubris*[M]. London: Penguin Press, 1998: xxi.

大逃亡》(The Sugarland Express，1974)起，斯皮尔伯格就寻求讲述个体超越时代局限性的故事。在他大多数的影片中，斯皮尔伯格并不直接呈现这种局限性本身究竟是什么，也较少去深入分析时代的局限性体现了个体与环境之间怎样的冲突；他的影片主要致力于讲述个体是如何被系统所困，进而超越了时代与环境的寓言。①

斯皮尔伯格的上述故事模式也存在于《绿皮书》《隐藏人物》等一批脍炙人口的时代寓言类影片中。它们展现了美国社会曾经存在的种族和性别的不公，但让人印象深刻的仍然是在这种情境下温和而坚定的个体，以及他们通过个人努力而赢得尊重的过程。在赢得主流认可的同时，这些影片也被很多评论家质疑，认为它们强调了个体成功而弱化了对社会和历史的反思。的确，在改编过程中如何将个体的行动和经历置于时代、社会、机构的特征中，暗含了创作者对于历史和当下的意识形态阐释，故事形态和电影类型也因此成为一种指向特定神话—意识形态的时代寓言。② 大多数时代寓言式的真实改编电影虽然涉及个体与时代之间的紧张感，但是最终仍然呈现为个人层面的叙事弧线。这种浪漫剧的模式往往延续了人们对于时代和社会的主导性观念，体现出一种社会政治的惰性和保守主义。③

总之，作为21世纪以来重要的电影创作浪潮，真实改编电影以真实事件和真实人物为素材，通过视听语言和电影叙事的形态对真实展开再创作，并完成了影片主题和价值的陈述。这类电影并非以还原真实为最高目标，而是在真实与电影之间寻找特定结合点，通过艺术想象的方式贴近真相并展开完整的戏剧性叙事。真实改编电影因其"真实"标签，还具备了更加直接的社会认知和社会评价功能，关于社会的主流价值观和人生意义的人文精神都成为这类电影的固定主题。在此基础上，主流的好莱坞导演和演员都积极参与真实改编的创作，并在其中发展出不同的个人风格，提升了真实改编电影的主流地位。不过，由

---

① Thomas Leitch. *Film Adaptation and Its Discontents: From Gone with the Wind to The Passion of the Christ*[M]. Maryland: The Johns Hopkins University Press，2007：298-299.
② Keith Jenkins. *On 'What is History?' From Carr and Elton to Rorty and White*[M]. London and New York: Routledge，1995：23-24.
③ M. Landy. *Cinematic Uses of the Past*[M]，Minneapolis: University of Minnesota Press，1996：17-24，36，161.

于视听传统和主流市场偏好的影响，真实改编电影也面临着保守主义的意识形态批评，电影在商业考量与社会反思之间如何平衡需要持续探索。由于改编对象具有特定的社会文化属性，真实改编电影也面临着跨文化传播的挑战。虽然一些影片被不同国家广泛接受，但大多数影片在跨文化语境中很难收获本土市场那样的热度和欢迎，甚至会引发抵制和争议。

第四章　遗产改编：从文学遗产到当代神话

世界各地的传统幻想文学已经成为当代影视创作中越来越普遍的文化资源。虽然主体故事来自于当代创作，但"指环王"系列、"哈利·波特"系列等仍然借用了传统文学遗产中的诸多要素，通过成功的艺术转化，得到全球范围内青年群体的热爱，成为影视产业和流行文化的重要组成部分。中国有优秀的幻想题材的传统 IP 资源，也启发创作了大量的影视作品。在电影方面有《捉妖记》《寻龙诀》《西游伏妖篇》这样基于传统文化元素的国产幻想电影，在电视剧方面则出现了《古剑奇谭》《花千骨》《诛仙·青云志》《三生三世十里桃花》等以"仙侠剧"为代表的一系列热门作品。不过，当代中国幻想题材的影视创作中还存在若干亟待解决的问题。随着影视产业的发展和观众需求的升级，这类创作实践在传统文化精神、视觉美学元素和人物叙事类型等方面还缺乏符合当代观众需求的系统化继承与创新，在国内外电影市场中的竞争力也需要提高。

围绕中国传统小说《封神演义》而展开的影视改编是中国传统幻想文学影视转化领域令人瞩目的案例，也是本章的焦点。据可考的史料，这类改编从 20 世纪 30 年代上海电影时期就开始出现，大量存在于六七十年代的中国香港电影和 20 世纪 90 年代以来的电视剧中。从艺术和市场的角度，"封神"故事的影视改编中既有 1979 年上海美术电影制片厂的经典动画片《哪吒闹海》，又产生了单片票房超过 50 亿元人民币的《哪吒之魔童降世》，而乌尔善拍摄的"封神三部曲"也因其高额投资和演员阵容成为未来几年令人期待的国产魔幻影片；从理论与研究的角度，这一实践涉及电影史、改编理论、IP 转化、原型批评、神话研究等一系列影视艺术和文化研究的核心议题，折射出当代中国影视创作领域在娱乐性、艺术性和市场化之间不断调整和前进的轨迹。

本章拟将"封神"故事的影视改编作为案例，展开基于史料和文本的历时性研究，并对当下成熟的改编作品展开神话—原型分析，进而探讨如何在影视领域创造性地转化与继承传统文化资源、促进影视产业结构的优化、加强影视文化的当代性与竞争力等此类 IP 转化的理论与实践问题。

第一节　民俗电影

封神故事影视改编的第一阶段是"民俗电影"阶段。它的核心特征是对传统社会中大众流行文本的借用与合流，时间上大致从 20 世纪 30 年代到 70 年代，产地则集中在中国香港这个电影业高度发达的地区。在这一阶段，新兴的电影业借用传统社会中已经广为传播的流行故事吸引尽可能广泛的观众，来提升影片的商业价值和票房收入。其中的一个典型代表是香港地区生产的粤剧电影，不仅在故事资源，而且在美术和表演等方面都全面地借鉴既有的戏曲、小说等传统流行文化样态。

一、粤剧电影对封神故事的搬演

粤剧电影是粤语电影最大的类型之一，主要指内容和形式与粤剧有关的电影，是在南戏、传统粤剧与电影相结合的基础上衍生而来。从 20 世纪 20 年代开始，中国传统戏曲便受到电影的冲击，胶片的可复制性使电影票价远低于戏院听戏的价格，而 20 世纪 30 年代有声电影的出现则直接带来了粤剧舞台演出的衰落[①]。在这种情况下，伶人们开始寻求突破，粤剧与电影结合而演变出的粤剧电影应运而生。虽然最初这类影片遭到当红戏曲演员的普遍抵触，但随着风气渐开，粤剧与电影这两大娱乐媒介迅速合流。[②]1913 年，中国香港出产了电

---

① 罗丽.粤剧电影初探[J].中华戏曲,2005(2)：283.
② 容世诚.寻觅粤剧声影：从红船到水银灯[M].香港：牛津大学出版社,2012：序言.

影《庄子戏妻》，内容改编自粤剧《庄周蝴蝶梦》中"扇坟"一段。该片首次将戏曲与电影结合，被视为中国第一部粤剧电影。随后，又陆续出现了几部改编自同名粤剧的粤剧电影《左慈希曹》《呆佬拜寿》《客途秋恨》等。不过受电影技术所限，这些影片均为默片，无法展示粤剧的唱腔念白。有声电影的出现为粤剧电影的进一步发展提供了土壤，1933年上海天一影片公司出品了第一部有声粤剧故事片《白金龙》，由粤剧名伶薛觉先编导兼主演，"社会反响强烈，连演一年之久，后又应越南一戏院老板之邀，1930年秋，去越南、柬埔寨演出，饮誉海外"[①]。《白金龙》在票房收入上大获成功，鼓舞了影视公司对粤语电影拍摄的信心，带动了粤语影片的拍摄潮流。

  20世纪的整个三四十年代都是粤语电影的高产期，中国香港成为当时粤语电影拍摄的中心。以邵氏公司为例，从1934年的《泣荆花》到陷日前的《国难财主》(1941)，共拍摄过大约100部粤语片。[②]1937年上海沦陷，上海影业的南迁更为香港地区粤语电影的发展带来了大量的人员和技术，为后期粤剧电影的发展提供了基础。20世纪五六十年代则是粤剧电影的黄金时期，据香港电影资料馆提供的《五、六十年代香港粤语戏曲片目》，1950年1月13日至1968年3月28日，中国香港共出品了633部粤语戏曲电影，其中50年代出品了383部，60年代出品了250部。数量如此巨大的粤剧电影不仅影响了岭南地区，也广泛传播于东南亚各国的华人区域[③]，起到了中华文化对外传播的作用。

  粤剧电影选材多来自经典的粤剧篇目或古典传奇小说，可以说是中国电影史中最早的一批IP转化作品了。以古典小说《封神演义》中的人物为原型的封神故事成了粤剧电影的一大选题来源。在20世纪四五十年代的粤剧电影黄金时期，香港地区所拍摄的封神故事题材的电影共有9部，基本信息如表4-1所示：

[①] 周承人. 上海天一影片公司与香港早期电影 [A]// 黄爱玲. 邵氏电影初探 [C]. 香港：香港电影资料馆，2003：26.
[②] 容世诚. 寻觅粤剧声影：从红船到水银灯 [M]. 香港：牛津大学出版社，2012：序言.
[③] 康海玫. 任剑辉在海外粤剧传播史上的地位 [A]// 惊艳一百年 [C]. 香港：中华书局(香港)，2013：658-659.

表 4-1　粤剧电影黄金时期的封神故事题材的电影概况

片　名	片名（英文）	上映日期	制片公司	导演
《肉山藏妲己》	Tan Kei in the Meat Hill	1949/02/13	三星影片公司	毕虎
《火烧玉石琵琶精》	The Impenetrable Pipa Spirit on Fire	1950/01/13	金轮公司	毕虎
《新封神榜》	The God's Story (remake)	1953/07/09	大凤凰影业公司	杨工良
《哪吒闹东海》	Nazha's Adventures in the East Sea	1957/01/10	新艺影业公司	胡鹏
《黄飞虎闯五关》	Huang Feihu's Rebellion	1957/08/16	宝华电影公司	冯志刚
《哪吒大闹天宫》	Nazha's Adventures in the Heavenly Palace	1957/08/24	华侨影业公司	胡鹏
《黄飞虎反五关（续集）》	Wong Fei-fu's Rebellion, the Sequel	1958/01/30	宝华电影公司	冯志刚
《新肉山藏妲己》	Tan Kei in the Meat Hill (remake)	1958/08/08	玉联影业公司	冯峰
《火葬生妲己》	Tan Kei's Death by Fire	1958/10/30	玉联影业公司	冯峰

其中，作为第一部封神故事上映的《肉山藏妲己》改编自 40 年代的新派粤剧。该剧由著名粤剧作家杨捷编写，1945 年在广州市东乐戏院首演，饰演女主角妲己的是著名粤剧名旦秦小梨。1949 年版的粤语电影《肉山藏妲己》同样由秦小梨主演，但画面却香艳刺激，以女名伶大尺度出演吸引眼球，中国香港女作家李碧华曾在文中撰写幼年记忆，"以当年尺度，简直香艳淫片，还记得秦小梨的生妲己，穿比基尼泳衣式珠片胸围三角裤，披薄纱，半遮半掩，酥胸大腿玉臂尽情展露，连宫娥们也三点式伴舞"。虽然剧情胡编乱造，然而此片一经上映，票房狂收。后来秦小梨又拍摄了《新肉山藏妲己》，索性以"香艳肉感"为宣传词，成了当时粤剧电影的票房榜首。最后一部封神题材的粤剧电影是 1958 年的《火葬生妲己》，作为《新肉山藏妲己》的下集秉承了其香艳风格，只是此时的中国香港电影市场已经风云变幻，今非昔比，该影片也未能获得预期效果，成为整个粤剧电影时代的落幕之作。

二、中国香港故事片的神话杂糅

进入 50 年代后期，随着粤剧电影的式微，封神题材开始集中出现在故事片领域，哪吒和妲己成为最常被人讲述的人物和故事，主要的改编片目如表 4-2、表 4-3 所示：

表 4-2　五六十年代香港地区以哪吒为主要人物的故事片

片　名	上映时间	制片公司	导　演	语　言
《大闹三门街》	1939/10/07	金城影片公司	洪仲豪/杨弘冠	粤语
《哪吒梅山收七怪》	1949/06/14	邵氏兄弟公司	叶一声	粤语
《哪吒三戏六耳猴》	1950/09/30	华威影片公司	洪仲豪	粤语
《哪吒大闹东海》	1956			厦语
《哪吒闹东海》	1957/01/10	新艺影业公司	胡鹏	粤语
《哪吒大闹天宫》	1957/08/24	华侨影业公司	胡鹏	粤语
《哪吒蛇山救母》	1960/05/10	华侨影业公司	王风	粤语
《哪吒劈天救母》	1962/07/11	丽士影业公司	黄鹤声	粤语
《哪吒出世》	1962/05/30	丽士影业公司	黄鹤声	粤语
《哪吒三斗红孩儿》	1962/08/22	丽士影业公司	黄鹤声	粤语
《哪吒三戏红孩儿》	1965/04/07	港侨影业公司	缪康义/萧笙	粤语

表 4-3　五六十年代香港地区以妲己为主要人物的故事片

片　名	上映时间	制作公司	导　演	语　言
《妲己》	1939/06/07	新大陆影片公司	汪福庆	国语
《妲己》	1964/08/27	邵氏兄弟(香港)有限公司	岳枫	粤语

除了这类以单个人物为主题的电影，这一时期以封神为主题的电影，还有《七彩封神榜》《封神传奇》《封神劫》《封神榜之一：大破黄河阵》等，大都是截取《封神演义》中某段故事展开的改编。这一系列电影除了对封神原著中的故事进行重新演绎之外，也有一部分进行了故事杂糅和人物改写，比如影片《七彩封神榜》，内容大意讲述的是"哪吒生性顽皮，摇落仙果，自己吃去一个后，得三头六臂法力；另七个掉落凡间，为狐、猪、猴、牛、狼、马、羊所吃，成为七妖。哪吒与兄金吒、木吒奉命下凡收妖，收服七妖"[①]，是对传统封神故事的衍生和发挥。又如《哪吒大战红孩儿》，内容涉及红孩儿、唐僧、悟空、铁扇公主等，虽以哪吒作为主要人物，讲述的故事反而是西游故事的新编，只是加入了哪吒这个封神中的人物，形成了故事杂糅。这类故事杂糅在这一时期

---

① 内容简介根据影像资料整理。

的封神题材电影中极为常见，如《哪吒劈天救母》杂糅哪吒传说与沉香劈山救母传说，《哪吒大闹天宫》则杂糅了哪吒传说与《西游记》中孙悟空大闹天宫的传说。

三、电影的本土化

实际上，这一阶段对于"封神"IP 的影视改编及其内在特征在世界电影史上其他国家和地区的实践中同样有所反映，它展现了现代电影媒介与传统文学遗产之间的密切互动。在日本，最早的本土电影创作者便是以拍摄艺妓舞蹈为主要内容，通过复制传统歌舞伎舞台剧的方式拍摄电影。被称为"日本电影之父"的牧野省三更被影史撰写者形容为将"新的电影和旧的歌舞伎拉到一起的媒人"，在成为日本的首位导演前，他正是以歌舞伎舞台剧监督为人熟知。随后日本发展出舞台剧与电影相结合的连锁剧，该类剧目在舞台剧演出里加入电影，以表现舞台上无法表现的内容，如洪涝等自然灾害、天空水下等大型场面。[①] 该类连锁剧传入其殖民地朝鲜及中国台湾后产生了广泛影响，1919年，舞台剧电影《义理的仇斗》作为朝鲜的第一部自制电影开启了朝鲜电影史。此后，在观影市场逐渐形成的过程中，历史剧、民间传奇、神话故事等特定文学遗产被集中改编，如日本衣笠贞之助的《娃娃的剑术》（1927）、《牛郎织女星》（1927）等作品——影片甚至仍旧由当时的关西歌舞伎林长二郎男扮女角出演，和粤剧电影极为类似。同时期的韩国，也出现了《春香传》（1923）、《沈清传》（1925）、《云英传》（1925）等古典小说和传奇改编的电影，将民间传说和传统歌剧盘索里带入银幕。

综上所述，如果我们将电影视作一种现代的、具有全球特征的媒介的话，那么传统文艺遗产无疑是代表着地方喜好、具有韧性的本土文化力量。在这样的互动过程中，神话故事、通俗小说、地方戏曲等借助现代媒介的力量在时空上都得到更广泛的传播，而新兴的电影媒介和观影市场也借力于传统文学遗产，在世界各地的民俗社会中扎下根。仅以东亚为例，在东亚电影的草创阶段，电影作为外来传入的新发明，不论是题材内容，还是技术手法，甚至创作人员，

---

① （日）岩崎昶，钟理译. 日本电影史 [M]. 北京：中国电影出版社，1981：18.

都大多借由同时代的成熟表演艺术及其载体进行演化发展，这是电影早期发展过程中的一个常见阶段。在这一时期，文学遗产是一个具有广泛号召力、中下层民众喜闻乐见的文化要素，诸如西游、封神、白蛇这样熟悉的人物和故事成为观众走进电影院进行娱乐消费的重要动力。

第二节 遗产电影

20世纪80年代以来，电视成为中国主流影视媒介，而在现代社会成长起来的新一代主流观众群体对于小说、戏曲等传统通俗文化已经不那么熟悉了。相对于他们的父辈和祖辈，这一代观众与"封神"故事之间是有一定距离感的。在这种情况下，影视作品对"封神"故事的改编进入第二阶段，即遗产影视剧和古装影视剧的改编模式。面对现代社会的观众群体，这一阶段的改编不再将传统故事简单地视作观众充分熟悉和喜爱的卖座保障，而是将其视作一种体现民族身份和传统文化的历史遗产，对其进行影视改编成为一种文化责任，是确保历史延续性的重要手段。此外，这类具有历史和神话背景的故事也与当时影视剧对娱乐化与市场化的追求密不可分，80年代以来的几部改编作品或多或少都因此存在着一些创作问题。

一、文学遗产与尊重原著

在这一阶段，两个相辅相成的创作取向影响了针对传统文学的影视改编实践。首先是在"忠实原著"方面有意识的努力，既包括了对于历史环境的还原，也包括了对于原著小说文本的情节还原。相比于20世纪六七十年代香港电影中相当天马行空的改编，这一时期的电视剧对于原著情节体现出一定的尊重，而对于商周革命的史实也多有涉及。这主要是出于经典改编本身所暗含的弘扬文化遗产价值的考量，除了"封神"故事之外，这一时期对于四大名著的改编也都遵循这一内在逻辑。

在中国大陆，八九十年代曾经拍摄过两版电视剧《封神榜》，最为人熟知的影视剧版本是 1990 年由傅艺伟、蓝天野等担任主演的《封神榜》，这部剧集在内容上改编自明代许仲琳所著的《封神演义》，基本沿袭了原著的内容，并在情节结构上借鉴了原著的章回体形式，原著中许多著名场面，如哪吒自刎、姜太公垂钓、黄飞虎反出朝歌、闻太师西征等，都一一还原和呈现在观众面前，即使时隔 30 年后的今天，回望这部画质模糊的电视剧，都不得不承认它对原著核心人物和主要故事把握精准，其中不少桥段，如哪吒驾驭风火轮、姜子牙封神、杨戬开天眼等场景，都是一代人记忆中的经典片段。[①] 这一时期也出现了对于封神故事的动画改编。1979 年，动画电影《哪吒闹海》面世，用优美的画面重述了《封神演义》中哪吒"剔骨还父，剖肉还母"、身死后被师父太乙真人以莲花重塑真身的悲壮故事，塑造了中国银幕史上罕见的反叛英雄形象。之后，1987 年还出现了以姜子牙为主角的动画长片《擒魔传》，内容上基本沿袭了《封神演义》原著的故事，全片采用木偶演出，将纣王的暴虐、妲己的妖邪、姜子牙的正直等表现得活灵活现，为观众留下了深刻的印象。

在香港地区，经过了五六十年代封神题材的粤剧电影的井喷期后进入了沉寂，70 年代仅有一部电影《哪吒》[邵氏兄弟（香港）有限公司出品，张彻导演] 面世，另外 TVB 在 1981 年出品过一部 13 集的电视连续剧《封神榜》，这两部作品的内容均是中规中矩的原著改编，并未引起太大关注，与粤剧电影时代的封神电影影响力已经无法同日而语。这一时期的封神题材影片，无论电视剧还是动画片，都仍然不脱《封神演义》原著的窠臼，无论人物还是故事改编，都依循大众最为熟知的模式。

二、娱乐与市场的影响

在"忠实原著"的同时，这些影视剧也受到了娱乐化浪潮的影响，重视影视剧的娱乐属性和市场价值。一方面，这些作品在演员阵容上努力吸纳具有观众吸引力的一线演员；另一方面，借助题材特征大量使用特效等视觉奇观手段，建构一个具有中国传统特征的、但又能够引发当代观众新鲜感的想象世界。传

---

① 腾讯娱乐.《封神英雄榜》PK 90 版《封神榜》时间铸就经典 [EB/OL]．https://ent.qq.com/a/20140604/050794.htm，2014-06-04.

统社会中的"封神"故事虽然广泛流传，但在故事细节尤其是可视化的细节方面，原著并没有提供太大的参考性。随着影视产业专业化分工的精细化，以及"严肃"的具有历史责任感的创作观念的影响，这些影视剧的服、化、道和置景、美术、特效等都较为考究，可以称得上是同类作品中的"大制作"。中国美学特征在动画片中体现得尤为明显，在《哪吒闹海》当中，中国水墨画风的影像风格与极具中国文化色彩的故事融合交汇，造就了一部艺术精品，也成为一代人的回忆，而在动画片《擒魔记》中，本身的艺术表现形式则是中国传统木偶，场景、音乐、木偶脸谱等，还呈现出浓郁的中国京剧特色。传统美学在这两部动画影片中得到了承继与发扬。

但是，进入 90 年代之后，封神题材的影视片开始出现新的变调，一些创作者不再满足于对原著的重现，开始出现了对人物和故事的改写和重构。1999 年，中国内地播出了一部以封神为题材的动画系列片《封神榜传奇》，每集 11 分钟，共 100 集。全篇分七个章节，相比于原著小说加入了多个女性角色，为男性主角加入了细腻的感情线，比如哪吒与师妹桃花儿的青梅竹马，二郎神与赵公明三妹之间的苦恋，甚至还虚构了一段赵公明与魔里红的爱情。画风上则转变为中西合璧的影像风格，尤其是哪吒，人物形象设计上明显借鉴了日本动漫。

在影视剧领域，2001 年中国香港 TVB 出品了 40 集连续剧《封神榜》，对《封神演义》原著进行了大幅度改写，将哪吒、杨戬和雷震子改编为幼年时便熟识的好友，加入了虚构的女性角色杨戬之妹杨莲花，并与哪吒一见钟情。这部电视剧中最具颠覆性的改编是将原著中的狐狸精妲己塑造成了有血有肉的人，但在一次次被伤害和冷眼当中渐渐心死，受到九尾狐挑拨后开始渐渐转变为红颜祸水的奸妃。除此之外，这部剧加入了大量动作、搞笑等娱乐元素，形成了轻松明快的戏说风格，再加上启用大量中国香港一线明星担任主演，令该剧在 2001 年首播时就创下了收视佳绩，后来在中国内地电视台播出时，也引发了收视热潮，获得广泛关注。

正是这一版《封神榜》的成功，使得"戏说风格"在后来的封神题材影视剧中开始大行其道，中国内地随后接连拍摄了两部封神题材的电视剧《封神榜之武王伐纣》和《封神榜之凤鸣岐山》。在《武王伐纣》中，武王被改编成了"情圣"，上至嫦娥仙子，下到凡女子鱼，都一一和他有感情戏份……然而，这种改编最终为影片带来了过度娱乐化的效果，直接导致了观众的反感。其实最早在内地1990年版的《封神榜》中，某些改编便已经招致了观众的不满；而这部电视剧面世之后，虽然获得极高收视率，却因为场景、服饰、道具等设计没有遵照历史的真实，遭到了观众更加尖锐的批评。到了2000年之后，改编的幅度越来越大，为求噱头，不惜走上了"魔改"的道路，2016年电视剧版的《封神演义》里，新增的人物二郎神杨戬被改编成妲己青梅竹马一同长大的"哥哥"，制作人沉浸在"虐恋情深"的剧情中，全然忘记了这种为取悦观众而生的改编是否生硬，是否能够真正地让观众满意；同年上映的电影《封神传奇》，则更进一步走上了与原著割裂的道路，无论剧情、人物设定、服装造型还是影像风格，都与传统故事出入甚大，因此虽然云集了梁家辉、李连杰、黄晓明等诸多内地与香港两地顶级明星，仍然不能挽救票房和口碑。

三、遗产与市场

遗产电影和古装电影在全球范围内均是重要的当代实践。例如，英国、法国等有着悠久的古装电影创作传统，宫廷、骑士、领主、海盗等都是当代影视剧的重要题材。这些影片制作投入普遍较大，美术和置景等部门着力展现了上层社会的奢侈生活和历史现场的丰富细节，通过罗兰·巴特所说的"真实效果"[①]为观众提供了想象历史的重要渠道；但同时这些影片也营造出一种现代的视觉奇观，并通过这样的视觉奇观鼓励观众对历史和传说展开消费。[②] "封神"故事是中国文学遗产中的代表性文本，它所指涉的三代期间的历史一直被认为是中华文明形成的重要时段，所描绘的商周更迭的故事呈现了中国传统政治观念中关于"王道""仁政"等政治合法性的主题和价值，而且系统讲述了我国民俗信仰体系中主要道教神灵的"前世今生"。这些特征都让"封神"故事在现代中国社会文化语境中具有了民族身份认同的价值；而1979年上海美术电影制片厂出品的动画片《哪吒闹海》则成为系统讲述哪吒故事并充分展现中国传

---

① Roland Barthes. The Reality Effect[A] //*The Rustle of Language*[C]. Oxford: Basil Blackwell, 1986: 141–148.
② Srividhya SwaminathanSteven W. Thomas. *The Cinematic Eighteenth Century: History, Culture, and Adaptation*[M]. London and New York: Routledge, 2018: 4.

统美学风格的现代经典。然而，基于市场考量的娱乐化改编也成为这一时期比较显著的一个问题；不仅是对于情节和人物的随意改编，而且在创作观念上没有处理好经典与市场、娱乐与价值之间的辩证关系。而接下来将要讨论的第三阶段正是基于对上述问题的反思，提供了一种可以称之为"当代神话"的改编方案。

第三节 当代神话

对于文学遗产的当代神话式改编，从20世纪90年代的《大话西游之月光宝盒》等影片中就开始萌芽。虽然和上一阶段的娱乐化改编有相似之处，但它首先是基于当代文化而非娱乐需求的对传统叙事的解构，在此基础上根据当代社会的集体焦虑展开原型改写，从而赋予经典故事以当代神话的文化价值。从《西游记之大圣归来》到《哪吒之魔童降世》再到《姜子牙》，这些作品虽然也对人物和剧情进行了重新创作，却由于对电影的当代神话功能的精准把握，借用传统故事元素传递出具有当下性的主题。

一、传统幻想文学中的原型与母题

"神话—原型"批评是一个被理论界公认的批评方法，其特性是"用神话的眼光看文学"[①]，主要指从神话、仪式、图腾等宗教角度探讨和研究文化现象的批评方法。按照理论渊源来看，神话原型批评理论的来源有两个：一是弗雷泽和他的文化人类学理论，二是荣格和他的分析心理学理论[②]。随后，加拿大批评家弗莱在《批评的剖析》将荣格的"集体无意识原型理论"发挥到了极致。20世纪中期以来，神话学出现了结构主义和符号学的转向，普洛普对于俄国民间童话的形式主义研究启发了列维-斯特劳斯等人，他们将神话视作一组关系群，致力于研究构成神话的语言单位，认为不是这些单位本身，而是它们之间的固

---

① [美]魏伯·司各特，蓝仁哲译.西方文艺批评的五种模式[M].重庆：重庆出版社，1983：136.
② 邓杉，赵蓉.原型批评理论探源[J].2008年人文科学专辑，2008(34).

定的组合方式让神话产生意义。① 罗兰·巴特则指出"神话是一种由社会构建出来，用以维护自身存在的复杂系统"②，他通过研究符号在表意过程中所展现的意识形态，达到批判社会的目的。总体来看，神话—原型批评侧重对文学作品的整体进行考察，擅于从原型入手，探寻文学发展的源头、发展、演变，进而挖掘作品与作品、作品与传统之间的原型结构和联系，从而还原文艺作品厚重的历史纵深感，将对于文学的理解"由比较单一的形式关怀走向富于文化意义的人文关怀"。③

哪吒是封神故事中的重要原型人物，具有丰富的历史演变过程。这一人物最早起源于印度佛教，在佛教经典中，哪吒是北方毗沙门天王的太子，其职责为卫护佛法、扫除邪恶。在北宋和北宋之前，哪吒的基本形象是三头六臂的凶恶夜叉神，是佛教忠诚的守护神。关于哪吒剔骨还父、剖肉还母的传说，亦最早见于佛教经典，《禅林僧宝传》载："哪吒太子析肉还母，析骨还父，然后化身于莲花之上，为父母说法，未审如何是太子身。"《五灯会元》也有类似记载："问：'哪吒太子析肉还母，析骨还父，然后于莲花上为父母说法，未审如何是太子身。'师曰：'大家见上座问。'曰：'恁么，则大千同一性也。'"这应该是哪吒形象与哪吒故事的最早起源。尔后，随着时间推移，哪吒形象经过了多次演变，由佛教的护法演变为中国人李靖的儿子。到了明代，哪吒形象日趋成熟，成书于明初永乐年间的《三教搜神大全》卷七载中已经有了对哪吒故事相对完整的叙述，《西游记》则进一步丰富了哪吒"少年英雄"的人物形象。在《封神演义》中，哪吒故事发展到了顶峰，哪吒的人物形象也得以定型。这一形象的成熟极大影响了后世，现代影视作品中对哪吒人物形象的塑造和对哪吒故事的改编，都是基于《封神演义》中的故事原型。

二、当代神话与传统故事的重新讲述

除了面向历史和民俗的"原型"追溯外，美国著名神话学家、文学批评家约瑟夫·坎贝尔开辟了一条全新的神话学路径，他重新回到了上古神话当中，

---

① 叶舒宪. 结构主义神话学 [M]. 西安：陕西师大出版社，2011：16.
② [法] 罗兰·巴特，李幼燕译. 符号学原理 [M]. 北京：生活·读书·新知三联书店，1999：85.
③ 焦明甲. 论"原型批评"理论的历史贡献及其理论局限 [J]. 长春大学学报，2002(6).

寻找上古神话在现代社会中的作用，为我们认识神话原型在当代社会继续发挥功能提供了重要依据。在他的代表作《千面英雄》当中，他将神话的结构总结为"英雄之旅"，即所有的神话都在讲述英雄离开熟悉的区域，到充满挑战的陌生世界冒险，通过外部之旅和内心之旅历经磨难、实现成长。他论证了，远古神话作为原型，对当今世界依然具有意义，并且能给予人类新的启示。坎贝尔的理论产生了巨大的影响，"包括乔治·卢卡斯和乔治·米勒在内的电影人都曾向坎贝尔致谢，他也影响了史蒂芬·斯皮尔伯格、约翰·保曼、弗朗西斯·科波拉等人的创作"。① 乔治·卢卡斯就曾在采访中表示："在阅读《千面英雄》这本书的过程中，我发现《星球大战》的初稿遵循着经典的主题……接着我又阅读了《上帝的面具》等其他书籍。"②

2019年动画电影《哪吒之魔童降世》（以下简称《魔童降世》）中哪吒这一人物的成长轨迹就很契合《千面英雄》中所概括的神话英雄冒险的通用模式，即"出发—被传授奥秘—归来—解答"，为传统文艺资源的当代转化提供了重要案例。《魔童降世》是典型的神话新写，虽然延续了"哪吒闹海"这一传说的人物关系，但却用希腊神话原型《俄狄浦斯王》建构了整个故事。《魔童降世》的故事开端是一个阴差阳错的误会，本应是灵珠转世的哪吒，因为太乙真人的疏忽，变成了魔珠转世。他的出生如同俄狄浦斯一样，带着神谕的诅咒。但与俄狄浦斯不同的是，俄狄浦斯本人是无辜者，而哪吒自身带着原罪，因此也就决定了故事的走向。哪吒对抗的始终是自身，他若通过"弑父"获得成长，那"弑父"的对象则不再是生父，而是"神"的无形之手强加给他的命运。从一开始就注定了他是魔、是坏人，但他内心却始终渴望做好人。他对抗着"神"的威压，吼出了"我命由我不由天"的口号，也最终除掉命运的枷锁，蜕变而出。

不过，影片中哪吒的反抗被李靖"以命换命"的感动阻止了，"弑父"的主题也被改编成了李靖自愿放弃自己的生命，用自己的寿数来换取哪吒免遭天谴，而原著中哪吒"剔骨还父，割肉还母"的惨烈变成了家人之间的和解。影片做如此改编消解了"父权"的压力，影片中的李靖不再是《俄狄浦斯王》中把无辜的儿子抛弃于荒野的父亲，也不再是原传说中对不寻常出生的儿子报以厌恶

---

① [美] 克里斯托弗·沃格勒. 作家之旅——源自神话的写作要义 [M]. 北京：电子工业出版社，2011：3.
② Stephen Larsen，Robin Joseph. *Campbell*：*A Fire in the Mind* [M]. Rochester：Inner Traditions. 2002：541.

的父亲。相反，他深爱着儿子，并愿意付出生命，与儿子一同对抗无情的命运。因此，哪吒"弑父"的对象也不再是不成阻碍的生父，他开始全心全意对抗命运，孤注一掷，在所不惜，也借此避免了俄狄浦斯的悲剧结局。在《俄狄浦斯王》中，俄狄浦斯对"神谕"的力量深感悲凉，他虽通过刺瞎双目自我放逐进行对抗，却始终呈现无能为力的悲怆感。而在神话传说"哪吒闹海"当中，重获新生的哪吒对太乙真人心悦诚服，甘心被比李靖级别更高的"父亲"驯化，通过辅佐姜子牙重归"君臣父子"的纲常次序里，使得既往的"弑父"化为虚空，令人细究之下未免产生难言的荒谬感。但影片《魔童降世》的改编是一次进步，它第一次将结局指向了与命运的对抗，即使"神谕"的力量强大到无与伦比，哪吒的选择仍然是迎面迎上，不是俄狄浦斯式的逃避，也不是原著哪吒的臣服。在影片中，"父权"的威压只指向"神谕"——精神上的父亲；而最终，哪吒对抗天谴成功，粉碎了一切命运的诅咒，在"弑父"中完成了自身的成长。在影像表达上，他的形象也由幼儿成长为英俊少年。

《魔童降世》的改编巧妙地融合了东西方文化，不再像之前的封神题材作品，要么简单粗暴地复制西方魔幻，故事生硬，人物苍白，要么使用日本动漫的"壳"讲中国故事，却无视两者之间存在的鸿沟。《魔童降世》的改编保留了封神故事原有"反父权"的核心，却改变了传统的"驯化臣服"的结尾，摒弃了这种不再符合现代价值观的结局，用"青春""热血""燃情"，让哪吒走向了彻底的自由与独立。正因如此，《魔童降世》创造了中国动画电影史上的奇迹，拿到了接近 50 亿元人民币的高票房。它的成功，也为后世对神话题材进行影像改编提供了参考借鉴。

第四节　传统幻想文学的当代转化之路

"封神"故事的影视改编展现了我国影视创作领域对于传统文学遗产展开继承和转化的长期努力。总体来看，20 世纪 20 年代以上海为中心的中国电影工业即已开始了对于传统幻想文学的影视改编，如 1926 年天一影片公司的《梁祝痛史》《孟姜女》《孙行者大战金钱豹》《义妖白蛇传》都是此类；50 年代以来，中国香港电影长期从传统幻想文学中吸取养分，出现了《倩女幽魂》《青蛇》等一批制作水平上乘的口碑之作；改革开放之后，中国大陆和港台地区的影视剧几乎对所有知名的传统神魔小说展开了系统的改编创作，《西游记》《白蛇传》等成为几代人的共同记忆；近年来的"盗墓"系列和仙侠系列则是创造性转化的当代延续和发展。此外，戏曲电影和动画片也基于传统幻想文学、在形态和美学上展开了民族风格的探索和创新。

近年来传统幻想文学的成功改编，创造性地解决了我国影视行业如何在走向全球文化市场的过程中有机地继承中华民族特有的美学价值、人生价值和历史资源的问题。不论是封神故事、西游故事，还是迪士尼对花木兰故事的持续改编，都为中华传统文化的当代继承和全球传播提供了重要的平台，对于整体上继承与弘扬传统文化具有直接的启发意义。对《魔童降世》等具体作品的神话—原型分析展示出，成功的改编必须要致力于解决传统文化与当代中国社会发展的需求相衔接的问题，实际上是传统和现代、民族和世界这两组宏观辩证关系在幻想题材影视作品中的具体化。

具有文化标志意义的传统 IP 的当代转化，也体现了产业和制作水平的升级。实际上，幻想类型的影视作品已经形成一种全球性的通用语言——世界电影史上票房收入最高的 10 部电影中，截止到 2023 年 12 月，有 8 部都是 2009 年之后的幻想类型电影。随着影视产业和技术的不断发展，越来越多的幻想类作品都致力于为角色行动提供一个丰富的、配套齐全的环境和背景。除了成熟的艺术创作规律之外，幻想类作品的成功也离不开音乐、服装、美术、编剧、后期等产业要素的支撑，以及以 IP 转化为典型代表的品牌管理。从"封神"故事的当下改编作品来看，我国当前在动画电影的制作水平和整体的电影工业化水准已经接近或达到了世界先进水平，而在品牌管理、IP 授权和市场开发延伸方面，则还需要进一步发展。

第五章　网络改编：互联网与中国的 IP 剧

作为中国社会经济发展最重要的基础设施和整合力量，互联网对中国影视产业的发展产生了持续影响。它带来的一个重要现象，就是近年来 IP 转化尤其是网络文学改编电视剧的创作热潮。网络文学和网络游戏等互联网版权内容的影视改编与 IP 转化，不仅为电视剧带来了稳定的内容来源，而且也提升了原始 IP 全产业链开发的可能性，增加了生产效率和市场规模，并产生了跨领域的收益。然而，IP 转化也给电视剧带来了不少负面影响，很多 IP 电视剧在视听品质、价值表达、艺术水准方面广受批评。虽然关于 IP 电视剧的研究已经成为热点，但仍然缺乏基于统计对整体现象和特征的分析。本章将对 2015 年以来热播的 IP 电视剧展开基于统计的画像分析，探讨互联网在电视剧领域带来的变化，以及 IP 网剧在 2015—2019 年这 5 年的时间内所呈现出的创作和产业趋势。

第一节　互联网与电视剧的 IP 化浪潮

中国影视行业的 IP 热与互联网密不可分。IP 的本义是知识产权，但在中国当下影视产业语境中主要指具有一定的粉丝基础和影响力的各种流行媒介形态，如小说、游戏、动漫等。① 有人用"网生代 IP"来更加精确地指代 IP 热与互联网环境之间的附着关系。对于产业从业者来说，IP 意味着一个固定的用户

---

① 欧阳宏生，唐希牧. 论"互联网+"视域下我国电视剧 IP 的产业链开发 [J]. 湖南师范大学社会科学学报，2017(2)：29-35.

群，是产业链条中最容易产生共识的"价值硬通货"。① 由于 IP 在形成的过程中就已经经过了互联网用户和娱乐市场的筛选，本身的内在品质和外在粉丝数量都形成了很好的基础，因而有助于生产主体降低风险、提升效益。IP 转化还推动了电视剧制作的"高概念性"，具有 IP 基础的电视剧生产更有可能提升投入规模和推广资源，获得高关注度、高话题性和高满意度，进而形成现象级作品。2019 年年底的《庆余年》和 2020 年年初的《鬼吹灯之龙岭迷窟》就是典型的案例，而主流的电视剧奖项也开始将网剧纳入评选范围。

本章研究 2015 年以来网络热播 IP 剧的文本特征和生产情况，之所以将 2015 年设置为研究起点主要是考虑到互联网电视剧和网络 IP 的实际发展情况。从时间维度来看，因《步步惊心》对网络文学的成功改编，2011 年被一些学者和从业者认定为"IP"剧元年。②2014 年，互联网视频平台凭借自制剧开始在电视剧领域中占据显著位置，网络平台的垂直整合能力为电视剧产业链带来了新的模式；③ 台网互动也成为电视剧传播的常态现象，拓展了电视剧的增量传播空间。④ 因此，有学者也将 2014 年称为网络自制剧元年。2015 年，针对电视台的"一剧两星"和"限娱令"正式落地，这让网络自制剧获得了更多发展空间，制作投入和流量优势让这些电视剧在品质和传播方面都被更多观众认可。这一年，网络剧的产量出现了爆炸式增长，全年约有 600 部、7000 集网络剧问世。⑤ 一系列的 IP 改编电视剧，如《何以笙箫默》《花千骨》《琅琊榜》等，也让 IP 成为 2015 年影视行业的热门现象。其中，《花千骨》成为首部网络播放超过 200 亿次的电视剧，被称为"超级 IP 剧"。⑥ 此外，2015 年也是互联网和电视台之间围绕电视剧播出发生主动权改变的节点，搜狐视频的《他来了，请闭眼》成功地实现了对于卫视的"反向输出"，显示出网剧品质得到了传统电视平台的认同。⑦ 综合以上情况，本章选定 2015 年作为 IP 网剧统计的起点，统计 2015—2019 年五年间网络热播 IP 电视剧的产业与艺术特征。

---

① 尹鸿，王旭东，陈洪伟. IP 转换兴起的原因、现状及未来发展趋势 [J]. 当代电影，2015(9)：22-29.
② 卢伟敏，江颖婧. 热播 IP 电视剧中角色同质化现象的文化分析 [J]. 中国电视，2017(9)：82-85.
③ 赵瑜. 2014 年国产电视剧大数据分析 [J]. 当代电影，2015(2)：146-149.
④ 尹鸿. 进入多屏时代的电视剧——2014 年国产电视剧创作 [J]. 电视研究，2015(3)：51-54.
⑤ 王晓红，谢妍. 中国网络视频产业：历史、现状及挑战 [J]. 现代传播，2016(6)：1-8.
⑥ 顾亚奇，胡智锋. "剧"变 2015：多屏时代电视剧制播新业态 [J]. 新闻战线，2016(3)：16-19.
⑦ 顾亚奇，胡智锋. "剧"变 2015：多屏时代电视剧制播新业态 [J]. 新闻战线，2016(3)：16-19..

第二节　IP 电视剧的产业与艺术特征

我国影视行业的 IP 转化长期面临两大挑战：一是系列化和有序开发，确保 IP 的品牌延伸性和可持续性，促进 IP 的价值最大化；二是 IP 转化过程中的文化净化、视听品质与价值观升级，提升市场规模和口碑质量。[①] 在上述两方面挑战的共同作用下，一系列学者总结和研究了 IP 网络电视剧逐渐显示出的特定形态风格、产业模式和文化特征。那么，这些基于个案和特定时间节点的特征归纳是否具有普遍意义，它们的具体表现是什么，在这五年内是否发生了趋势性的变化，是本章希望解决的主要问题。

本章关心的第一个问题是 IP 剧在形态风格方面的特征，这也最为当下研究者和观众们所关注。传统电视的观看空间主要是家庭开放空间，电视屏幕的叙事和视听强度较低，因此中国电视剧艺术在历史发展过程中产生了很强的家庭故事的题材传统，并形成了日常经验的审美视野、生活戏剧的叙事模式和主流意识的表达取向。[②] 但由于播出平台和目标观众的差异，网络电视剧与上述形态和风格呈现出显著区别，体现出碎片化、多元化、非线性、去中心等特征，具备了贴近网生代文化特征的"网感"气质。[③] 这种"网感"气质还体现在网剧的题材偏好方面，以年轻人为主体的爱情、友情、亲情等内容广泛地成为现代题材甚至历史和古装题材的主要表现对象，同时也让电视剧在美学风格上更加浪漫、幽默和明快。[④] 除了"网感"，"二次元"也是 IP 电视剧形态特征的关键词，意指这些作品中的架空、想象、虚构的艺术风格。很多网络小说的网剧改编都极力渲染了二次元美学中架空世界观下主要角色身上的理想主义和浪漫主义品质。[⑤] 因此，网感和二次元的形态风格在 IP 转化中究竟如何呈现，在多大程度上构成了 IP 剧的核心特征，是本章希望探讨

[①] 尹鸿, 王旭东, 陈洪伟. IP 转换兴起的原因、现状及未来发展趋势 [J]. 当代电影, 2015(9): 22-29.
[②] 尹鸿, 阳代慧. 家庭故事·日常经验·生活戏剧·主流意识——中国电视剧艺术传统 [J]. 现代传播, 2006(5): 56-64.
[③] 毛珺琳. 论媒介融合背景下网络剧对电视剧的影响 [J]. 广西师范学院学报（哲学社会科学版）, 2018(1): 12-15.
[④] 尹鸿. "互联网+"背景下的电视剧多元转向——2015 年度中国电视剧创作 [J]. 电视研究, 2016(3): 10-13.
[⑤] 张成. 正剧笔法联姻二次元审美——论《琅琊榜》的电视剧改编 [J]. 中国电视, 2016(1): 89-92.

的第一个问题。

　　本章关心的第二个问题是 IP 剧在产业方面的特征和趋势。在近五年的发展过程中，围绕 IP 已经形成了逐渐稳定的市场格局。除了传统文学中的 IP 资源如孙悟空、狄仁杰之外，中国当下最大的 IP 资源就是 20 世纪 90 年代以来逐渐兴起的网络文艺，尤其是网络小说。网络小说在叙事上较多采取非线性方式，虽不以深度见长，但更加贴近当代青年的情感需求。[①] 围绕这一核心 IP 资源，互联网公司展开的产业整合与产品开发已经形成一套成熟机制。在网络文学和网络视听完成了产业层面融合的基础上，对 IP 的开发与高概念电视剧的策略紧密捆绑；一批具有广泛影响力的顶尖 IP 电视剧陆续出现，2019 年爆红的《庆余年》就是腾讯影业与阅文合力开发的成果。但同时资本的逐利性也带来了题材扎堆等问题，网络 IP 带来的流量迷信，以及流量明星的出现，还有角色同质化现象泛滥，都影响了 IP 的改编品质，引起了观众的反感。[②]IP 改编还存在被资本"格式化"的危险，无序囤积和转卖 IP 资源带来的价格虚高和开发失序问题，最终影响的是文化产品的品质和粉丝群体的忠诚度。[③] 针对这些产业现状，本章的统计研究将分析热播网络 IP 电视剧的改编来源和题材类型集中度，从而为行业健康有序发展提供参考。

　　本章关心的第三个问题是 IP 剧在价值观层面的表现，探讨 IP 剧的文化特征。互联网推动电视剧从一次性收视到观众参与性传播的转变，从而扩大了电视剧的传播范围和传播深度，增强了电视剧的社会影响和社会文化功能。[④]作为当代流行文化载体的电视剧主要受到三方面的价值影响，一是来自国家和政府的意识形态和文化领导权的要求，二是来自资本和市场对受众价值需求的迎合，三是来自社会文化的消费主义和集体心理想象。作为主流观众的青少年也对网络电视剧逐渐发展出明确的价值需求，首先是关于爱情和友情的需求，第二是关于自我实现的需求，第三是公平正义的社会价值实现的需求。[⑤] 在管理部门和

[①] 陈晶，薛圣言. 从《花千骨》看网络小说改编电视剧的叙事策略 [J]. 当代电视，2015(10)：44-45.
[②] 卢伟敏，江颖婧. 热播 IP 电视剧中角色同质化现象的文化分析 [J]. 中国电视，2017(9)：82-85.
[③] 欧阳宏生，唐希牧. 论"互联网+"视域下我国电视剧 IP 的产业链开发 [J]. 湖南师范大学社会科学学报，2017(2)：29-35.
[④] 尹鸿."互联网+"背景下的电视剧多元转向——2015 年度中国电视剧创作 [J]. 电视研究，2016(3)：10-13.
[⑤] 尹鸿. IP 不用唱嗨 也不用唱衰 [J]. 上海广播电视研究，2017(2)：26.

市场机制的双重激励下,近年来热播电视剧在价值观方面都自觉地向"三观正"的标准看齐,主动承担社会文化责任。本章希望通过对主题和观众评价的分析,观察网络 IP 电视剧的价值观取向和文化特征。

第三节 热播网剧中 IP 改编的形态画像

针对以上研究问题,本章选取 2015 年为时间节点,对 2015—2019 年五年间的 IP 改编网络热播电视剧进行统计。在统计范围的选取上,由于统计口径在这些年间不断发生变化,从排名的科学性和资料的可获得性两个角度考虑,首先选取每年网络播放量最高的前 50 部电视剧,然后从中挑选出 IP 改编剧作为本文统计对象。具体而言,本章以猫眼数据库所提供的网络播放总量为依据进行电视剧的选取。但需要特别说明的是:首先,猫眼对 2015 年网络播放量的统计存在数据缺失,作为代替,本章以行业内广被引用的另一家数据统计机构 Vlinkage 提供的该年网络播放量为选取标准;其次,2016 年出于数据可供性的原因,网络播放量的基础数据仅可支撑前 30 部的可信排名;最后,一些网络视频平台在 2019 年停止提供播放量数据,对此,本章使用了 2019 年猫眼热度统计进行当年的排名,基本仍可反映网络播放量排名。最终,本章选择 2015—2019 年网络播放量最高的 230 部电视剧为研究对象,形成了其中 IP 电视剧的题材类型、制作团队、出品方、剧作口碑、原著信息等方面的统计画像,以更加清晰地把握形态风格、产业特征与价值导向等方面的问题和趋势。

在 230 部电视剧中,属于 IP 改编的有 115 部,恰好占 50%。在这 115 部 IP 网剧中,72 部改编自网络小说;29 部改编自非网络首发的小说,如古典名著、杂志连载小说等;其余 14 部则为漫画改编和经典影视翻拍。具体至年份,每年 IP 电视剧的网播量相关数据如表 5-1 所示:

表 5-1 IP 改编电视剧年度概况

统 计 项 目	2015 年	2016 年	2017 年	2018 年	2019 年
IP 剧总数及占比	19(38%)	12(40%)	27(54%)	30(60%)	27(54%)
IP 剧平均播放量(亿)	32.4	58.84	50.60	58.72	无数据
前 10 名中的 IP 剧数量	6	7	6	6	8

由表 5-1 可见，热播网剧中 IP 剧的数量随年份呈增长趋势，且在播放量领先的头部电视剧中占有相当大的比例。具体至平均播放量，IP 电视剧虽随年份有所波动，但均大幅领先于同年非 IP 电视剧，显示出 IP 电视剧在热度方面的巨大优势。IP 电视剧的热播不仅与 IP 本身能够提供成熟的故事、吸引人的叙事相关，更与整个 IP 改编行业的产业特征及 IP 在更广阔的文化消费领域的巨大影响力关系密切。

一、题材分布

网络电视剧既延续了传统电视剧的题材和故事类型，也有新的变化。由于网络文学不受约束的想象力和去结构化的创作机制，由其转化而来的 IP 电视剧多为各种类型的混合，如常见的古装奇幻剧、都市爱情剧等。为将 IP 电视剧的类型划分得更加清晰，本节将以时间尺度为第一层标准进行古装剧、年代剧和当代剧的分类，再参照《电视剧类型》中的十三种类型[①]，以奇幻、爱情、悬疑等题材进行第二层分类。具体结果如表 5-2 所示：

表 5-2 IP 电视剧的题材类型分布

时间	类型	IP 电视剧
古装（56）	奇幻（27）	2015:《花千骨》《封神英雄榜 2》《聊斋新编》《华胥引》 2016:《青云志》《青云志 2》 2017:《三生三世十里桃花》《择天记》《醉玲珑》《九州·海上牧云记》《天泪传奇之凤凰无双》《大话西游之爱你一万年》《颤抖吧，阿部！》 2018:《香蜜沉沉烬如霜》《斗破苍穹》《武动乾坤之英雄出少年》《将夜》《芸汐传》《唐砖》《火王之破晓之战》《天意》《武动乾坤之冰心在玉壶》 2019:《陈情令》《庆余年》《封神演义》《新白娘子传奇》《宸汐缘》
	爱情（14）	2016:《锦绣未央》 2017:《楚乔传》《大唐荣耀》《将军在上》《双世宠妃》《秦时丽人明月心》《独步天下》 2018:《扶摇》《双世宠妃 2》《媚者无疆》《天盛长歌》《天乩之白蛇传说》 2019:《明月照我心》《恋恋江湖》

---

① 张智华. 电视剧类型 [M]. 北京：北京师范大学出版社，2012.

续表

时间	类型	IP 电视剧
古装 (56)	武侠 (7)	2015：《少年四大名捕》《神雕侠侣》《陆小凤与花满楼》《鹿鼎记》 2017：《射雕英雄传》 2019：《从前有座灵剑山》《剑王朝》
	其他 (8)	2015：《隋唐英雄5之薛刚反唐》(战争)、《甄嬛传》(宫斗) 2018：《如懿传》(宫斗)、《夜天子》(喜剧) 2019：《长安十二时辰》(悬疑)、《大明风华》(历史)、《锦衣之下》(悬疑)、《鹤唳华亭》(宫斗)
年代 (3)	爱情 (1)	2015：《锦绣缘华丽冒险》
	谍战革命 (2)	2016：《麻雀》 2019：《谍战深海之惊蛰》
现代 (56)	爱情 (20)	2015：《何以笙箫默》《妻子的谎言》《两生花》《长大》 2016：《遇见王沥川》 2017：《我的前半生》《春风十里，不如你》《遇见爱情的利先生》 2018：《凉生，我们可不可以不忧伤》《你和我的倾城时光》《创业时代》《你迟到的许多年》《为了你我愿意热爱整个世界》 2019：《我的莫格利男孩》《全职高手》《如果可以这样爱》《国民老公2》《世界欠我一个初恋》《不负时光》《山月不知心底事》
	青春偶像 (10)	2015：《杉杉来了》 2016：《微微一笑很倾城》《最好的我们》 2017：《夏至未至》《致我们单纯的小美好》《浪花一朵朵》 2018：《甜蜜暴击》《流星花园》 2019：《亲爱的，热爱的》《满满喜欢你》
	悬疑刑侦 (8)	2016：《如果蜗牛有爱情》《法医秦明》《心理罪2》 2017：《白夜追凶》 2018：《橙红年代》《法医秦明2清道夫》 2019：《破冰行动》《心灵法医》
	悬疑冒险 (5)	2015：《盗墓笔记》 2016：《鬼吹灯之精绝古城》 2017：《鬼吹灯之黄皮子坟》 2018：《沙海》《天坑鹰猎》
	奇幻 (4)	2017：《镇魂街》《我与你的光年距离》《终极三国2017》 2018：《镇魂》

续表

时间	类型	IP 电视剧
现代 （56）	其他 （9）	2015：《特警力量》（军旅）、《平凡的世界》（农村） 2016：《欢乐颂》（女性） 2017：《白鹿原》（历史）、《欢乐颂2》（女性） 2018：《大江大河》（历史）、《灵与肉》（历史） 2019：《小欢喜》（家庭）、《都挺好》（家庭）

由表 5-2 可见，古代奇幻（27 部）和现代爱情（20 部）这两个类型的出现频率远高于其他类型，二者加在一起共占 IP 电视剧总数的 40.87%。这符合网络文学的类型分布规律。此外，除直接标明以"爱情"为主题的 35 部 IP 电视剧外，相当一部分电视剧虽属其他类型，却在实际剧情中有着篇幅颇多的以爱情为主线的情节内容，很多情节比例不低于主题为爱情的电视剧，部分剧甚至是以其他主题包装爱情核心，如 2018 年网络播放量排名第 12 的悬疑刑侦剧《如果蜗牛有爱情》，虽以悬疑刑侦为名，实则绝大多数情节内容与爱情相关。经统计，有 32 部属于这种"爱情+"情况，与原本标注为爱情类型的电视剧合计共有 67 部，占 IP 改编剧总数的 58.26%。此外，悬疑类 IP 电视剧虽感情线较弱，但仍能吸引大量观众。其中，《盗墓笔记》《鬼吹灯》等悬疑冒险类作品本身 IP 知名度高、吸引力大；《白夜追凶》等悬疑刑侦类则是在叙事上别出心裁，二类均跨越"男频""女频"的限制。

二、叙事特征

在题材方面，IP 网剧较为集中在爱情母题上。这既与改编选择和原著剧情有关，也与 IP 转化为电视剧后的目标受众有关：网络文学有着严格的"男频""女频"划分，男频为"男生频道"简称，多以玄幻热血类小说为主，男性观看多于女性观看；女频为"女生频道"简称，多以爱情时尚为主，女性观看多于男性观看。在网剧的市场定位方面，单一定位男性或女性观众的市场效益是不足的；为了使奇幻等男频主题破除男频女频的限制、拥有更广泛的受众，爱情线的加入便成为 IP 转化扩大受众群体的创作举措之一。

在叙事方面，IP 电视剧的人物类型化趋势比较集中，这典型地体现在大量的"灰姑娘"、大男主/大女主叙事模式中。在很多的IP网剧里,主人公通常并非普通人,要么家境贫寒,或因变故处境窘迫,进入"灰姑娘"叙事;要么出身高贵、可以轻松获得各种资源,成为大男主/女主叙事。此外,大量IP电视剧涉及多重时空,不仅覆盖人物的多个年龄阶段来体现多元的时空和人物变化,而且有的还加入神界、人界或穿越等各类与异质时空有关的情节,让故事的时空关系变得更加复杂。具体而言,以上三类叙事特点在115部IP电视剧的分布及其在当年IP电视剧中的占比见表5-3(兼有多种叙事者已重复计算):

表5-3 2015—2019年115部IP电视剧的叙事模式分布

叙事模式及其当年占比	2015年	2016年	2017年	2018年	2019年
灰姑娘	5(26.32%)	5(41.67%)	7(25.93%)	12(4.0%)	7(25.93%)
大男主/女主	3(15.79%)	2(16.67%)	8(29.63%)	4(13.33%)	6(22.22%)
多重时空	0(0%)	0(0%)	8(29.63%)	3(10%)	2(7.41%)

由表5-3可见,灰姑娘与大男主/女主的叙事方式是IP电视剧中很显著的叙事模式。将兼有以上要素的剧集考虑在内,115部IP电视剧中也有近半者有着相似的叙事模式——IP电视剧在叙事特征上的集中度可见一斑。例如,2017年网络播放量第1名《三生三世十里桃花》,杨幂饰演的女主角为神族,因变故堕入凡世开启一段姻缘,后再度回到天宫封印妖魔——不仅有看上去复杂独特的时空架构,甚至还将大女主(神族身份)与灰姑娘(堕入凡尘)叙事结合,再辅以"感情+奇幻"的题材叠加,堪称IP改编的"标准格式"。

三、从格式化到多元化

从上述对题材和叙事的分析可以看出,IP电视剧有着不同于传统电视剧的主题、题材与叙事,在类型与风格方面与传统电视剧有显著的差别,这种差别是"网感"的重要体现。具体而言,IP电视剧在类型上多以古装奇幻剧、都市爱情剧为主,辅以一定数量的悬疑剧;传统电视剧中常见的家庭伦理剧、年代剧或革命历史题材剧均较为罕见。而不论是何类型,爱情普遍地作为常规情节进入其中;同样常见的还有成长主题,"灰姑娘"、大女主的流行叙事,以及"男频""女频"这种来自网络小说分类的叙事模式。以上因素都让IP电视剧带有了所谓的"网感",也有助于解释其为何有着高于传统电视剧的网络热度。

从发展趋势上看,以上"格式化"的题材与叙事组合在 2017 年、2018 年达到顶峰,体现出较强的形态固化的趋势,也引起观众和评论界的批评。不过,2019 年以来,固化的趋势有所下降,多元和创新为 IP 电视剧带来新的增长点。以电视剧的类型分布为多元性指标的话可以看出,2015—2019 年每年上榜的 IP 电视剧所覆盖的题材类型分别为 10 类、8 类、10 类、11 类、12 类,这从一个侧面展示出 IP 电视剧的类型正在逐渐丰富。2019 年,传统家庭题材电视剧如《小欢喜》、新题材古装悬疑剧如《长安十二时辰》等 IP 改编剧播放量名列前茅;而 2020 年这种题材多元化的趋势更加明显,既有悬疑犯罪题材《隐秘的角落》《沉默的真相》,也有改编自电影、电竞和日漫的《唐人街探案》《穿越火线》《棋魂》,而传统的古装/年代爱情等题材,也频频出现《鬓边不是海棠红》《少年游之一寸相思》等高质量的改编。

第四节　热播网剧中 IP 改编的产业特征

网络热播 IP 剧的上述形态特征与它的生产方式,尤其是由市场需求和产业规律带来的集中度密切相关。IP 电视剧的生产不仅遵从一般电视剧的生产规律和传播规律,而且还具有自身特征。这一节将围绕 IP 原著来源、热门作者、制作主体等要素展开分析,描述 IP 电视剧在产业资源使用的集中度和观众反响上的特征。统计发现,IP 电视剧在出品方、原著平台、制作团队等方面有着较强的集中性。

一、原著来源

晋江文学城等头部网络文学网站产出了大部分的电视剧 IP。由表 5-4 可见,即使包括了出版社、漫画、古典名著、翻拍等非网络文学的途径,晋江文学城仍然以绝对优势成为电视剧改编 IP 的最大来源,26% 的网络热播 IP 电视剧原著都来自晋江文学城。其他网络小说平台则相差不大,起点中文网、创世中文网、潇湘书院小幅多于其他平台。

表 5-4　IP 电视剧的原著来源分布

原著来源	IP 数	原著来源	IP 数
晋江文学城	30	出版社	25
起点中文网	6	漫画	6
创世中文网	4	潇湘书院	4
古典名著	4	翻拍	4
爱奇艺文学	3	腾讯文学	3
天涯社区	3	博客/微博	3

原著作者是 IP 改编电视剧的重要创作主体，正是这些作者为电视剧提供了类型题材与基本的故事情节。在 115 部 IP 电视剧中，其原著来源作者有 2 部或 2 部以上著作被改编的共有 16 位；与 115 部 IP 电视剧涉及的共计 91 位原著作者相比，产出多部著作的作者占比不大，IP 来源的作者集中程度不高。具体而言，原著作者中，阿耐产出著作最多，剧集播放量与评分也较高；猫腻产出著作的改编电视剧播放量高但评分较低，天下霸唱则相对来说评分高而播放量较低。表 5-5 涉及的 7 位作者中，猫腻、顾漫、唐七与天蚕土豆均属于都市言情或古装奇幻类小说的写作者，符合 IP 电视剧的类型分布。阿耐则是《大江大河》《欢乐颂》等高口碑非典型网络小说的作者，显示市场对类型多样化、质量有保证的 IP 电视剧的较强需求。

表 5-5　IP 电视剧的原著作者及其被改编著作数统计

原著作者	被改编著作数	平均播放量排名	平均豆瓣评分
阿耐	4	11	7.35
猫腻	3	12	6.57
顾漫	3	15	7.07
金庸	3	18.33	6.33
唐七	3	19.33	5.6
天下霸唱	3	21	7.97
天蚕土豆	3	26.33	4.45

二、生产主体和主要演员

在出品方方面，华策影视及其旗下剧酷文化、辛迪加影视等影视公司出品了大多数 IP 改编的剧集，与"爱优腾"共同构成 IP 电视剧出品的头部集团，超一半的剧集由这四家出品。四者出品剧集的评分也颇为接近，只是在播放量排名上华策影视、腾讯影业与爱奇艺、优酷有一定差距。结合类型与题材，这些生产主体出品了大量古装奇幻剧、都市爱情剧等类型剧，叙事上也多为灰姑娘或大男主／女主叙事，这再次印证 IP 电视剧产业有着一定程度的集中。有趣的是，正午阳光虽然出品 IP 剧集数不多，但是平均评分是最高的，也是出品数量 5 部以上的 9 家出品方中，平均评分唯一上 7 的一家。（表 5-6）

表 5-6 IP 电视剧的出品方及出品剧集数统计

电视剧出品方	出品剧集数	平均播放量排名	平均豆瓣评分
华策影视	19	16.32	6.15
腾讯影业	18	17.44	6.48
爱奇艺	15	26.73	6.27
优酷	14	27.64	6.8
欢瑞世纪	7	17.57	5.84
芒果影视	7	21.14	4.33
正午阳光	6	10.33	7.18
新丽文化	6	15.67	6.08
阅文集团	5	25.6	6.67

主要演员也是电视剧生产的核心要素，而流量明星带来的问题是 IP 改编领域最常为行业所诟病的一点。本书统计了 IP 网剧的主要演员的集中度情况，选取 115 部 IP 电视剧每部剧演员表排序的前 3 名进行统计。在共 345 人次的演员中，主演 IP 电视剧多于 1 次者共有 66 人，其中 46 人主演了 2 部以上的热播 IP 网剧。尽管选取演员表前 3 名容易忽略部分出演多部剧集但并非主演的演员，但这一数据仍说明，IP 电视剧在演员选取的方面存在一定的集中、但程度较为有限，不存在某几位演员完全垄断重要 IP 的情况。当然，这也说明演员行业竞争较为剧烈、更新换代较快。（表 5-7）

表 5-7 出演超过 3 部 IP 电视剧的主要演员统计

演员	出演剧集数	剧集主要类型	平均播放量排名	平均豆瓣评分
赵丽颖	6	古装奇幻／爱情	11	5.83
杨紫	6	爱情	12.83	6

续表

演　员	出演剧集数	剧集主要类型	平均播放量排名	平均豆瓣评分
杨洋	6	古装奇幻/爱情	16.5	5.7
蒋欣	4	兼有	13.25	6.4
李一桐	4	古装奇幻/爱情	24.25	7.15
罗晋	4	古装爱情	24.5	5.58
邢昭林	4	爱情	33	6.08

由表 5-7 可见，赵丽颖、杨紫、杨洋等演员在出演剧集数、剧集播放量排名上均处前列，且在演员表中均为领衔主演，处于 IP 电视剧演员的头部位置，平均下来几乎每年都在一部以上的热播 IP 电视剧中担纲主演。而热度较高的演员们出演的电视剧类型也基本以古装奇幻、都市爱情为主，其他类型较少。例如，这些年赵丽颖所出演的剧集类型就较为集中于《花千骨》《青云志》等古装玄幻仙侠题材，2020 年的《有翡》依然延续了固定的角色类型。演员的集中同样体现出 IP 电视剧产业在扩大市场效益方面的努力：特定类型的演员有助于将单一男频或女频的 IP 原著转为面向更广受众的电视剧。例如，古装玄幻剧《青云志》《青云志 2》，由几位明星主演，演员的自带流量已能保证剧集获得较高的播放量与市场效益。当然，这些看似符合市场规则的操作，很多时候并不一定能够得到观众和口碑的认可；在外部市场规则之下，影视创作的艺术规律仍然是决定内容品质的基本力量。这一规律，在观众评价和接受上能够得到更明显的体现。

三、观众评价与接受

以古装奇幻、都市情感为主要类型的 IP 电视剧满足了观众的哪些需求，在网络热播的同时获得了怎样的观众评价？结合题材和叙事类型来看，IP 网剧中出现频率最高的爱情题材能够满足青年群体的情感需求；不论是灰姑娘逐渐成长，还是大男主/女主叱咤风云，其叙事模式都投射出自我实现的需求；而青年人的社会价值观则在角色的基本设定和最终追求中得以体现。当然，单纯地迎合受众需求并不意味着能够获得受众认可。在一定程度上，观众口碑证明受众对电视剧价值取向的认可度，而豆瓣评分是评价国内电视剧集口碑与质量较有公信力的数据。本书对 IP 电视剧的热门类型及其播放量排名与豆瓣评分进行统计，结果如表 5-8 所示：

表 5-8　IP 电视剧类型的平均播放量排名与平均豆瓣评分

类　型	平均播放量排名	平均豆瓣评分
古装玄幻	21.07	5.67
古装爱情	21.5	5.91
古装武侠	17.25	6.16
古装其他	29	7.04
都市爱情	21.15	5.81
青春偶像	21.8	5.83
悬疑冒险/刑侦	17.92	6.52
现代其他	13.4	7.62

从主要类型和观众评分之间的对应关系中，能够粗略发现观众对不同类型电视剧的认可度：IP 电视剧的类型分布集中于古装玄幻、古装爱情、都市爱情、青春偶像。但无论是平均播放量排名，还是平均豆瓣评分，几类剧集均处于较低位置。即使资本与市场为迎合受众、在价值需求上对 IP 电视剧进行了一定的净化和提升，但也并未完全获得观众的认可。相反，"古装其他"与"现代其他"二类的豆瓣评分均颇高。仔细分析可以发现，这其中正包含历史剧、家庭剧等数量较少、但具有创新价值和艺术价值的类型。其中，历史剧《白鹿原》播放量排名 2017 年第 7，豆瓣评分 8.8，为同年 IP 电视剧前 10 名中最高；家庭剧《小欢喜》播放量排名 2019 年第 4，豆瓣评分 8.4，也为同年 IP 电视剧前 10 名中最高。拓展类型与题材，在价值取向层面反映历史与社会、传递更能够引发当代共鸣的价值观，是 IP 电视剧在互联网时代已实现较好的传播与收益情况下，进一步向"叫座又叫好"迈进的中心所在。

总之，在网络播出平台崛起和网剧逐渐成熟的过程中，IP 转化成过去五年的重要创作和产业现象，引起了管理部门、行业主体和社会舆论的广泛关注。在对 IP 改编的既有研究展开综述的基础上，本章对 2015—2019 年这五年期间网络播出量最高的 115 部 IP 网剧进行统计分析，以总结产业、创作和艺术等方面的特征。过去 5 年中，热播网剧中 IP 剧的数量恰好占 50%，且随年份呈增长趋势，并在播放量领先的头部电视剧中占有更大比例。从题材和叙事来看，古装奇幻剧和都市爱情剧是占比最高的类型，二者加在一起超过了 IP 剧总量的 40%。爱情母题成为跨越不同类型的一个显著的叙事要素，而人物的类型化则带来了较高比例的灰姑娘和大男主 / 大女主叙事模式和网感风格。不过，随着时间推移，故事类型和叙事模式逐渐呈现多元化的趋势，在 2017 年和 2018 年比较突出的 IP 故事"格式化"的现象得到缓解。从生产角度看，"晋江文学城"贡献了最多的 IP 资源，占总数的近四分之一；而"爱优腾"加上华策影视这四家头部影视集团生产了大多数 IP 电视剧，几乎每家每年都会出品 3 部或者更多的网络热门 IP 剧。原著作者和演员也是重要的生产要素，8 位男女演员出演了 4 部或更多的热播 IP 剧，而被改编最成功的原著作者则包括了阿耐、猫腻、顾漫等。

热播的 IP 网剧通过类型和主题很好地呼应了青年群体的情感需求、自我实现需求和社会价值观表达需求。不过，IP 网剧的收看热度和观众认可度之间呈现出更加复杂的关系，相比于常规热门的类型如古装奇幻和现代爱情来说，高口碑和顶级网剧往往出现在相对冷门的类别中。这展示出 IP 网剧在形态的固化和创新之间的张力，也正是这种来自于口碑的动力机制，让 IP 改编甚至是整体网剧的创作水平不断地迭代更新。

第六章　系列片的想象世界研究

正如第一章所揭示的，系列片是当代文化创意产业的重要发明。它不仅依靠自身的品牌效应持续地吸引观众走进影院，为电影产业提供了高效的盈利方式，还呈现出跨媒介辐射与行业整合的综合能力。成功的 IP 转化和系列片，能够将电影产业与电视、漫画、游戏、出版等行业紧密地捆绑在一起，为全球各个国家和文化群体的消费者提供种类丰富的高品质文化产品。因而，不论是从学理角度更好地理解文化产业和 IP 转换的规律，还是从业界的角度助力当前中国电影产业更上层楼，研究和移植系列片的成功创作经验都具有重要意义。本章即在上一章外部产业研究的基础上，着重探讨系列片的世界观创作特征。

想象世界的建构，是系列片艺术创作中的核心任务之一。诸如"指环王"里的中土世界，"哈利·波特"中的霍格沃茨魔法学院，以及"饥饿游戏"里的施惠国与行政区……成功的系列片往往提供了特点鲜明、令人印象深刻的想象世界。想象世界不仅为系列片提供视觉效果和叙事情节上的基本支撑，而且也是 IP 转换和文化产品跨媒介、跨行业扩散的基础。那么，究竟什么是想象世界，系列片中想象世界的建构与其他电影相比有什么特殊之处？为什么想象世界对于系列片的成功如此重要？成熟的系列片在想象世界建构方面有哪些特征和经验？对这三个问题的解答，构成了本章的主体部分。

第一节 想象世界的基本内涵

一、溯源：哲学和认知科学中的"可能世界"

"想象世界"（imaginary worlds）这一概念并非系列片专有，它广泛地存在于不同形态的媒介叙事中，具有悠久的历史，并以较成熟的哲学思考为支撑。莱布尼茨著名的"可能世界"（Possible Worlds）理论是想象世界的重要哲学来源，他著名的假定"我们的世界是众多可能的世界中最好的一个"不仅提出了"可能世界"这一关键概念，而且借助这一概念有力地推动了现代逻辑的发展。20世纪的文论研究很快将"可能世界"这一概念引介到文学创作和读者接受的研究领域中，探讨文学艺术创作中虚构与真实的关系。例如，瑞安（Ryan）借用莱布尼茨的可能世界理论，认为可能世界的建构是所有文学创作的基本特征，所有的虚构写作都在建构和探讨不同的可能世界。[①] 对于读者来说，当他们开始了阅读行动、并沉浸在一个虚构故事的假定性中时，不仅角色对于他们来说是真实的，这些角色所生活的想象世界也在他们的头脑中建构起来，并暂时地取代了真实世界的位置。

美国认知心理学家古德曼革新了"可能世界"理论中关于真实世界和虚构世界的区分。在认知科学的视角下他认为，至少对于个体心理来说，并不存在一个先验的"真实世界"，每个人的认知心理活动，都以自身经验为基础、并通过文化习得的符号知识系统，持续地在他们个体心理认知的层面建构出不同的"可能世界"。他在《艺术的语言》一书中强调，个体对于艺术作品、科学文本以及生活经验的理解，都建立在对符号系统的使用之上。[②] 换句话说，人类的认知活动无时无刻不在使用我们既有的文化符号系统来进行可能世界的建构。

按照古德曼的上述观点，可能世界的建构其实广泛存在于我们日常生活的智识和思考中。当我们回忆往事，或者对未来进行计划和展望的时候，这些智

---

① Marie-Laure Ryan. *Possible Worlds*, *Artificial Intelligence*, *and Narrative Theory*[M]. Bloomington: Indiana University Press, 1991: 21.
② Nelson Goodman, *Languages of Art: An Approach to a Theory of Symbols*[M]. New York: The Bobbs-merrill Company, 1968: 152.

识活动都在个体思维中悄然建构出不同版本的可能世界。并且，可能世界也长期地存在于宗教和文化实践中，从而将个体对于可能世界的想象聚合成特定文化群体所共享的版本。例如，古希腊的神话和中世纪的修道院都在社会文化的层面上构建和丰富特定的可能世界，而可能世界又反过来成为那个时代人们进行宗教传播和文化实践的资源；而从人类文化的普遍发展规律来看，当初民开始思考灵魂在死亡之后的归宿时，也即开始了对于可能世界的建构，并以此为基础，形成了人类丰富多元的宗教信仰和世界观。

二、文学和艺术中的"想象世界"

作为特殊的文化实践，艺术创作中的"想象世界"通过文学和修辞的方式延续和拓展着"可能世界"的哲学思考。亚里士多德较早地阐明了艺术创作和可能世界的关联，将其总结为或然率和必然率的关系。在《诗学》第九章中他认为，诗人的职责不在于描述已发生的事，而在于描述可能发生的事，即按照或然率或必然率可能发生的事。[①] 亚里士多德明确指出，诗是用来探讨可能世界的，而历史学者则是探讨真实世界。纽约大学的心理学家布鲁纳（Bruner）认为，亚里士多德对于诗和历史的区分构成了人类理解自己生活经验的两种基本方式。其中，与诗学相对应的是艺术家想象式的理解方式，他们将生活中给定的现实经验，通过隐喻的方式转换为特定的想象世界中的人物和故事。[②]

托尔金在20世纪50年代出版《指环王》三部曲是文学艺术领域中想象世界建构的标志性事件。托尔金自己将他所致力于建构的想象世界称为"第二世界"（secondary world）：在这个世界里，作家所提到的一切都是真实的，并遵守这个世界的所有规则；当读者身处其中的时候，也会不知不觉地相信其真实性。[③] 托尔金将自己在"一战"时期的地图绘制经验延伸到了自己的小说创作中；并且他的创作实践与大部分文学家不同，不仅创作了脍炙人口的传统想象文学作品，而且还留下了大量"支撑性"的材料，介绍这个中土世界里各种各样的历史、语言、民族和传说。可以说，托尔金不仅代表了文学创作领域建构想象

---

① （古希腊）亚里士多德，陈中梅译. 诗学 [M]. 北京：商务印书馆，2003：39.
② Jerome Bruner. *Actual Minds, Possible Worlds*[M]. Cambridge：Harvard University Press，1986.
③ J. R. R. Tolkien. On Fairy Stories[A]//*The Tolkien Reader*[C]. New York：Ballantine Books，1966：37.

世界的最高成就，也广泛地对之后的诸多艺术创作甚至技术实践和游戏设计都产生了直接影响。例如，巴特尔（Bartle）认为，托尔金的创作实践证明了创造一个完全真实可信的想象世界的可能性，并极大地影响了此后以计算机技术为先导的虚拟世界建构的实践。[1]

相比于文学创作依靠读者的主动参与来共同完成想象世界建构，影视艺术的视听媒介特征既对想象世界的建构设立了"视"与"听"的限定性条件，又激发了对于想象世界的可视性方面的更多尝试，以前只存在于个体头脑想象中的世界得到了全面实现的机会。电影艺术对于想象世界的建构要求尤其细致，在经典好莱坞时期就已经发展出一套以美术指导为核心，置景、服装、道具、化妆等专门化部门为支撑的完整工作系统。随着电影产业和技术的不断发展，电影史学家大卫·波德维尔观察到，想象世界的建构（worldmaking）已经成为20世纪60年代以来好莱坞电影的核心叙事特征之一。越来越多的电影致力于为角色行动提供一个丰富的、配套齐全的环境和背景，将传统制片厂时代的服化道部门提升到一个新的高度。波德维尔认为，库布里克的《2001：太空漫游》吹响了这一趋势的号角，而雷德利·斯科特则在《异形》和《银翼杀手》等影片中发展了这种超级丰富的世界建造艺术。[2]

三、溢出效应：系列片中想象世界的核心特征

那么，系列片中的想象世界和上述的常规电影中的想象世界相比，有哪些不同的特征？实际上，波德维尔所指出的20世纪60年代以来电影叙事特征已经十分接近系列片中想象世界的基本内涵。我们可以以最富典型性的《指环王》小说和电影三部曲为例，总结系列片想象世界的核心特征。

常规的叙事规则强调，环境与背景以服务人物和故事为核心目标；离开角色的行动，环境和背景不具有独立的故事价值。显然，托尔金的《指环王》已经超出了上述的创作信条，尤其是在他生命最后几十年里一直致力创作的《精灵宝钻》中，人物和故事与想象世界的关系发生了倒转，一系列并不连贯的角

---

[1] Richard A. Bartle. *Designing Virtual Worlds*[M]. Indianapolis：New Riders，2004：61.
[2] Henry Jenkins. *Convergence Culture：Where Old and New Media Collide*[M]. New York and London：New York University Press，2006：58.

色和行动，完全是为建构完整的中土世界史诗而服务的。汤普森（Thompson）认为，托尔金的这种创作方式大概与他在"一战"期间所从事的绘图工作，以及自己独特的语言学研究兴趣相关。①而彼得·杰克逊带领的《指环王》电影团队也继承了托尔金的"第二世界"主张。在工作过程中，杰克逊要求他的团队将文学所提供的虚构和幻想视为真实历史，以这种极度认真的态度来对待系列电影中想象世界的建造工作。这种工作方式被汤普森称为"过度设计"（overdesign）②，因为这些美术和道具大大超越了电影拍摄本身的需要，有些细节的设计甚至只对原著的"死忠粉"有效。与"过度设计"类似，曾拍摄过《异形》等重要系列片的导演斯科特，将自己的世界建构策略称为"层次堆积"（layering），将电影中的想象世界比喻成"千层糕"。③他的系列电影，一方面在不断地完善自己最初所设想出来的未来科幻世界，另一方面又不断地提出新问题，将这个复杂的想象世界进一步地往纵深发展，甚至直指人类起源的宏大哲学命题。

　　从上述的分析可以看出，系列片中的想象世界，其最核心的特征在于对一般性的叙事需求和叙事规则的超越；想象世界的宽厚程度"溢出"了故事本身的叙事需求，甚至也"溢出"了通常我们所期待的视觉奇观的需求；它发展出了某种主体性和独立性，不仅支撑了特定的电影故事和角色，同时也成为其他媒介产品的孵化母体，甚至想象世界中的未完成部分还指引和启发后续的创作。我们只要看看卢卡斯的《星球大战》所创造的巨大的跨媒介商业成功，就能够体会到系列片想象世界的核心特征及其所具有的巨大能量。观众不仅主动地发挥想象力、在不同社交媒体中追寻、讨论"溢出"的各种细节，从而完成电影布置的"家庭作业"——在自己的头脑中最终完成世界观建构，同时也会追寻这个系列最新作品和前几部作品之间在世界观上的关联。新冠疫情期间，迪士尼在自己的流媒体平台上先后发布了两季《曼达洛人》，获得巨大好评，是该公司在疫情期间为数不多的亮点。当第二季的最后段落中天行者身披斗篷所向

---

① Kristin Thompson. *The Frodo Franchise：The Lord of the Rings and Modern Hollywood*[M]. Berkeley and Los Angeles University of California Press，2007：94.
② Kristin Thompson. *The Frodo Franchise：The Lord of the Rings and Modern Hollywood*[M]. Berkeley and Los Angeles：University of California Press，2007：95.
③ Paul M. Sammon. *Future Noir. The Making of Blade Runner* [M]. New York：Harper Collins，1996：47.

无敌时，无数星战粉为其激动不已，而这样一部新剧集作品也通过一个核心角色牢牢地潜入整个想象世界的系统中，成为这个系列不可或缺的一块拼图。就像《曼达洛人》一样，虽然大多数系列片之间在剧情结构上是松散和不连续的，但想象世界的关联性极高，从而确保了系列片之所以成为系列，并持续获得关注。

第二节　想象世界的艺术与商业价值

作为系列片和 IP 转化的重要基础，想象世界具有独特的艺术与商业价值。从产业角度，想象世界提供了核心的品牌资源，一个 IP 的成功开发常常能够救活甚至带火一家公司。从技术角度，想象世界为电影的技术美学提出了很高的要求，客观上促进了虚拟现实等视听技术的不断进步。从美学角度，想象世界并非独立于文化和艺术之外，它是风格、主题、价值观的重要构成部分，通过一套稳定的视听符号系统潜移默化地进行意义生产与表达。

一、想象世界为电影行业提供了核心品牌资源

作为一个成熟的产业，各大制片厂从建立伊始就在寻找能够吸引观众不断走进影院的品牌化策略，迄今为止，形成了"明星—类型—角色—世界"的鲜明序列。在经典好莱坞时期，品牌化策略主要体现为"明星制"，明星与电影观众之间的特定关系让观众愿意一遍又一遍地欣赏由特定明星出演的不同电影故事。20 世纪 30 年代以来，围绕人物类型和情节桥段的特定组合，类型片出现，并成为新的电影品牌来源。借助票房杠杆和对大众心理焦虑的熟练把握，诸多电影类型和类型电影为观众所熟知和接受，成为电影产业与观影市场之间稳定的沟通渠道和某种契约，并借此发展出电影在社会文化领域的特定功能。

作为更新一代的品牌化策略，"角色"可以视为某种明星效应和类型效应的综合，其带来的品牌效应超过了明星和类型的简单相加。同时具有连续性的角色和想象世界一起，构成了当下系列电影得以成立的基本结构。以"角色"为

核心品牌的典型案例是"007"系列的经久不衰。即使詹姆斯·邦德的扮演者更换，也并不影响这一品牌效应；相反，扮演这个角色、执导这个系列的电影，甚至在这部影片中出演女性配角，成为电影从业者获得声望、到达职业顶点的重要标志。

虽然文学创作领域的想象世界早在20世纪50年代就被托尔金发挥到极致，但由于和电影科技水平的发展息息相关，作为电影品牌来源的想象世界出现得最晚，但也具备了强大的综合效应。如今，作为IP核心内容的想象世界，已经成为电影行业的稳定品牌资源，为影视行业提供了源源不断的财富，资本的力量甚至可以改变创作者个体的决定，华纳影业和罗琳本人经不住影迷和市场的呼声重新启动魔法世界的新三部曲，就提供了一个生动的例证。从目前已经上映的前两部可以看出，新的"神奇动物在哪里"系列电影并非续集，而是在相同的想象世界中的另一条支线情节，围绕神奇动物的寻找展开。另外，系列片的盛行固然可以被批评为创造力不足的无可奈何，但反过来看，电影行业遭遇波动的不确定年代里，想象世界这笔稳定的IP财富往往能够成为及时雨和稳定器，帮助特定制片厂乃至整个行业获取持续性基本收入，从而渡过难关。

二、想象世界拓展了电影艺术的复杂性和表现力

想象世界之所以能够成为吸引观众不断购买文化产品的稳定品牌资源，与其艺术潜力和文化功能密不可分。具有溢出特征的想象世界提供了足够广阔的叙事篇幅，让一般性的电影叙事假定性得以升级，不仅为故事和角色提供土壤，而且还通过隐喻和象征等方式，容纳了价值、神话和世界观层面，从而为大众提供关于人生和世界的隐喻和思考。例如，不论是系列片的早期作品《星球大战》，还是已经完结的《饥饿游戏》，它们所致力于构造的想象世界，在故事和情感之外，均提供了对于政治制度和人性的深刻体察，并将青年成长和叛逆的不可见深层心理结构投射到可见的想象世界的结构上。从这个意义上说，系列片的想象世界为电影艺术的主题表达和价值传递提供了新的渠道。

想象世界对于电影艺术的拓展还体现在给叙事风格带来的新变化。詹金斯（Jenkins）引用《娱乐周刊》将1999年视作电影的转折之年的观点，这个年

份的一系列电影,如《黑客帝国》《搏击俱乐部》《女巫布莱尔》《罗拉快跑》以及《第六感》等,都运用了非线性叙事,并在电影市场有上佳表现,赢得了观众的认可。[①] 虽然詹金斯从他自己所从事的媒介融合和参与文化的角度解释了上述叙事风格的转折,但上述整个电影艺术领域的新风尚,和成熟的想象世界的建构不无关系。想象世界的"溢出"特征突破了传统叙事规则对于环境和背景的限定,而这种突破也必然来给叙事风格带来新的变化。正是想象世界所提供的丰富叙事土壤,刺激电影艺术逐渐脱离了传统的单一主角和高度集中的单线叙事,帮助形成了多角色、网状和碎片化的新叙事风格。

最后,想象世界也提升了电影的视听语言水准和视听科技发展。宏观上看,20世纪70年代以来,电影科技的发展与系列片的创作密不可分。由于大多数系列片都采取了高概念化的制作方式,各种创作资源相对较为集中,因此也较为容易产生视听语言和电影技术的突破性进步;卢卡斯、沃卓斯基、彼得·杰克逊等围绕系列片创作而专门开发的整套影视技术已经成为电影史上的标志性事件。微观上看,大多数系列片的每部新作品的出现都必然要求在继承基本规则的基础上作出某些新的突破;而在角色和故事类型无法进行大规模改动的情况下,从视听呈现方面寻求突破就成为系列片的常规选择。例如,随着观众群体的不断成长,"哈利·波特"系列的最后几部呈现出越来越浓郁的黑色电影风格;而《侏罗纪公园》中由大型食肉恐龙所制造出来的爆炸性场景也不断升级。

三、想象世界促进媒介融合和产业升级

在媒介融合与文化产业整合的背景下,作为电影品牌资源的系列片被赋予了更多期待。如果说在传统媒介盛行的时期,系列片还可以仅依靠"007"这样的核心角色来完成自身再生产和实现电影品牌价值的话,那么在当下的融合年代里,具有跨媒介移植潜力的想象世界正在成为系列片和整个电影创作中越来越受到重视的要素。好莱坞的大型制片公司在IP运作实践中,已经明显地从故事导向逐渐转型为以想象世界为核心要素的项目导向。它们不仅鼓励电影领域

---

① Henry Jenkins. *Convergence Culture: When Old and New Media Collide*[M]. New York: New York University, 2006.

创作者从事想象世界的开发，也积极地改编系列小说，或是从流行的电子游戏和漫画中寻找成熟的想象世界作为可供转换的 IP 资源。

与想象世界的跨媒介运作相关的核心概念是"特许权"。约翰逊（Johnson）将其定义为围绕文化内容而产生的一系列由特定控权实体掌握和操作的相互关联的所有权，通常通过多媒介的方式发行与营销。[1] 鲍厄里和汉德勒（Bowrey & Handler）从好莱坞主要制片厂的角度，认为特许权之所以能够发挥作用，主要是它决定了观众对于特定产品的"可预知水平"（pre-awareness）；较高的预认知不仅可以帮助节省宣发的支出，并且能够确保尽量庞大的观众群体走进影院。[2] 想象世界是特许权的来源，林德赛（Lindsay）甚至将成熟的想象世界及其背后的制片厂比喻为中世纪的教会和它们所建构出来的天堂，二者都通过对基于想象世界的"特许权"的支配，在多元化的领域获得源源不断的经济收入。[3] 在特许权的运作下，想象世界不仅带来了跨媒介叙事和营收的可能性，反过来，跨媒介的叙事也帮助观众完成想象世界建构、从而扩大了"可预知水平"。漫画、游戏或者电视剧集，都为用户提供了更加丰富的形成想象世界的资源，同时也扩张了想象世界的受众范围和粉丝群体。[4]

过去半个世纪以来漫威的特许权经营，为系列片和想象世界与产业升级之间的互动提供了极佳的个案。1978—1981 年，漫威旗下的"蜘蛛侠"系列已经支撑起三部电视剧，初步地呈现出跨媒介的效果；20 世纪 90 年代，漫威几经失败后终于和依靠差异化策略从三大电视网分得一杯羹的福克斯电视网达成了《X 战警》的合作，《X 战警》卡通片成为周六早晨时段收视率的冠军，并反过来提升了 IP 的流行价值和漫画的销售额。到 1994 年，漫威只有 37.3% 的收入来自漫画出版，相比于 1988 年的 90%，可以说漫威已经初步完成了产业整合与跨媒介经营的转变。

---

[1] Derek Johnson, Franchise histories: Marvel, X-Men, and the Negotiated Process of Eexpansion[A]// *Convergence Media History*[C]. London and New York: Routledge, 2009: 14-24.
[2] Kathy Bowrey, Michael Handler. Franchise Dynamics, Creativity and the Law[A]//*Law and Creativity in the Age of the Entertainment Franchise*[C]. Cambridge: Cambridge University Press, 2014: 3-26.
[3] David Lindsay. Franchise, Imaginary Worlds, Authorship and Fandom[A]//*Law and Creativity in the Age of the Entertainment Franchise*[C]. Cambridge: Cambridge University Press, 2014: 52-74.
[4] Henry Jenkins, Sam Ford, Joshua Green. *Spreadable Media: Creating Value and Meaning in a Networked Culture*[M]. New York and London: New York University Press, 2013: 134.

另外,想象世界的跨媒体特性还提供了新的电影宣发可能性,整合了电影宣发渠道。常规来看,制片厂通常用三种方式将一部电影推销给潜在的观众:影院片花、电视广告、报纸以及影院刊发的海报。与想象世界相关联的产品与意象不仅是盈利的重要组成部分,而且还构成电影宣发的新渠道。例如,《指环王》电影发行的合作伙伴包括了比格汉堡和新西兰航空;对于后者,新线影业还授权了一句响亮的口号——"飞往中土世界的航班"。可以说,想象世界虽然早已出现,但近年来成为融合时代的宠儿。

第三节 系列片想象世界的创作规律

在想象世界成为文化创意产业重要 IP 资源的当下,如何把握想象世界的创作规律,依托特定的系列片打造出具有跨媒介流通能力的想象世界,是本书要探讨的核心问题。为了避免个案探讨带来的随意性和不可复制性的遗憾,本节将在叙事学的研究方法下,对全球整体票房超过 10 亿美元的 44 个系列片进行统计分析,寻找想象世界创作上的某些共同特征。

一、想象世界的现有叙事研究

虽然想象世界早已得到文学研究领域的注意,但它常常作为故事的背景被提及,很少作为一个自主的整体被充分研究[①],对电影系列片的想象世界所展开的研究就更少了。文化批评的学者较为重视叙事文学内部的文化机制,将系列故事视为当代神话和大众心理创伤的治疗过程;在其中,各式各样的想象世界为大众的白日梦提供了共同土壤。例如,西方青少年在文学和电影的反乌托邦世界中释放反抗的焦虑、并对成年人的现实世界产生认同;中国的电视观众也在国产古装剧和韩国浪漫剧所提供的宫廷和豪宅想象中,体验日常生活中所缺乏的极致的爱恨情仇。

---

① Mark Wolf. *Building Imaginary Worlds: the Theory and History of Subcreation*[M]. London and New York: Routledge,2012:2.

詹尼弗·海沃德（Jennifer Hayward）将系列故事的叙事模型追溯到 19 世纪查尔斯·狄更斯等人发表的系列小说。[①] 从那个时代起，读者就开始学会把每个新故事与已有的信息进行主动链接、寻找隐藏的叙事。在当今的电视剧和系列片中，这种叙事被互联网受众所具备的独特的认知模式所支持，他们能够通过线上的方式，在跨媒介的文本资源中寻找和比对各种故事信息。[②] 伴随着这些受众的认知行为，想象世界得以在创作者和接受者的合作过程中建立起来。从某种程度上来说，受众的主动努力对于成功的想象世界尤为重要，因而想象世界的创作者需要提供上述认知过程的资料和潜在结构，确保受众所主动建构出的想象世界符合故事本身，并针对不同的受众群体具备一定的弹性。

根据美国电影产业数据权威网站 The-numbers 的统计，截至本书成稿时影史收入最高的系列片是漫威系列，从 2008 年《钢铁侠》至《蚁人》为止的 12 部影片共获得了 90.6 亿美元的全球票房；其次是 2001—2011 年的"哈利·波特"系列电影，8 部影片获得超过 77 亿美元的全球票房；排名第三的是"007"系列，1963—2015 年的 25 部影片全球总票房是 68.7 亿美元。截至 2015 年 11 月 25 日，全球票房收入超过 10 亿美元的系列片共有 44 部，具体概况如表 6-1 所示。接下来，本节将以这 44 部得到市场认可的系列片为例，探讨想象世界的类别和要素。

表 6-1 全球高票房系列片统计中想象世界的四个核心要素统计

排名	系列名称	集数[①]	全球票房（美元）	首映年	类别	神奇时空	社会文化	超级能力	神奇生物
1	漫威系列	12	9 064 985 128	2008	强			√	
2	哈利·波特	8	7 726 174 542	2001	强	√	√	√	
3	007	25	6 870 934 412	1963	无				
4	指环王、霍比特人	6	5 895 819 745	2001	强	√	√	√	
5	星球大战[②]	7	4 486 158 822	1977	强	√	√	√	
6	蜘蛛侠	5	3 963 173 282	2002	弱			√	

---

① Jennifer Hayward. *Consuming Passions: Active Audiences and Serial Fictions from Dickens to Soap Opera*[M]. Lexington: University of Kentucky Press, 1997.

② Henry Jenkins, Sam Ford, Joshua Green. *Spreadable Media: Creating Value and Meaning in a Networked Culture*[M]. New York and London: New York University Press, 2013: 134.

续表

排名	系列名称	集数①	全球票房（美元）	首映年	类别	神奇时空	社会文化	超级能力	神奇生物
7	速度与激情	7	3 899 849 616	2001	无				
8	变形金刚③	5	3 778 297 170	1986	弱			√	
9	加勒比海盗	4	3 710 254 215	2003	弱	√		√	
10	蝙蝠侠	8	3 702 844 521	1989	无				
11	侏罗纪公园	4	3 692 483 344	1993	强	√			
12	怪物史莱克	5	3 540 580 419	2001	强		√	√	
13	暮光之城	5	3 317 470 739	2008	强		√	√	
14	X战警	7	3 058 223 272	2000	弱			√	
15	碟中谍	5	2 800 278 569	1996	无				
16	冰河时代	4	2 777 482 619	2002	强	√			√
17	神偷奶爸	3	2 680 212 310	2010	弱			√	
18	饥饿游戏	4	2 534 789 652	2012	强	√	√	√	
19	马达加斯加	4	2 270 219 646	2005	强				√
20	玩具总动员	4	1 981 308 709	1995	强				√
21	夺宝奇兵	4	1 977 472 865	1981	弱			√	
22	星际迷航	12	1 919 548 708	1979	强	√	√		
23	终结者	5	1 829 479 741	1984	强				
24	黑衣人	3	1 683 228 903	1997	强				
25	人猿星球	8	1 630 301 949	1968	强	√	√		
26	黑客帝国	3	1 629 286 744	1999	强	√	√		
27	纳尼亚传奇	3	1 556 067 810	2005	强	√	√		
28	超人	7	1 514 810 659	1978	弱			√	
29	虎胆龙威	5	1 430 822 079	1988	无				
30	宿醉	3	1 414 228 463	2009	无				
31	异形④	7	1 403 967 881	1979	强	√			
32	博物馆奇妙夜	3	1 340 347 977	2006	强	√			
33	怪兽电力公司	2	1 303 346 048	2001	强				√
34	功夫熊猫	2	1 296 748 078	2008	强	√	√		
35	达芬奇密码	2	1 258 696 305	2006	无				
36	木乃伊	3	1 256 834 179	1999	弱			√	
37	谍影重重	4	1 225 462 303	2002	无				
38	鼠来宝	3	1 155 176 769	2007	弱				√

续表

排名	系列名称	集数①	全球票房（美元）	首映年	类别	神奇时空	社会文化	超级能力	神奇生物
39	拜见岳父大人	3	1 131 818 048	2000	无				
40	十一罗汉	3	1 125 462 070	2001	无				
41	洛奇⑤	7	1 123 156 068	1976	无				
42	驯龙高手	2	1 110 973 915	2010	强	√		√	√
43	大侦探福尔摩斯	2	1 034 101 655	2009	无				
44	汽车总动员	2	1 021 806 629	2006	强		√		√

数据来源：The-numbers 网页以及作者统计

① The-numbers 原始数据列出的集数含未来几年计划及 DVD 和家庭录像带版本，本统计只截至 2015 年年底院线发行的集数；对于在 2015 年年底只发行了 1 部的影片，由于事实上没有构成系列，因此予以剔除。

② 含 2008 年动画电影《星球大战：克隆战争》。

③ 含 1986 年动画电影《变形金刚大电影》。

④ 含《异形大战铁血战士》《异形大战铁血战士 2》以及《普罗米修斯》。

⑤ "洛奇"系列的《奎迪》在 2015 年统计时在美国国内刚刚上映，票房数据和最终排名如无意外都将有一定的上升。

二、系列片想象世界的两种主要类别

电影品牌策略的发展历程展示出，具有连续性的角色和特定想象世界构成了系列片的主要结构。与其相对应的，系列片中的想象世界也可以分为强假定性和弱假定性两个类别。强假定性的想象世界具有自足性，本身的生态系统、生物构成、物理规则和种族、语言等与真实世界有极大差异，并且能够脱离具体的核心角色而独立支撑多线情节和众多角色，如《指环王》和《星球大战》等。在 44 个系列片中，23 个系列具有强假定性的想象世界，超过半数。

弱假定性的想象世界不是一个完整自足的独立系统，它与真实世界共享了大部分的基本设定，其本身不具备独立性，与真实世界有所区别的想象内容强烈依赖于核心角色的特征，如《夺宝奇兵》《鼠来宝》等。在 44 个系列片中，9 个系列具有弱假定性的想象世界。

弱假定性的极端情况是想象世界与真实世界的基本设定完全重合，如《洛奇》《拜见岳父大人》《宿醉》等，这时，系列片完全依靠角色和类型来完成自身的再生产。在这种情况下，我们视其为不存在专门的想象世界。在 44 个系列片中，有 12 个系列中的世界建构完全依照真实世界的逻辑。

  需要指出的是，想象世界的假定性强弱与核心角色设定有密切关系，但并不受其限制。例如，虽然"哈利·波特"系列具有延续和独特的核心角色设定，但这一系列片的想象世界仍然是强假定性的类别，虽然故事背景涉及了真实世界，也就是故事中的"麻瓜世界"，但真实世界的逻辑服从于更大的魔法世界的假定；"暮光之城"系列同样如此，虽然核心角色之间的关系支撑了大部分的叙事情节，但其想象世界仍借用了欧洲的吸血鬼和狼人传说，并将故事的具体情境设定于当代世界中，真实世界的逻辑同样服从于人、吸血鬼、狼人的更大的想象世界中种族的基本设定。因此，虽然这些系列迄今为止都由固定的核心角色推动情节发展，但未来不排除强假定性的想象世界独立支撑新故事的可能性。例如，"终结者"系列电影前三部都由阿诺·施瓦辛格饰演的 T-800 机器人作为核心角色，但其想象世界仍然具有强假定性，它是由末日战争开启的未来世界，获得统治地位的机器人和不断反抗的人类军队是这个世界的核心矛盾；时间穿梭则是一个基本设定，将想象世界和现实世界进行连接。在这样的强假定的想象世界的支撑下，这个系列的第四部就完全摆脱了 T-800 这一核心角色，讲述了同一想象世界中的新故事；当然，由于第四部在口碑和票房上不尽如人意，在第五部《终结者：创世纪》中，年迈的 T-800 不得不复出，来拯救这个系列岌岌可危的票房成绩。

三、想象世界的四个核心构成要素

  相比于文化和接受研究，一些幻想类文学的写作指南给出了叙事实践层面上建构想象世界的若干步骤，从而为进一步地统计分析提供了具体参照。林德赛认为，想象世界不仅要包括具体的人物和角色，也必须包括这个宇宙的自然规律和角色所遵从的道德规则。[①] 更加具体地，威廉姆森（Williamson）在他的写作指南

---

① David Lindsay. Franchise，Imaginary Worlds，Authorship and Fandom[A]. *Law and Creativity in the Age of the Entertainment Franchise*[C]. Cambridge：Cambridge University Press，2014.

中将创作想象世界的要素分为地图、文明、生物、魔法、历史、政府、信仰、技术、语言九大类①；马斯西亚（Mascia）将自己的120条关于幻想和科幻文学的写作提示归结为世界、族群、访问者、新闻、神奇力量、神奇生物等条目。②伍尔夫（Wolf）在对想象世界的发展史进行充分研究的基础上，将想象世界的组成要素分为地图、时间线、人物系谱、自然、文化、语言、神话、哲学八个项目。③

在上述创作实践总结的基础上，结合影视艺术的特征和系列片的想象世界基本类型，可以提炼出系列片中想象世界的四个核心构成要素：神奇时空、社会文化、超级能力、神奇生物。在它们的分别作用或共同合作之下，各式各样的想象世界在影像中得以呈现。

（一）神奇时空

神奇时空主要指在真实世界里完全不存在的时间与空间的组合，大致对应了威廉姆森分类中的地图、马斯西亚分类中的世界和伍尔夫分类中的地图、时间线和自然中的一部分。神奇时空构成了半数想象世界的基础，在32个具有想象世界的系列中，有16个系列均包含神奇时空这一要素。神奇时空在"侏罗纪公园""异形""博物馆奇妙夜"三个系列中发挥了独自支撑想象世界的功能，而这三个系列中也都有马斯西亚类别中的"访问者"的角色要素，他们作为影片的主要角色，带领观众走进和感受神奇时空，并解决其中的危险和冲突。不过，大多数时候，神奇时空很难单独支撑起整个想象世界，它们需要和社会文化、超级能力等要素共存。同时，这16个具备神奇时空要素的系列中，除"加勒比海盗"外，都属于强假定性的想象世界类型。因此，神奇时空的营造可以看作想象世界创作的一个必备要素，同时也集中地展现了视听语言魅力、推动视听技术跃升。

（二）社会文化

社会文化主要指想象世界中与真实世界迥异的族群、语言、信仰，以及社会机构、层级制度等社会学和人类学意义上的要素，大致对应了威廉姆森所谓

---

① Jill Williamson. *Storyworld First: Creating a Unique Fantasy World for Your Novel*[M]. USA: Novel Teen Press, 2014.
② James Mascia. *Other Worlds: Writing Prompts for the Sci-Fi and Fantasy Writer*[M]. Smashwords Electronic edition, 2014.
③ Mark Wolf. *Building Imaginary Worlds: the Theory and History of Subcreation*[M]. London and New York: Routledge, 2012.

的文明、历史、政府、信仰、语言，马斯西亚所提到的族群，以及伍尔夫类别中的时间线、人物系谱、文化、语言、神话、哲学这些内容。13个系列的想象世界中包含了社会文化这一要素，且均属于强假定性的想象世界类型。从统计结果上看，社会文化要素是强假定性的想象世界的必备要素，但自己无法独立支撑起一个完整的想象世界，需要和神奇时空、超级能力这两个要素共同发挥作用。值得注意的是，想象世界中的社会文化与真实世界有很强的对应性和隐喻性，哪怕像《星球大战》这样天马行空的作品为我们呈现出不同星球的聚落和文明，我们都能够在人类历史中找到它们的影子。进而，社会文化成为想象世界的一个表意系统，除了支撑叙事之外，还能够象征性地传递我们对于现实世界的体验和判断。

（三）超级能力

超级能力是指影片的主要角色或自然规律中，由于想象世界的特定物理、生物等规则的改变而产生的特殊能力，大致对应了威廉姆森所提出的魔法，马斯西亚所谓的神奇力量，以及伍尔夫分类法中自然这个类别的部分内容。超级能力既可以是角色的，也可以是自然规律附着在物品上的。例如，"变形金刚""X战警"系列中，超级能力主要体现在角色身上；而"木乃伊"和"夺宝奇兵"等系列中，超级能力主要体现在特定的具有魔力的物品上。在本节分析的32个想象世界中，有23个包含了超级能力这一要素，并且，除了与神奇时空和社会文化配合之外，超级能力还独立支撑起了9个想象世界的建构，其中既包括了"蜘蛛侠""超人"等超级英雄类型，也包括了"夺宝奇兵""木乃伊"等探险类型。对于"超级英雄"系列影片来说，超级能力同样具有表意功能，是这一类型的一个关键设定。关于这部分内容，本书接下来将有专门一章进行讨论。

（四）神奇生物

神奇生物是指现实世界中不存在的生物或已知生物具备的特殊技能，前者如"神偷奶爸"系列中的小黄人，后者如"鼠来宝"系列中具有音乐天赋的三只老鼠。神奇生物这一要素对应了马斯西亚的同名要素，虽然威廉姆森和伍尔夫也提到了生物和自然等要素，但本书将神奇生物从超级能力和神奇时空中分离出来的原因在于，包含这一要素的7个系列中，有6个系列的想象世界完全由神奇生物这一要素独立支撑。相比于超级能力对整个想象世界的自然规律的改变，神奇生物只依靠本身的存在改变想象世界中特定区域的自然规律，其他的设定与真实世界大致相同。例如，"马达加斯加""玩具总动员""怪兽电力公司"等系列中的想象世界，均依靠了神奇生物的存在而区别于我们所生活的真实世界。这些系列片的想象世界通过神奇生物的要素，采取了拟人化的艺术手段，讲述与现实生活息息相关、但又保持了特定距离的故事。

从系列片想象世界的组成要素和相互之间的组合规律中，我们可以得到若干启示。

首先，神奇时空和社会文化这两个要素通常并列出现，代表了想象世界与真实世界在外在视觉表现和内在组织结构上的核心区别，特别适于在视听语言方面发挥创作特长。在选择对特定文学作品或电子游戏进行电影改编时，这两个要素也是进行决策的首要参考。例如，"指环王"和"哈利·波特"这两个系列，在人物详略和情节主次上都引起了"原著党"的热烈讨论与不满，但神奇时空和社会文化这两个要素却借助电影科技的力量，成功甚至超乎想象地实现出来，不但平衡了这些原著党的不满，还吸引到更多非小说读者进入影院。尤其是对大多数中国观众而言，往往是先被系列电影吸引，然后再去阅读原著小说，进一步地细致感受这个想象世界中的艺术魅力。

然而，值得注意的是，神奇时空和社会文化这两个要素通常无法单独支撑起系列片想象世界的建构；它们需要和另外两个与角色相关的要素相互配合。这种配合实际上体现了情节、角色与想象世界之间的互动；系列片想象世界中的时空和社会特征虽然具有独立性，但是在电影文本中只是相对独立，需要与人物和情节产生有机关联。这提示我们，在系列片的创作中，世界建构师既要独立完成大量设计工作，也要和编剧、导演保持密切互动；单独依靠绚丽的想象世界的时空设置、期待依靠视觉特效打动观众，或者一味地进行博物学家或"山海经"式的社会文化营造、单纯地强化想象世界的相异性和光怪陆离，都无法确保系列片的成功延续。国内的一些创作实践，如对知名小说《鬼吹灯》的电影改编《九层妖塔》在口碑上的不尽人意，多少与缺乏上述的配合相关。

相反，超级能力和神奇生物则有更强的独立性，如果设置得当，将有能力独立支撑一个成功的想象世界，维持系列片的成功延续。因而，当缺乏托尔金、卢卡斯这些人的卓越设计天分，或者无法获得成熟小说改编权的时候，从超级能力和神奇生物入手，是打造系列片想象世界的主流渠道。例如电影版的"变形金刚"系列，与原著漫画在情节上相差极大，但是只要超级能力这一要素准确地延续下来，观众仍然接受。在当前的国产电影中，已经成为系列的徐克版"狄仁杰"就在这两个方面有较好表现；而《捉妖记》在票房上获得成功，除了当红演员的表演和扎实的剧作之外，也得益于依靠超级能力和神奇生物所营造出来的想象世界，具有成为系列片的潜质；《捉妖记2》的表现无法满足观众，很重要的一个原因也正是没有对首部影片所塑造出的想象世界进一步展开，甚至有些敷衍和偷懒。

第七章　幻想题材系列片的世界观建构

在上一章画像统计和创作研究的基础上,本章以中西方的幻想题材影视剧为案例,进一步探讨想象世界的创作特征和基本规律。幻想题材的影视作品,能够最为典型地呈现想象世界的建构规则和艺术特征。想象世界是幻想类叙事作品和电子游戏的创作基础,为人物及其行动提供了基本的时空边界和物理规则。建构极致真实之美,是幻想题材持之以恒的创作诉求与潜移默化的接受期待。所谓极致真实之美,是技术真实与艺术真实协作生产的一种审美心理的真实感。本章所提出的真实感,与德国哲学家马丁·海德格尔(Martin Heidegger)提出的"世界图像"类同,意指幻想题材的影视剧借助数字技术将现实世界的物质表象、日常经验、文化观念、价值取向等主客观真实,通过电影化叙事的创作思维进行把握和转化之后,所营造的一种审美感受。这种打破了经验主义的审美感受根植于观众对幻想题材影视作品的情感共鸣与心理认同,源于技术想象造就的虚拟性与具身性同构的美学张力,以及视听体验从"惟妙惟肖"到"以假乱真"到"瞒天过海"到"假亦为真"的不断升级。此外,这种审美感受也取决于现实投射的情感指向与真实世界的勾连、对应和修辞,以及文本潜藏的意识形态与技术暗含的文化指涉所带来的暧昧性、复杂性与多义性。

历时性地考察幻想题材影视作品的艺术流变特征,从 20 世纪滥觞的《灰姑娘》《月球旅行记》《绿野仙踪》,到 21 世纪流行的"指环王""霍比特人"系列、"哈利·波特""神奇动物在哪里"系列,持续进化的极致真实之美"希图突破日常经验生活表象，寻找影像之下的深层真实"①，令幻想题材实现了从超现实主义迈向虚拟现实主义的艺术跨越，完成了影视剧探寻生活真相的另一种表达。极致真实之美成为幻想题材创作繁荣、传播广泛的本质原因与核心奥秘，也成为影视艺术研究应有的题中之义。本章将基于"现象之真"与"情感之真"这两个维度，围绕想象世界建构的工作，考察极致真实之美的建构。正是凭借了技术想象与现实投射，幻想题材影视作品才能够在观众接受的过程中呼应甚至塑造出假定性的主体认知；而当技术想象与现实投射之间的关系出现偏差时，影视作品也将受到观众的质疑和挑战。

第一节　西方魔幻片中的想象世界

在 IP 转化和系列片创作中，西方的魔幻片在世界观建构方面是较为成熟的一个类型。利用技术优势和产业优势，这类影视剧从视听要素到情感表达，都形成了一套行之有效的方式。

一、现象之真：摹仿世界的组装与表征

"摹仿说"为艺术起源提供了一种合理的假设，意在指明艺术的本质是对客观现象的学习与摹仿，为艺术创作思维奠定了原始的唯物主义理想与朴素的现实主义取向。古希腊哲学家亚里士多德（Aristotle）在其大成之作《诗学》中提出的"摹仿理论"，使"摹仿说"的内涵得以填充、外延得以拓展。他认为，"摹仿"是人类天性与艺术规律使然，是激发审美愉悦的重要途径。"摹仿理论"的题旨是"仿象"，"仿象"并非机械复制而是灵动创造，是对普遍性真理进行探寻、接近、描绘、编织而形成的有机整体，目的在于呈现一种应有、典型、虚拟、比现实更真实的符号化真实。法国哲学家吉尔·德勒兹（Gilles Deleuze）进一步确定了"仿象"的"差异性""独立性"与"建构性"，指认了"仿象"

---

① 梁君健. 人类学视野下的"电影通灵"观念考[J]. 中央民族大学学报（哲学社会科学版），2019(3)：49-56.

的意义在于进入"美学的存在"。作为现实"镜像"的电影艺术，自《工厂的大门》《火车进站》之滥觞，便承袭着艺术起源的"摹仿"功能，反映现实成为与生俱来的本质属性。

德国电影学家齐格弗里德·克拉考尔（Siegfried Kracauer）对"电影是什么"的元问题有过细致考察与详尽论述，直指电影的本性是对"物质现实的复原"。这一经典观点将电影与现实紧密连接，言简意赅地道出了电影创作的真实意图与价值导向是成为"日常生活中不平凡景象的发现者"[①]，也成为谈及电影的纪录性与真实性的文化功能时，不可或缺的学科支点与常谈常新的理论来源。齐格弗里德·克拉考尔的论点直接证明了电影再现生活的权威性，以及摄影机器与视听素材的重要性，"执导筒"成为电影挖掘现实生活的核心动作与关键途径。

魔幻片的横空出世与繁荣发展，在一定程度上对齐格弗里德·克拉考尔的经典论断进行了扩充、更新与再讨论，原因在于魔幻片的表达限度大幅超越了传统电影摄影的能力范畴与造型边界。如果说传统电影摄影机捕捉的是现实社会中可能发生的情节的话，那么魔幻片纯粹是在展示现实世界中完全不存在的景象和人物。也是在这个意义上，魔幻片高精准地再现了物理写实的纯粹性与逼真感，升级了电影对"物质现实的复原"功能，甚至达到了影像对物理现象进行克隆、再造与重塑的可能，积极地为观众提供和幻化了一个比现实真相更真实的视听拟态环境，实现了电影从"发现景象"到"创造景观"的历史性成就与革命性转变。同时，为了让想象故事被更生动更形象地叙述，魔幻片特意发展出了景情一体化的想象世界，"指环王""霍比特人"的"中土世界"、"哈利·波特""神奇动物在哪里"的"魔法世界"皆为想象世界的范例。

可以说，魔幻片建构想象世界的自觉意识与理论支撑，源于艺术本质论从"摹仿说"到"摹仿理论"到"仿象"的助推。想象世界是一种"美学的存在"，它吸纳了"摹仿"理念背后蕴藏的创作思维与审美情趣，把魔幻片指向一个无关真假之辨，只是寻求意义共享的场域。魔幻向的文学与电影之间存有直系血亲的文化基因，两者之间的关系甚至在狭义上可以被形象地比喻为"母

---

① [德]齐格弗里德·克拉考尔，邵牧君译. 电影的本性：物质现实的复原[M]. 北京：中国电影出版社，1981：6.

子"。由此可见，魔幻文学定义的"第二世界"与想象世界息息相关。"第二世界"作为超验的主观真实的存在，拥有创作、传播与接受协同参与的身份集结的特征，在召唤结构作用下释放着远超既定真实范畴的新体验与新可能，与现实世界形成既明显分离、断裂、区隔又彼此交错、混淆、相容的异想式修辞，其本质是对"摹仿理论"的再实践。"第二世界"的特征与意义对想象世界而言依旧有效。

从制作角度而言，想象世界是一种图像式的视觉技术设计。"图像式设计包括布景、服装、道具、化妆，以及任何存在于现场并且必须建造、制造或取得的其他元素，图像式设计的内涵就是电影的环境。"① 所以，想象世界首先代表了魔幻片视觉环境的综合呈现。其次，想象世界是一种符号真实，具有复刻性、创造性、独特性、可能性等基础特性，这使得魔幻片的艺术真实达到了"仿象"的第三级别——"仿真"，将物理层面的现象之真推向了极致，划定了魔幻片在视听传达中的能指与所指。想象世界的指代性鲜明，"是一个具有完整的空间符号、时间逻辑和物理要素的'独立王国'，它既与现实世界有千丝万缕的联系，但是又具有显而易见的非现实性、超现实性，它是具有内在规定性、统一性和主体性的一个具有明显建构感的世界。这个世界不仅可以呈现一个故事，而且可以不断发生着这之前、这之后的故事。它有自己的空间，也有自己的时间，绵绵不绝、生生不息"②，亦为续集与系列化的衍变提供了支撑与引擎。显然，想象世界是想象的产物。"想象可以通过自身的起源环境或消失后果来描述。"③ 所以想象世界源于现实，又超越现实，它的消失意味着魔幻片文本的坍塌。由此可见，想象世界是魔幻片建构极致真实之美的逻辑起点。

需要着重强调的是，推进想象世界运转的核心法则是以巫术与魔法为象征的神秘的自然力量，并非人为、科学、现代的技术力量。"所谓巫术，就是一套约定俗成的有目的和有意义的行为方式系统，也可以说是一套前文明的世界观"④，是原始思维的表现。所谓魔法，就是超级能力的指代。巫术与魔法是形

---

① （美）史蒂文·卡茨，井迎兆译. 电影镜头设计：从构思到银幕[M]. 北京：后浪出版社，2010：101.
② 梁君健，尹鸿. 论幻想系列片中的"想象世界"[J]. 当代电影，2017(2)：123-128.
③ Bill Nichols. *Movies and Methods* (Vol. I)[M]. Berkeley and Los Angeles: University of California Press, 1976: 441.
④ 童庆炳. 文学理论教程（第四版）[M]. 北京：高等教育出版社，2008：37.

塑魔幻片类型特性的绝对定律，也是魔幻片约定俗成的存在基石，同时明确了魔幻片与科幻片、奇幻片等其他细分的幻想片之间最为昭彰的本质分野。

想象世界是魔幻片基于视觉、听觉、触觉等一系列人类生存必需的感受机能来铸造影像的直接表现与必经之路，它拥有完备且别致的运行规则、清晰且自洽的因果循环、严密且明了的制度体系，是任何一部有意思又有意义的魔幻片的基础标配。同时，这一世界依靠人类想象力的无限性又可以实现无远弗届的可能性与增值性，因而给予了魔幻片制作更为多元、开放和广阔的创新动力。

尽管想象世界会因为魔幻片的千差万别而各不相同，但是作为类型创作的一种必备品/附属品，想象世界中必然会存在可把握的、共享的审美经验。假定性是首当其冲、不可或缺的艺术特性。假定性的强弱区分了想象世界的类别，即强假定性塑造历史型、弱假定性塑造现代型。历史型是完全架空的创造物，业已成为建构想象世界的常态策略与核心所在。它的时空背景设置在古代社会，人物及场景的视觉造型与当下的现实世界泾渭分明，生态系统纯粹根植于天马行空的创作想象，《指环王》《霍比特人》《纳尼亚传奇》《加勒比海盗》《美女与野兽》是典型样本。现代型是一半架空的创造物，同样是建构想象世界的有效手段与重要选择。它设有彼此交错、相互转换的两重时空，即平行存在的现代社会与魔法社会，或现实社会即魔法社会，人物及场景的视觉造型与当下的现实世界如出一辙，生态系统吻合甚至依赖于现实世界的运转逻辑，《哈利·波特》《暮光之城》《神奇动物在哪里》是典型样本。此外，所有的想象世界都含有一定程度的真实性来源，尤其是其中的文化情境与规则制度一定是要源于现实世界，需要给观众带来似曾相识的感觉。这一事实从侧面佐证了魔幻片对"摹仿理论"的实践。需要明确指出的是，鲜有魔幻片的想象世界涉及未来时空，这是因为描摹未来通常是科幻片通行的世界观体系，非魔幻片旨趣。

除去以巫术与魔法作为基础性的超级能力之外，创造人格化的生物亦是构成魔幻片的想象世界假定性的要素。创造人格化的生物，既指赋予存在于现实世界的传统动植物以人的主观能动性，也指以人为参照，打造并不属于现实世界却拥有生命意识与主观能动性的新物种。换言之，人格化的生物必须拥有血肉之躯与思维方式，且不是类似于机器人的电子化产物。虽然"恐怖谷效应"的存在可能会导致人格化的生物给观众带来不适与恐惧，但是这种情况的出现其实反证了想象世界建构极致真实之美的有效性。拟人化表现，看似是一种虚构策略，实则应和了"仿真"理想，是对现实世界更高级的"摹仿"。《诗学》指出，为达到一定的艺术效果，要敢于按照"必然律"和"可然律"的要求创造"异乎寻常"的事物。想象世界的人格化生物，无疑是魔幻片对这一理论的响应与践行。

想象世界之所以能够依靠摹仿性、意指性与假定性的艺术系统达成对现实世界极致化的物理再现，甚至在现象层与英国视觉艺术学家克莱夫·贝尔（Clive Bell）推崇的"有意味的形式"形成异曲同工之妙，皆离不开数字技术对视听呈现的助推、优化与颠覆。通常情况下，"图像的再现意义可分为叙事再现与概念再现"①。但是在数字技术革新的浪潮里，摹仿世界的视觉表征超越了图像再现的基本含义，进入了一种情境交融的沉浸空间。所以技术决定魔幻片的存在与发展并非有失偏颇的论调。

自魔幻片发轫，便与技术想象建立了紧密相连、频繁互动的亲缘关系。魔幻片创作的开山鼻祖——法国电影大师乔治·梅里爱（Georges Méliès），其关于如何制造"另类真实"的导演策略蕴含了最早的技术想象，尤其是他革新摄影术、引入杂技表演、戏剧化布置道具场景、注重停机再拍技巧、运用分裂银幕工艺的一系列开创性的拍摄探索与技术实践，更是奠定了摹仿世界最为朴素的建构方式。

21世纪以来，数字技术不再扮演后期修补素材的传统角色，而是日益成为电影制作的主力。每一次数字技术的登峰造极，都给魔幻片制作带来大好福利，甚至可以说每一部享誉全球的魔幻片都代表了彼时数字技术与电影制作耦合的最高水平。数字技术的方兴未艾促使魔幻片不断营造超越现实的视听想象，把俄罗斯电影大师安德烈·塔科夫斯基（Andrei Tarkovsky）的"雕刻时光"理论引入更具哲学意味、更为真实可感的想象世界，让观众的视知觉体验进入"魅力时刻"。

数字技术对想象世界的作用力，是对极致真实之美进行细致的多维建构，体现在构筑电影时空、人格化生物、具象化巫术与魔法、拓宽表演向度等层面。

---

① R. Iedema. Multimodality, Resemioticization: Extending the Analysis of Discourse as a Multisemiotic Practice [J]. *Visual Communication*, 2003(2): 29-57.

其中，数字绘景、三维动画、CG 技术、场景模拟、特效化妆、可视化预览、数字中间片等配套组合的技术手段为魔幻片的视觉传达创造了无限的可行性，促使观众对摹仿世界的时空逻辑、物质存在与运行规则深信不疑，实现了叙事中的意义生产。"演员在银幕上的身体点燃了观影人的欲望，演员的表演为电影的观赏过程提供了根本的快感。"[1] 数字技术不仅拓宽了演员在想象世界实现身体表现的可能性与极端性，还创造了人格化的生物，使表演能够"以这种新的对方去适应无限时空环境中的真实性、丰富性与变化性"[2]，行之有效地激增魔幻片的奇观与快感，把表演推向更为极致的真实之美。此外，数字技术还延展了镜头语言、剪辑技巧等导演技法的内核与边界，为导演思维打开了辽阔的艺术空间，让原本存于幻想、难以实现的镜头画面拥有了操作性与落地性。这一转变对魔幻片制作至关重要。缝合镜头、特效镜头与零度剪辑等技术的大量使用，强化了镜头叙事的动作性、连续性、调度性与梦幻性，实现了人物在想象世界无所不能、"上天入地"的行动自由，也重构了更多精妙绝伦、"眼见为实"的极端镜头。

二、情感之真：社会关系的形塑与彰显

英国文化理论家雷蒙·威廉斯（Raymond Williams）指出，电子媒介时代的艺术是一种特殊的、想象的真实。电影是这一论点的重要支撑和主要来源之一，而魔幻片追求的极致真实之美则为这一观点提供了严谨、确凿的论据支撑。情感性是判断电影的假定—真实性的关键指标，情感浓度的高低决定了观众对电影的认可性与亲近性。魔幻片擅长于电影技术的刻板印象，使创作与接受极容易陷入纯粹形式主义的虚幻陷阱难以自拔，尤其是巫术与魔法往往被机械地塑造为一种形式至上的视觉逻辑，这导致大批魔幻片常处于一种画面令人眼花缭乱、情感性却被遮蔽忽视的困境，严重地侵害了极致真实之美的建构，成为亟待警惕的创作问题。《三生三世十里桃花》《神探蒲松龄》《鲛珠传》《爵迹》等一批近年上映的国产魔幻片，皆存在视觉形式主义强烈、情感表达空洞苍白

---

[1] John Hill, Pamele Church Cibson. American Cinema and Hollywood：Critical Approaches[A]//*The Oxford Guide to Film Studise*[C]. Oxford：Oxford University Press，2000：116.
[2] 齐世龙. 现代电影表演艺术论 [M]. 北京：中国电影出版社，2014：102.

的创作征候,成为误解与偏离极致真实之美的注解。

魔幻片的情感之真建立在想象世界的基础上,并依靠叙事文本形塑出来的社会关系而得到具体表达。所谓社会关系,即人与人之间的关系总和。对魔幻片而言,社会关系的真实,指的是人物塑造的真实感与人物情感逻辑的真实感的融合,其基底是巫术、魔幻与神话的美学内蕴,路径是依据叙事轴线搭建的人物关系及审美批判显现的情感评价,旨在彰显人类社会共通的真、善、美。

巫术与魔法作为魔幻片类型性的标识,理应责无旁贷地承担起形塑情感之真及其特殊性的重任,使魔幻片的情感之真成为一种对世俗生活的反拨与过滤、对浪漫艺术的向往与憧憬。"在浪漫艺术里,精神回归它本身,这就是说,有自我意识的人回到他的'自我',所以浪漫主义的特点之一是把'自我'抬到很高的地位,它的主观性特别突出。"① 在上述视角下,巫术与魔法可以被视为对个人主观情感的"赋魅"。也就是说,电影创作从巫术思维与魔法幻觉中汲取了宝贵灵感,对现实生活中的普遍情感进行了极致的浪漫化处理,然后生成了极具特色的文本类型,即魔幻片。所以巫术与魔法的存在,不仅是想象世界的组成要素,而且还是魔幻片叙事实践的艺术想象、表达方式与审美构造,旨在推进情节的起承转合、辅助人物的成长轨迹,以应有的浪漫特性将文本建构的社会关系与现实社会的人际关系进行深层关联,在情感写实的基础上完成电影对现实世界的投射与升华。此外,以神话作为叙事轴心的魔幻片理应极具情感张力,因为神话之所以世代流传,其奥秘是主体的价值内核抚慰着心灵失语、诗性品质引导着浪漫栖息、文化基因传承着返璞归真、审美导向普及着人文关怀。魔幻片作为神话在电子媒介时代的一种重要衍变形式,应该携带神话的浪漫、多情的艺术调性与文化质感,为人类社会承担一种情感导航的历史使命。

电影文本的社会关系呈现,为角色与观众之间展开互动提供了渠道,也为魔幻片的情感之真提供了基本框架。电影情感的形塑与表达以人物在文本内部的社会关系为出口。文本的社会关系,狭义上指以主人公为圆心、以人物与人物之间的感情变化为坐标进行相互组合的有机整体,是根据现实世界内部的人际关系进行艺术加工和想象创作后得出的一种半开放式的谱图,是推动时空变

---

① 朱光潜.西方美学史[M].北京:商务印书馆,2011:537.

化、促进叙事发展、塑造成长轨迹的主引擎。"人物是一种观点、人物是一种态度。"①人物的心理轨迹与情感变化是结构文本社会关系的重要依据，所以人物关系的搭建对社会关系的塑造极为重要。对创作者而言，文本的社会关系是先行既定的，如德国哲学家埃德蒙德·胡塞尔（Edmund Husser）认为的那样，是创作者基于自身的情感与见识输出的"一种客观关联"。对观众而言，文本的社会关系与他们的现实生活息息相关，人物在故事中的实际遭遇往往能够直接刺激他们产生强烈的代入感与同理心。也就是说，人物与观众之间会存在一种互为映射的身份对应，所以"不论视点的动力机制是怎样的，我们认同人物，就意味着我们（我们被鼓励）同情他们，或更强烈地与他们感同身受"②，进而形成情感互通与价值体认。

作为类型片，魔幻片的"叙事和法则决定于一种要让故事对于观影者来说容易理解的愿望"③，所以魔幻片的人物感情与关系构成必须清晰晓畅。但是这并不意味着情感与关系本身的简单化，反而意味着必须匠心独运，要以最质朴的叙事贯穿亲情、友情与爱情，直击现实社会的痛点、泪点与燃点，用真挚的情感价值观唤起观众的生命感悟。但凡经得起市场考验的魔幻片，都恰到好处地糅合了这三条应有的情感逻辑惯例，紧紧地抓住了观众的心理认同，有效地落实了文本生命经验的输送、接受与共情，奠定了自身的情感真实。

魔幻片的情感真实还表现在审美性批判对现代社会的反思，即呈现一种高级的、深层的情感评价，类似中国古代文学家李贽在《童心说》中强调的那样，创作要表达自我的真情实感。魔幻片的大肆流行，是类型片在21世纪发展的重要表现。技术突飞猛进带来的经济全球化与社会的后现代性，是21世纪显著的时代特征。西部片的发展轨迹说明类型片的兴起与衰落往往与时代变迁息息相关。以《指环王》《哈利·波特》为代表的21世纪魔幻片存有显著的后现代特征，意义、深度与中心在故事主题与思想题旨的叙述里往往十分模糊甚至缺失，取而代之的文本逻辑是一种推翻权威、消解中心、质疑精英与追求反叛精神的后现代立场，旨在以艺术的审美性判断对以技术决定论与经济全球化为意

---

① （美）悉德·菲尔德，钟大丰译. 电影剧本写作基础 [M]. 北京：后浪出版社，2012：24.
② （英）罗宾·伍德，徐展雄译. 重访希区柯克 [M]. 桂林：广西师范大学出版社，2013：491.
③ Jill Nelmes. *Introduction to Film Studies*[M]. London and New York：Routledge，2012：81.

旨的社会现代性进行抵抗。可以说，"社会现代性的与日俱增在繁荣物质经济的同时，也造成了精神文化的匮乏，容易导致作为社会个体的'人'走向浅薄与异化的可能。幸好审美现代性有助于扼制这种可能的扩散，并给予社会现代性以有效地审视、批判与纠正"①。魔幻片叙事的青春性与人物的成长性恰巧成为审美现代性的驱动力。也就是说，魔幻片的审美指向与情感评价，复述了神话的美学意义与文化功能，旨在为困顿于社会经济结构骤变之下的大多数现代人建造一个可用于缅怀过去、抚慰焦虑情绪、栖息精神与慰藉心灵的影像乌托邦，让在大都市里备受压迫又漂泊无依的灵魂能够寻觅到一种回归自然、重建家园、安放自我的文化生活方式。

巫术与魔法代表着一种原始、神秘、古朴的自然力量，与理性、技术、人为的科学力量在价值区分上有天壤之别。魔幻片试图向主导现实世界发展的内核即科技发起挑战，引导大众重新审视文化艺术的重要性，以及对回归传统的渴求。因为"理性分析无论多么清醒，都不可能滋养人们的灵魂"②，只有以巫术和魔法为载体的抽象感性概念才能完成意味深长的情感交流。尤其是现实世界全面进入技术垄断的历史阶段后，在魔幻片精心建构的社会关系里"对传统本身的尊重依然存在，人们还可以在仪式与神话里生活"③，所以魔幻片创造性地成为对文化精神凋零与艺术信仰缺失的社会现实的一种补偿机制，为现代人带来了回溯生命本真的可能与方式。细致分析《哈利·波特》的审美情感，可以清晰地发现"巫术作为文学思维的返祖归根在后现代艺术中催生出强烈的原始主义倾向，与近代理性的'祛魅'相反，以重新为世界'赋魅'的方式对抗物质主义与为科技主义的精神压迫"④。魔幻片以对原始思维和神话传说的借用、移植与再表现，用非理性、非科学的情感方式重新为现代社会赋予了一些神秘色彩和诗意品格，彰显了人性中最敦厚、最淳朴、最真挚、最赤忱的家园情怀，有助于让观众深刻认识自我与社会的依存关系，更好地融入现实生活。这种直抵人心的情感判断甚至带给魔幻片以童话故事的美誉，使其情

---

① 谭苗，鲁昱晖. 改革开放与青春题材电影的时代叙事[J]. 当代电影，2018(7)：118-122.
② [美]罗伯特·麦基，周铁东译. 故事：材质、结构、风格和银幕剧作的原理[M]. 北京：中国电影出版社，2001：133.
③ [美]尼尔·波斯曼，何道宽译. 技术垄断：文化向技术投降[M]. 北京：北京大学出版社，2007：26.
④ 叶舒宪. 巫术思维与文学的复生：《哈利·波特》现象的文化阐释[J]. 文艺研究，2002(3)：56-62.

感之真更为美好纯净。

事实上，在物理之真与情感之真的文本维度之外，魔幻片通常还存有一种另类隐蔽的极致真实，即权力之真。所谓权力之真，指的是魔幻片暗藏的一种对现实世界的权力结构与意识形态的隐喻，它将魔幻片的指涉带入更为复杂、多元与混沌的社会机制场域。一方面，技术本身就代表着意识形态，魔幻片对技术进步的过分依赖暴露出"目的理性"的功利意识，与"造梦机"的审美无功利背道相驰，让我们清楚地察觉到作为意识形态的技术理性对人类精神世界的无情压迫与全面禁锢。另一方面，类似《哈利·波特》《神奇动物在哪里》的魔幻片的魔法世界/想象世界存在鲜明的阶级文化隐喻，森严的种族与血统等级苛刻地将人物进行了三六九等的划分，在此基础上投射出了官僚主义、阶级偏见、种族歧视、国家机器等现实社会的暗黑性真实。因而，权力之真，也可以被看作是情感之真的一个深层次维度。权力之真虽然使魔幻片更为真实，但是这种意识形态之恶无益于美的建构，因此不在极致真实之美的核心范畴，所以并不展开细致论述。

回归问题核心，不难发现，从对"想象世界的组装与表征"到对"社会关系的形塑与彰显"，魔幻片实现了对极致真实之美的递进式建构。一方面，想象世界在现象层促使"第一性的质"与"第二性的质"和谐相融。这一物理化视听真实的重要性在消费主义盛行的读图时代不言而喻。技术想象的造物力与到达率对想象世界的组装是魔幻片形式表征的关键。随着以 VR、AR、AI 为主导的新技术的层出不穷与强势崛起，想象世界的现象之真在技术协作中必然会走向更为广阔的未来天地，魔幻片的极致真实之美或将进一步呈现出一种沉浸式效果，让观众真正"进入"想象世界，身临其境地体验因技术迭代而不断涌现的新"灵韵"。另一方面，情感之真是浪漫主义与魔幻现实主义的合流。它既从叙事层疏通了魔幻片的人物关系与现实社会之间的情感逻辑，也从情感判断的审美层与心理层强调了魔幻片应有的内涵，从感性与理性的双重视角加持了魔幻片对极致真实之美的建构，升华了现象之真的指代意义与文化价值。魔幻片的情感之真生根于人性深处对真、善、美的渴望，是建构极致真实之美的中流砥柱，如果没有情感之真，再极致的现象之真，也不过是海市蜃楼。

第二节　我国仙侠题材影视剧中的想象世界

20世纪90年代之后，全球各地的数字原住民开始成长为文化创意产业的主力消费群体，具有架空世界观的幻想类叙事作品和电子游戏在数字技术的帮助下成为世界各地的流行文化，而中国的网络文学及对其改编的IP网剧也因此成为一段时期内重要的创作现象。在以魔幻片为代表的西方幻想文学和电影作品中，想象世界为故事创作提供了基本的"物质基础"。相比之下，有学者认为，中国的网络幻想文学并没有像西方的奇幻文学一样严格遵循想象世界的设定，而是寻求一种内部逻辑的自洽。① 实际上，这种结论是有些仓促的，在相关研究中也缺乏经验性的论述。那么，以仙侠或修仙题材为代表的幻想类小说及影视作品中的想象世界的基本规则是什么样的？这套想象世界系统的现实基础是什么？对于中国传统文化进行了怎样的当代转化和创新？这是本章最后一节要研究的主要问题。本章将借鉴上一章所总结出的创作框架对想象世界的构成要素进行演绎推导，具体以《古剑奇谭》《花千骨》《诛仙·青云志》（以下简称《诛仙》）和《三生三世十里桃花》（以下简称《三生三世》）四部代表作品为核心研究对象，探讨仙侠网络IP剧的想象世界创作中的三个核心要素：时空规则、社会文化和超级能力。这套想象世界的基本创作规则，不仅为人物和情节提供了叙事支撑，而且本身还成为特定社会文化意义和价值的表意系统，帮助当代青年重新界定和思考身处的现实世界。

一、仙侠想象世界的核心要素

（一）时空规则：三界的平行空间设定和结界技术

在宗教、文学和艺术等领域的想象世界中，时空规则处于核心地位。一般来说，这些时空规则既容纳了人类所能够体验到的现实世界，又在空间和时间的层面具有超越性。因而，在空间规则上，想象世界的空间既包括了与特定历

---

① 陈晓明，彭超．想象的变异与解放——奇幻、玄幻与魔幻之辨 [J]．探索与争鸣，2017(3)：29-36．

史时期大致对应的地理分布，又发展出叠加在真实空间之上的其他层次的空间，如大多数宗教中的天堂和地狱，或者人类死去后灵魂将要抵达的彼岸。

在仙侠题材的 IP 剧中，想象世界的空间规则基本上继承了传统的中国道教文化，在现实空间，也就是"人界"的基础上，拓展到仙界和冥界。在仙侠 IP 中，人界通常对应着真实的历史朝代，如《花千骨》的故事背景就设定在五代十国的后蜀时期，角色在人界的主要活动空间，也基本上参照了历史地理学的相关知识。这反过来赋予了仙侠 IP 一定的历史传奇文学的特征。

虽然仙界、人界和冥界在常规的文化观念中是纵向排列的关系，即仙界在高高的云霄之上，人类生活的世界处于大地之上，而鬼魂则在最底下的地狱中。但实际上，从六朝时代的遇仙文学到当代的仙侠 IP，这三个空间不一定严格按照物理学逻辑由上到下排列。我们可以从这三个空间之间的沟通方式上进一步地观察到想象世界中的空间规则。在绝大多数仙侠 IP 中，人物在这三个空间中的移动一般分为两种方式：可以通过物理移动抵达不同的世界，如仙山、洞府等，以及《西游记》等作品展现的通过类似于飞行的方式从地面上升到天界；但更多的情况是，这种物理移动并不能保证在不同世界之间的沟通，特别是对于冥界或者地狱来说，通过物理移动抵达的情况更是少见。人物需要通过梦境、身体和魂魄的分离，或者特殊的空间法术，来抵达冥界和天界。

和空间转移相关的一个重要的概念是"结界"，这个概念有助于将上述的不同空间之间的关系进一步地规则化。结界并非传统道教文学和想象文学中常见的概念，而是由当代仙侠小说奠定和使用的一个较新的概念，但实际上它的具体指代早就存在于道教和佛教的道场等宗教仪式中。它通常指由法术设置的界限或屏障，用以区分不同空间。在现实的宗教仪式中，这些被法术划定出来的空间起到象征性保护的作用，恶鬼和巫术无法进入。而在仙侠 IP 中，当一个结界被设定在特定的区域之后，不具备法术的凡人无法感受到这个区域本来的样子；或者说，结界造成了平行的空间，对于凡人来说，这个空间仍然是人界，但对于具备法术的角色来说，他们能够在同一地点进入不同的空间。例如，在《三生三世》中，天族太子夜华为身在人间的妻子素素设下保护结界，普通人路过此地只会看到一片竹林，并且可以随意穿行，只有拥有法术的人才可以识破；素素因担心夜华出事，误闯出结界，随即被人发现带回天空，才有了后续剧情。

当确认了结界法术创造平行空间的功能后,存在于影视剧中常见的仙山洞府,乃至天界和冥界,都可视为一种通过永久性的结界法术来划定出的长期而稳定的想象空间,剧中人物常出现的"下凡""下山""飞升"或"上天",则可理解为一种需要利用法术来进行的平行空间之间的转移;而上文提到的和空间移动相关的法术,都可以被视为结界法术的不同分支。

与较为严密的空间设定和法术相比,仙侠 IP 想象世界中的时间规则比较简单。这类想象世界中的时间跨度往往很长,通常以百年、千年甚至万年来计算,比较极端的如《三生三世》中白浅上神十四万岁的"高龄"等引来无数吐槽的设定。并且,想象世界的时间流速会依据不同空间而发生变化,"天上一日,人间一年",仙界的时间过得慢,而世间则如白驹过隙。

不过,从叙事角度来讲,网络仙侠 IP 剧需要在有限的时间和篇幅内讲述有限的故事,因此长时段跨越的特征对戏剧性的意义不大,不同空间内时间的不同流速偶尔被用以营造特定的情节,但不是主要的世界观规则。相反,仙侠 IP 想象世界中的特殊时间规则常常体现在与时间相关的因果律中,尤其是"劫"这一从佛教中引申过来的概念。大多数的仙侠故事主要围绕修仙历程展开,而主要的人物都会在这个历程中经历特定的"劫"。例如,《三生三世》中的白浅成为凡人素素是她飞升成为"上神"所必须经历的情劫;《古剑奇谭》和《诛仙》中的仙山弟子们,都被师父要求下凡历劫,才有了人间故事的开展;《花千骨》中白子画的生死劫是自己挚爱的徒弟,无论如何躲避克制都难逃生死抉择。从具体的叙事文本中来看,"劫"是通过法术可以预测的未来命运,是无论如何都无法逃避且一定会发生在未来时间轴线上的重大事件。这虽然和想象世界中时间本身的规则无关,但是依托时间概念而产生的因果律、也就是想象世界中"劫",不仅成为推进故事发展的重要线索,同时也为悲剧英雄式主人公的个体成长提供了强有力的逻辑支撑。

(二)社会文化:群体划分与正邪分明的伦理—政治体系

想象世界中的社会文化要素包括了经济层面的财富获取和物质生产,社会层面的教育、人生周期、阶层、婚姻和亲属关系,政治层面的权力属性、政治体系、法律制度等,以及文化层面的信仰、传说、艺术等。对于当下中国的仙侠 IP 来说,群体区分、政治体系和道德伦理体系是最为重要的社会文化层面的要素和规则。

在群体区分方面，这类文艺作品采取了纵向与横向两个维度，对同群体展开社会区分的工作。在纵向维度上，群体的区分以超级能力的有无和属性为界定标准，并以此为基础展开纵向的"阶层流动"。想象世界中的主要角色大多是以现实世界中的人和动植物为基础，并通过超级能力的获取而归属于不同的群体，如神、仙、魔、鬼、妖等。具体来说，这种社会区分大致分为以下三种情况：

第一种是成仙。想象世界对凡人通往神仙的道路有着较为明确的设定：凡人可以通过修炼成仙，继续修炼可以提升仙品，进而成为神，而随着这种品位的不同，他们自然也就归属于不同的群体。《古剑奇谭》中的天墉、《花千骨》中的长留、《诛仙》中的青云和《三生三世》中的昆仑都是凡人修仙的圣地。《三生三世》中白浅第一次历劫后成为上仙，二次历劫后成为上神，诸如此类。第二种是成妖。大自然中的动植物可以像凡人一样通过修炼或者其他方式获得超级能力，从而幻化成具有缺陷的人形，即为"妖"。花千骨的好朋友糖宝真身是一只毛毛虫，而《古剑奇谭》中襄铃原本是一只小狐狸，因为照看她的紫林树妖将自身法力输入其体内，襄铃才得以幻化成人形。第三种是成魔。魔在超级能力的属性方面类似于仙或妖，和它们之间的核心区别在于其超级能力的获得方式和使用方式，这个话题将放在社会文化与真实世界的伦理联系和超级能力部分来进一步讨论。

仙侠IP对于群体展开社会区分的横向维度是门派。类似于武侠小说，仙侠IP中的门派同样依赖地理分布、法术属性和政治立场等要素进行区分。门派内部的基本组织方式是师徒制，而不同的族群以及不同的门派都有较为固定的群体关系，包括联盟、对立、责任、义务等，这组成了仙侠IP想象世界中的基本政治体系。

仙、人、魔各执其位、相安无事是想象世界中最原始的社会形态。仙侠剧中，人类群体的政治和社会体系以中国传统社会为基本原型，比如《花千骨》中的后蜀领主和《三生三世》中的凡人皇帝等。仙人群体则以维护世界秩序、拯救天下苍生为己任。他们对于善恶的价值判断则主要附着于对世界运行规则的认识，包括天道流行和因果律，被赋予了正面的伦理价值，受到人类群体的敬仰和依赖。仙界各门派的关系类似于武侠世界中的武林联盟，像《古剑奇谭》中的天墉、《诛仙》中的青云和《花千骨》中的长留等修仙门派、由于有神器镇守、法术高强、人杰地灵等原因，成为仙界联盟的核心头领，率领其他门派保护黎民百姓。而同样拥有超级能力的魔界群体则不甘于屈居仙界之下，渴望获得凡界认可和世俗权力，因而对凡人世界构成了致命威胁，也构成了想象世界中的核心冲突。在特定的叙事情景下，仙、人、魔的政治体系被打破，仙侠叙事也因此被启动。

（三）超级能力及其伦理化

仙侠 IP 的想象世界中的超级能力五花八门。例如，通过"御剑飞行"，人物可以站在被放大的剑鞘上实现远距离飞行，《诛仙》和《古剑奇谭》中都有具体呈现；治疗法术，通常辅以丹炉和药物来达到治疗伤口、恢复法力的作用，《三生三世》中的凤凰折颜被设定为医术高超的上神，拥有较强的治疗法术；提升力量的法术可以在打斗中增强对敌人的物理和能力伤害。

超级能力的获得有不同途径，最常见也基本的方式是修炼，即上文提到的修仙。综合了传统文化中的气功、巫术、宗教实践和宇宙观，仙侠 IP 中的初学者要反复背诵心法口诀，调理运气，配合剑法招式和武功套路不断练习，从而提升法术和功力。小有成绩之后便可下山历练，积累"实战经验"，在历练过程中有机会获得各种法器和宝物，以提升整体能力水平。《古剑奇谭》中的百里屠苏自幼身负焚寂煞气，在天墉城中潜心修炼，习得基本法术和武功后含冤下山，历练期间遭受种种劫难，终于学会如何控制焚寂煞气，最终利用这股能量拯救苍生；《花千骨》中的小骨天性善良，拜长留上仙白子画为师认真修行，成为蜀山掌门后习得蜀山剑法功力大增，意外被注入洪荒之力成为人人畏惧的妖后，最终为现世太平而牺牲自己；又如《诛仙》中的张小凡，资质平平，在青云山修仙多年功力毫无增长，意外获得宝物"烧火棍"之后大有长进，却也因此误入魔道，正直坚定的小凡最后帮助青云门抵挡魔教的大举入侵，换来天下太平。

此外，超级能力的获取还有另一种形式上更加简便、但道义上较为邪恶的途径，即通过损害他人的方式来获取超级能力的提升，在仙侠 IP 中，这种方式的典型体现是吸食他人精血。《古剑奇谭》一行人在古镇上曾遇到过吸食男人精血的狐狸精；《诛仙》中的万毒门以吸食他人精气法术为门派的核心功力；《三生三世》翼族首领擎苍以子女为蛊，每牺牲一个孩子，自己的功力就精进一分；《诛仙》青云门通天峰大弟子萧逸才原为仙神，后为增进功力喝下兽神之血，最终坠入魔道。

在仙侠世界里的世界观，其善恶之分不仅以种族或门派为标准，还以是否通过吸食他人精血来获取超级能力为更加基础的正邪标准。很多出身魔族或邪派的角色拒绝这种邪恶的获取超级能力的方式，后来往往成为具有双重身份的正面人物；相反，出身正派或仙界的角色，一旦为了获取更大的超级能力而不择手段，则会堕落成为大反派。可见，超级能力的设定不仅为仙侠世界内部的社会流动提供了技术性支持，更为仙侠剧的叙事发展提供了重要的矛盾冲突。

二、仙侠想象世界的精神结构

仙侠类文艺作品的想象世界并非凭空产生。它所依托的上述规则在中国的传统文学作品中就已经出现，经由近现代的武侠和传奇文学的发展，最终在当下的网络文学及其影视剧改编中完成了当代呈现。可以说，想象世界的精神结构和要素之间的逻辑关系，都深刻地植根于中国传统文化，尤其是宗教思想及文学作品中。

在中国传统文学作品中，对仙侠 IP 的想象世界的类似描绘最早可回溯至两晋的遇仙文学和唐代的传奇小说。经过宋元时期的丰富和改造，这类文学创作在明清阶段已具备较为完善的世界观架构，并在近代出现剑侠小说的热潮[1]。该类小说承袭了道教以神仙信仰为文化核心的经典哲学，从神仙形象的生命形态与社会功能两个维度构建出一套完善的想象世界体系，从而为当代仙侠作品的世界观设定提供了基石。

道家哲学以"道"为基本信仰，其宗旨是"延年益寿，羽化登仙"，通过超越自然生命的局限来实现与"大道"合一的境界；能够达到这一境界的人被称为神仙。在道家的哲学中，"形"与"神"是生命构成的两种要素——"形"指人的躯体，"神"指人的精神。人通过修炼得道成仙的过程，具体来看就是改变躯体与精神的关系、从而完成生命形态的转化，达到形神"亦合亦离"的状

---

[1] 罗立群. 道教文化与明清剑侠小说[J]. 西南大学学报（社会科学版），2013(39)：85-93.

态；修道者可将形神自由分离和整合，以达到冲破生存困境、超越生命极限的神仙境界[1]。

仙侠主题 IP 在当代转化过程中呈现出特有的世界观，正式来自于上述哲学基础。其中，时空规则中的"历劫"可以看作生命形态转换的必经环节，通过修炼历劫可以实现横向的"种族"跨越及纵向的人—神阶层的流动。这与西方经典幻想作品中的相关设定有显著的区别；除了"狼人""吸血鬼"等少数设定之外，西方幻想世界中具有明确的种族概念和生物界限，不同种族之间基本上不存在跨越和流动。而中国仙侠文艺作品则继承了中国道教哲学中的形—神对立统一的观念，提供了横向流动的逻辑基础。

除了提供哲学层面的影响，道教日渐发展的世俗化趋势也为仙侠世界的社会文化规则奠定了观念基础。早在唐传奇小说中，就出现了以书生旅行为主的故事类型，其中除魅与遇仙是一对突出的主题。[2] 除魅指的是作为旅行者的书生在面对怪力乱神时，以儒家思想开启民智，表明其对儒学正统的维护；遇仙则与之相反，通过对下第书生遇到的奇幻仙境的描摹刻画，宣扬"人生如梦"的哲学观点，表现了道教思想对儒学正统的挑战。清代以来，道教出现了世俗化的倾向，儒道的日渐融合促进了道教思想世俗化和神仙形象社会化的趋势。神仙不再囿于出世避俗的思维而隐逸山林，开始关注社会和拯救灾难；神仙的社会职责也发展出明确而固定的社会分工；拥有超级能力却要不断经历尘世磨难的"谪仙"形象在文学作品和民间传说的反复出现，也进一步证明道教"入世"意识的加强。[3]

从个体与社会的关系角度看，儒道融合的处世哲学反映出利他主义的社会理想与张扬个体自由的宗教追求之间的结合与协调，而社会责任与个人追求的二元关系在当代仙侠 IP 中亦成为重要话题：修仙者下凡"历劫"多以行侠仗义、除暴安良为体现，在关照民生疾苦、匡扶社会正义的同时，完成个人的磨炼和修行；而仙侠世界观中纵向的阶层流动与横向的体系设置，也都来自于这种个体与社会的二元结构。

---

[1] 罗立群. 道教文化与明清剑侠小说 [J]. 西南大学学报（社会科学版），2013(39)：85-93.
[2] 李萌昀. 除魅与遇仙——唐代小说中的书生旅行故事 [J]. 华南师范大学学报（社会科学版），2014(3)：23-27.
[3] 苟波. 明清小说中神仙形象的"社会化"与道教的"世俗化" [J]. 四川大学学报，2009(3)：80-85.

三、想象世界的创作问题与仙侠 IP 的升级策略

通过以上分析我们可以看出，和西方的幻想文学一样，仙侠 IP 的想象世界同样具有较为稳定的要素和规则。首先，在时空属性中，以"结界"为中介的平行空间提供了主要的叙事场景，而时间维度上的"劫"则为故事提供了核心情节和命运母题。其次，通过横纵两个维度区分的不同群体构成了社会文化要素的主要内容，种族与门派之间的斗争成为仙侠 IP 的核心结构。而特殊的超级能力设定为仙侠题材的叙事提供了支撑，并为伦理表达提供了更加符合想象世界运行规则的划分标准。

仙侠 IP 的想象世界为这类影视剧的传播和流行提供了难以替代的优势。IP 的原版游戏和网络文学有强大的受众基础，通过影像艺术和技术还原和建构这种想象世界，对于原著粉而言十分具有吸引力。幻想世界的时空法则、社会文化和超级能力大部分继承了中国传统的宗教文化、神话传说和社会思想，并且进行了适应当代青年文化的改写，部分地吸纳了西方幻想文学和日本动漫作品中的常见要素，为青年受众提供了文化和心理上的亲近性，从未接触过原 IP 的观众也能很快接受这套世界观设定。

不过，仙侠 IP 的想象世界建构还存在着若干问题，影响了这类作品的艺术水准和价值表达的提升。首先，从时空设定来说，与其他成熟的想象世界相比，仙侠类网络文艺的神奇时空普遍缺乏"访问者"这一角色要素。"访问者"主要负责带领受众走进和感受神奇时空，将其从现实世界暂时剥离出来，投入一场未知的冒险中。而这种对于未知世界的冒险，有时是来自好奇心的驱动，有时则来自于急迫任务。而"访问者"的上述动机不仅为叙事提供了基本的动力，还能够在作品和受众之间建立起情感和心理的沟通桥梁，从神奇时空中转化出追逐梦想、承担使命等当代价值。

其次，仙侠类网络文艺的社会文化要素，需要在提供叙事动机、核心矛盾的基础上，迈出非黑即白的简单框架。在想象世界中，社会文化背景揭示的是人性的复杂，以及人际关系的重新整合。例如，在这些年风靡的《冰与火之歌》系列中，不同的职业、种族、家族、国家不仅织出了一张细密的社会文化之网，而且也呈现出角色与所处社会文化背景之间的复杂关联，以及谋求变化、合纵

连横的惊险过程。复杂、细致的社会文化，为情节和人物提供了充分的表征方式。在这个方面展开持久的努力，能够带来仙侠类文艺作品在艺术水准方面的升级，从流行作品迈向文艺精品。

最后，想象世界还具有更多的文化表意和价值观陈述的功能。不论是宫崎骏的动画电影，还是好莱坞的"复仇者联盟"系列，抑或是上一章所讨论的魔幻片，都力图通过想象世界这一表意系统，去探讨现代性、全球化的过程中出现的人性困境，为今天的人们提供心灵慰藉和当代神话。相对来说，仙侠类文艺作品中的想象世界在文化表达方面还处于无意识的摸索阶段。在这一点上，反倒是以《大鱼·海棠》和《西游记之大圣归来》为代表的神话幻想类电影走在了前面。因而，中国仙侠 IP 的想象世界建构，和在它之中发生的故事，都还需要在主题陈述和文化品质方面进一步凝练和革新。

第八章 系列片的人物塑造研究

对系列片和 IP 转化来说，人物塑造比想象世界常常更加重要。很多系列化的作品与现实生活共享了同样的世界观，但依靠固定的角色经久不衰；即使对于幻想题材的系列片来说，系列化的角色也同样是不可或缺的创作和表意要素。因此，本书的最后三章，将以人物塑造研究为路径，进一步探究系列化和 IP 转化的创作和美学规律，并揭示出围绕人物塑造而完成的社会价值的表达和集体焦虑的释放，这也是作品与观众之间能够产生深层次共鸣的主要原因。换句话说，在想象世界或真实世界的基础上，基于叙事而形塑的人物形象，通过艺术方式反映出真实生活中的社会关系及现实意义，在思维认知层面上打通了创作者与观众交换人生经历、共享生命体验的文本渠道，最终借助移情与共情的心理机制完成了对生存困境、身份压抑与时代焦虑的想象性解决，以人类共通的感情建构出文艺形态的伦理载体与价值依托。

本章的第一节将综述叙事文本中的角色和人物塑造研究的基本方法，主要是角色的叙事功能和表意功能两个部分。第二节和第三节则分别论述两个主要的系列角色类别——静态角色和动态角色——的塑造规律。静态的系列角色包括大多数动作惊险样式系列片的主角，我们可以将"007"系列视作静态角色的主要代表，其他典型代表还包括了"碟中谍""速度与激情"等系列中的主要角色。这些角色都展示出，一个相对稳定的人物在面临不断变化的外部困境时，是如何使用我们所熟知的价值框架解决的。相比之下，"星球大战""哈利·波特"等系列中的主要角色则是动态角色，在一个相对更加完整的跨系列叙事中，角色面临的挑战带来了他们对于自身性格和内部世界的不断认知,并最终依靠人物弧光完成了成长母题。

第一节　系列角色的叙事功能与符号功能

在流行的叙事文本中,人物塑造正在前所未有地引起创作者和观众的浓厚兴趣。作家大卫·科贝特(David Corbett)指出,三个普遍流行的趋势让角色塑造显得如此重要:一是对于电视台和网络播出的长篇剧集来说,不同季和不同段落中的人物弧光需要大量的创造性设计;二是在《冰与火之歌》等顶级作品的成功的启发下,以幻想题材为代表的文学和电影类型中开始出现越来越多的系列化作品,这类作品对人物塑造同样提出了更高要求;三是犯罪类型中系列角色的故事功能需求仍然旺盛,这些角色不仅简单地出现在系列作品或电影中,还应当具有丰富的可塑性与弹性,从而参与故事的延续。上述这些趋势,都促使创作者必须塑造出更加复杂和精明的系列角色,用人物的力量去激发行动、延续故事。[1] 对于系列人物的塑造来说,关键点并不是要持续增加新的人物背景和内容,而是要构造出合理的人物基础,包括冲突、成长、转变和意外。同时,还需要让角色和观众的内心深处展开对话,探讨何以为人等一系列经久不衰的人文话题。

一、角色的叙事功能

文学艺术中的人物和角色历来受到读者和评论家们的关注,对其展开的规律性研究从 20 世纪初就已开始。俄罗斯文学研究者普洛普从植物学领域借用了"形态学"这一术语,通过赋予其结构研究的内涵[2],首次实现了对叙事和角色的科学研究。具体来说,普洛普首先抽象出民间故事中的不变成分——不同人

---

[1] David Corbett. *The Compass of Character: Creating Complex Motivation for Compelling Characters in Fiction, Film, and TV*[M]. Berkeley: Penguin, 2019.
[2] 弗拉基米尔·雅可夫列维奇·普洛普,叶舒宪.《民间故事形态学》的定义与方法[J]. 民族文学研究, 1988(2): 86.

物所被赋予的同样的行动，即"人物的功能"；① 接下来，普洛普在人物和功能之间进行了重要性的排序；他认为，相比于众多的人物，功能的数量十分有限，并且正是功能之间的特定顺序构成了童话这一叙事类型。② 因此，功能对于民间故事形态来说是首要成分，相比而言，人物或者角色并非自主存在的要素，它们是由功能的组合与排列所定义的。因此，普洛普首先将故事情节划分为 31 个功能项，分别是：

（1）一位家庭成员离家外出（外出）；

（2）对主人公下一道禁令（禁止）；

（3）打破禁令（破禁）；

（4）对头试图刺探消息（刺探）；

（5）对头获知其受害者的消息（获悉）；

（6）对头企图欺骗其受害者，以掌握他或他的财物（设圈套）；

（7）受害者上当并无意中帮助了敌人（协同）；

（8）对头给一个家庭成员带来危害或损失（加害）；

（8a）家庭成员之一缺少某种东西，他想得到某种东西（缺失）；

（9）灾难或缺失被告知，向主人公提出请求或发出命令，派遣他或允许他出发（调停）；

（10）寻找者应允或决定反抗（最初的反抗）；

（11）主人公离家（出发）；

（12）主人公经受考验，遭到盘问，遭受攻击等，以此为他获得魔法或相助者做铺垫（赠与者的第一项功能）；

（13）主人公对未来赠与者的行动做出反应（主人公的反应）；

（14）宝物落入主人公的掌握之中（宝物的提供、获得）；

（15）主人公转移，他被送到或被引领到所寻之物的所在之处（在两国之间的空间移动，引路）；

---

① 弗拉基米尔·雅可夫列维奇·普洛普，叶舒宪.《民间故事形态学》的定义与方法 [J]. 民族文学研究，1988(2)：87.
② 弗拉基米尔·雅可夫列维奇·普洛普，叶舒宪.《民间故事形态学》的定义与方法 [J]. 民族文学研究，1988(2)：88.

（16）主人公与对头正面交锋（交锋）；

（17）给主人公做标记（打印记）；

（18）对头被打败（战胜）；

（19）最初的灾难或缺失被消除（灾难或缺失的消除）；

（20）主人公归来（归来）；

（21）主人公遭受追捕（追捕）；

（22）主人公从追捕中获救（获救）；

（23）主人公以让人认不出的面貌回到家中或到达另一个国度（不被察觉的抵达）；

（24）假冒主人公提出非分要求（非分要求）；

（25）给主人公出难题（难题）；

（26）难题被解答（解答）；

（27）主人公被认出（认出）；

（28）假冒主人公或对头被揭露（揭露）；

（29）主人公改头换面（摇身一变）；

（30）敌人受到惩罚（惩罚）；

（31）主人公成婚并加冕为王（举行婚礼）。

在上述功能项的基础上，他对其次重要的人物进行了分类，提出了涵盖所有童话人物的七个角色项。这七个角色项及其对应的行动圈分别是：对头行动圈，赠与者行动圈，相助者行动圈，公主（要找的人物）及其父王的行动圈，派遣者的行动圈，主人公的行动圈，假冒主人公的行动圈。借助于功能与人物的分类，普洛普将"神奇故事"从形态学的角度进行了定义，认为这类故事开始于任何一个加害行为或缺失，经过中间的一些功能项之后，终结于婚礼或其他作为结局的功能项。总体来看，普洛普对于民间故事的形态学研究为角色研究提供了基础。探究角色在故事情节中的叙事功能，分析这些功能项所组成的文本内部的线性结构，是这种研究的基本方法。在本章第二节中，我们会看到，根据普洛普的功能分类法，"007"等惊险样式的系列片同样地是由一系列固定的功能项所构成的。

当然，普洛普将功能的重要性凌驾于角色之上的判断也影响了之后的同类研究，并受到人文主义研究者的批评。很多当代的作家和文学批评学者都指出，角色不应当仅仅被视作叙事功能式的存在；在文艺创作的过程中，角色塑造的技艺不仅带来了戏剧性的满足，而且还应当通过叙事艺术去探索人性的多样性，从而延续启蒙运动以来的人文主义思想。故事中的人物，不论是辉煌、成功，还是困苦、败落，都会引导读者和观众反观自身，去思考和审视自我的生存现状和可能的未来。正是在这个意义上，对于虚构角色的符号表意研究逐渐将角色和人物重新置于虚构文本的核心位置，来探究文本与其社会文化语境之间更加复杂的关联。

二、从叙事功能到符号表意

在上述思维的启发下，以列维-斯特劳斯、格雷玛斯和罗兰·巴尔特为代表的法国结构主义者发展了普洛普的方法，在叙事功能的基础上，开始逐渐地探讨角色的符号功能。他们将角色视作特定文化语境中的表意符号，从而在文本内外的世界之间建立了有机关联。这些研究对于系列片和 IP 转化来说也具有直接的借鉴意义；因为，对于影视剧来说，它们所试图传递的任何主题和价值观，都要附着在成功的角色身上，通过角色及其行动完成意义传达。

相较于普洛普对功能—线性结构的探讨，列维-斯特劳斯主要关注动态的结构主义，特别是故事中的对立结构。[①] 他把每一则神话"看作是预先存在的故事文本与包括因社会或环境基础的变化而产生的各种异文的交汇点"[②]，尤其关注具体的故事讲述细节中包含的结构性对立，借此将故事讲述的文化语境纳入视野。列维-斯特劳斯特别注重人物的符号学价值和表意功能，他将人物看作雅各布逊所提出的"音位"，将叙事中的具体人物比拟为"我们会在某一文献里遇到的、字典未收的词"，而整个故事世界的意义系统则可借助这些由人物的对立特征组成的词汇得以建立。[③]

---

① 戴维·佩斯，杨树喆. 超越形态学：列维-斯特劳斯与民间故事分析 [J]. 乌鲁木齐职业大学学报 (汉文版)，2001(10)：67.
② 戴维·佩斯，杨树喆. 超越形态学：列维-斯特劳斯与民间故事分析 [J]. 乌鲁木齐职业大学学报 (汉文版)，2001(10)：69.
③ [法] 菲利普·阿蒙，张祖建译. 建立人物的符号学分析方法 [A]. 王泰来等编译. 叙事美学 [C]. 重庆：重庆出版社，1987：161.

格雷玛斯则综合发展了普洛普的角色功能学和列维－斯特劳斯的叙事结构研究。他肯定了叙事语法的存在，①但并不认同叙事语法仅仅是普洛普所指出的功能的序列链条，或是列维－斯特劳斯指出的细节中的二元对立。格雷玛斯首先考察了普洛普所提出的功能项这一核心叙事单位，把功能严格定义为动词，将其视作叙事语段的内核和句法的核心要素。②进而，他采纳了状态动词和动作动词的二分法，并在动作动词内部又继续分解出了"动作的做"和"传通的做"，③前者将主体和客体这两类角色联系起来，后者则将发送者、接受者和客体三类角色联系起来。④在对动词和角色进行上述研究的基础上，格雷玛斯将普洛普的31个功能项压缩到20个，并将7个人物类型改为6个。⑤

不过，列维－斯特劳斯和格雷玛斯都将角色视为最小的表意单位或语言单元，这忽略了人物或者角色本身的复杂性。在对神话和传说的研究中，上述思路或许不会带来太大谬误，因为这类文本中的人物往往是扁平和单向度的；但对于当代小说、电影和电视剧等复杂叙事文本来说，人物之间的对立特征和人物内部的对立特征，都推动了情节、并被赋予了符号表意的功能，并且后者常常比前者更加起到决定性的作用。詹明信就曾批评这种对角色的结构主义研究是"反人性的"（anti-humanism），忽视了人的主体性的存在。也正是在这个意义上，罗兰·巴尔特进一步发展了符号学的人物研究，尤其是在对电影的研究中，将人物类型重新置于电影叙事的中心。他将由功能主导的叙事规则和由人物主导的叙事规则分别视作"来自小农社会的想象结构"和"现代技术社会的想象结构"。⑥巴尔特认为，"影片结构不同于民间故事，它不是围绕着动作而是围绕着戏剧人物展开的"，⑦他甚至邀请读者参考新闻要素的"5个W"的排列顺序，第一个W代表的是人物（Who）而不是行动（What）。"以人物为中心"也成为当下大多数影视创作者的共识。

---

① A.J. 格雷马斯，李迅. 叙事语法：单位和层面 [J]. 当代电影，1988(1)：99.
② A.J. 格雷马斯，李迅. 叙事语法：单位和层面 [J]. 当代电影，1988(1)：101.
③ A.J. 格雷马斯，李迅. 叙事语法：单位和层面 [J]. 当代电影，1988(1)：102.
④ A.J. 格雷马斯，李迅. 叙事语法：单位和层面 [J]. 当代电影，1988(1)：103.
⑤ 怀宇. 普洛普及其以后的叙事结构研究 [J]. 当代电影，1990(1)：77.
⑥ 罗兰·巴尔特，鲍玉珩，崔君衍. 电影的"创伤性单元"：研究原则 [J]. 世界电影，1989(2)：31.
⑦ 罗兰·巴尔特，鲍玉珩，崔君衍. 电影的"创伤性单元"：研究原则 [J]. 世界电影，1989(2)：30-31.

三、系列片的静态角色与动态角色

系列片中的主要角色在系列化策略和 IP 转化过程中承担了重要任务。在满足叙事功能和符号表意功能的基础上,系列化的角色可以分为静态角色和动态角色两种类型。静态角色与剧作指南中的"扁平人物"类似,在系列片中,角色本身的人物性格、内在动机以及角色身上所体现出的意义结构是一以贯之的,例如"007""速度与激情""加勒比海盗""夺宝奇兵"等。这时,系列之间的差异和演进,以及系列片的社会文化指涉,主要来自于角色所面临的外部困境以及由这些困境所定义出来的核心冲突。动态角色不仅需要是"套层人物""圆形人物",而且在系列化的不同影片中需要不断地产生人物弧光,推动角色认识更深层次的自我,从而完成不断成熟或不断黑化的人物转变历程。"星球大战"系列的正传三部曲和前传三部曲,就分别对应了"成熟"和"黑化"的人物轨迹。以动态角色为基础的系列还包括了"哈利·波特""指环王""蝙蝠侠"(诺兰导演三部曲)等。

总体上看,以静态角色为核心人物的系列片主要着重于外部世界和外部冲突的表现,以动态角色为核心人物的系列片则重视对人物内部矛盾的动态刻画。不过,这并非意味着静态角色和动态角色之间有不可逾越的鸿沟;相反,近年来的一些静态角色,也逐渐地被赋予更多人物深度,尤其是身份危机和认同政治成为当代全球的重要文化事件后,几乎所有的系列角色都不约而同地面临着自我认同的困境,具备了成为动态角色的潜质。本章接下来的两节,将结合具体案例,分析这两类系列角色的创作特征,以及文本内部的虚构角色与文本之外的当代文化语境之间发生关系的不同路径。其中,静态角色更偏向于处理变迁的外部世界带来的群体焦虑,而动态角色则更偏向于在经典的人文主义立场上解决个体化的成长焦虑和身份焦虑。

第二节 静态角色与外部世界的相遇

虽然布莱希特在《伽利略传》中提出了"需要英雄的国家才是不幸的国家"这一著名的反英雄观点,但是对于绝大多数的世俗社会来说,英雄和英雄叙事的文化功能是必不可少的。如何塑造英雄，如何呈现英雄的价值，也成为流行文化和文艺创作的重要任务。不仅神话传说等传统文学中具有浓郁的英雄情结，近年来我国不断成熟的新主流影视剧，也借助时代英雄的塑造来吸引当下观众，呼应社会文化的精神需求。不过，相比于《我不是药神》《中国机长》《烈火英雄》《金刚川》等现实主义风格的平民英雄、凡人英雄，系列片的英雄人物塑造有着特定的需求。不论是风靡了半个多世纪的"007"以及同题材的"谍影重重"等间谍系列，还是"黄飞鸿""叶问"等华语功夫系列，这些影片中的英雄角色在艺术手法上需要更多依靠部分脱离现实的假定性，完成类型化、模式化的英雄人物塑造。对于遵循类型化创作规律的系列片来说，这种相对静态、能够被快速识别的系列化角色，能够更好地推进剧情，完成大众流行文化的造梦和宣泄功能。

一、静态角色的塑造规律与基本类型

动机和冲突，共同定义了角色，推动了故事链条的不断前进，并为文本和语境之间的互相指涉提供了手段。动机是角色塑造的指南针，也是静态角色能够不断带领观众进入系列化故事的初始保障。对于故事中的每一个角色来说，都会面临着两个基本的推动力，或者是追求更好生活，或者是保护已经获得的生活果实不被剥夺；而且，只有在这两个推动力面临巨大冲突和阻力的情况下，角色的内在能量和潜意识中的自我才能够被激发出来，产生强烈的行动欲望。[1] 因而，动机为角色提供了主动性和主体性，这时候，角色不再是故事和情节的提线木偶，而是展示出巨大的塑造故事的能量。很多文学家和电影艺术家都曾表示，当一个角色形成之后，故事的走向在很大程度上就已经不受创作者控制，而是被这个具备了巨大戏剧性力量的角色引向结局。

冲突不仅是悬念和戏剧性的来源，而且被用来展现人物和环境的复杂性与深度。在剧作中，第一类也是最简单的冲突是表面的反差，例如外表刻板印象与真实性格之间的反差而引发的冲突，黑色电影中常见的蛇蝎美人的展现即为

---

[1] David Corbett. *The Compass of Character: Creating Complex Motivation for Compelling Characters in Fiction, Film, and TV*[M]. Berkeley: Penguin, 2019.

这一类。第二类是比较常见的冲突，由竞争性的价值和目标所定义，常规的警匪片、侦探片都是正义与邪恶的价值与目标的冲突，并反映在具体角色行动上。第三类冲突是个体内部不同社会身份之间，或者意识与潜意识之间的冲突，这常常体现在动态角色从否定到直视潜意识中的残缺和匮乏的故事情节中。三类冲突都能够提供戏剧张力，而对于静态人物来说，第二类冲突是最为常见的冲突，这个时候人物本身的复杂程度不高，核心的故事张力来自于外部力量所设立的故事情境。

大卫·科贝特（David Corbett）在他的写作指南[①]中围绕外部困境而塑造出的简单角色分为三类，其中的前两类为我们理解系列片中的静态角色提供了重要参照。第一类是"旅行天使"（the travelling angel），专指西部片和侦探片等类型中的主要角色，他们在与外部世界接触的过程中感受到次要角色展示出的各种缺失与不幸，进而发展出由同情／怜悯而生成的正义感。正在遭受困难和不公的世界向恰好经过的他们伸出求助之手，请求他们纠正错误，医治创伤，修复关系。通常，这些角色拥有坚定的身份认同和目标感，但是这并不意味着角色缺乏内在缺失和内部冲突。相反，我们在这种独行侠式的角色身上常常能够看到孤独、怀疑、悔恨等情感，这构成了人物的多样性，能够引发观众共鸣。例如，迪士尼在新冠疫情期间推出的两季《曼达洛人》中的主角就是一个典型的"旅行天使"，深处困境的"尤达宝宝"激发了他的良知，在整整两季16集中，这个浑身包裹着贵重金属的孤独男人走遍了宇宙的各个角落，在为尤达宝宝寻找安身之处的同时与各类敌人斗争，最终等到卢克·天行者的到来，将尤达宝宝安全送走。"旅行天使"并非在罪恶与正义之间游走的任何人，他需要有独特人格和核心能力，但从目前的两季来看，曼达洛人所坚信的信条以及自己的身世等内在困境，还并没有成为叙事的主要动力。换句话说，静态人物并非不需要有内在的反差和矛盾，但这种反差和矛盾仅仅是角色的独特性的表征，而不必在故事中得到彻底的解决。

第二类简单角色是"圆满角色"（the contented character）。在故事的开始阶段，这类角色仿佛光洁无瑕，内部世界和外部世界都顺风顺水。而故事真正的

---

① David Corbett. *The Compass of Character: Creating Complex Motivation for Compelling Characters in Fiction, Film, and TV*[M]. Berkeley: Penguin, 2019.

开启时刻是由强大的具有毁灭性的外部力量定义出来的，这种力量会剥夺角色所拥有的一切美好生活，从而形成戏剧性故事。《基督山伯爵》就是传统小说中的一个典型代表，而影视剧中的灾难片和惊悚片也往往以圆满角色为主要人物。本书第九章将要讨论的超级英雄电影中的若干角色，例如丧失双亲的蝙蝠侠，或是突然变异的绿巨人，在故事起始阶段也都经历了剥夺与毁灭。而对于更加复杂的人物来说，在主角用尽浑身解数试图恢复正常生活的同时，他对于自身和周围世界的认识也会发生改变，并发展出新的技能和世界观。在系列故事的创作中，对圆满角色的剥夺常常是整体创意的来源。例如，"飓风营救"系列的主角、由连姆·尼森饰演的前任特工布莱恩·米尔斯，在这个系列的三部曲中每次都会面临亲人被害的剥夺性段落。而他对于家人的保护则成为故事的核心动机，促使他在越来越严苛的外部条件下对抗邪恶、同时恢复家庭的圆满。实际上，詹姆斯·邦德在大多数"007"系列的作品中也可以被视作圆满角色，他的生活品质、性格特质和情感生活，让几代观众都将007视作自己的人生目标。而每当接收到新任务，这位名副其实的"花花公子"[①]便开启了自己的历险，在这个过程中经历背叛、拷打甚至是身份与情感的丧失，最终依靠智慧与身手破解危机并抱得美人归。

二、静态角色与外部世界变迁

很多以动态角色为轴心的系列片都以想象世界为外部环境，如"星球大战""中土世界""魔法世界"等各类幻想题材系列。这是因为，想象世界能够给人物成长和变化提供一个象征性的平台，超自然的要素往往有助于更好地揭示和表征出人物的内在世界。相比之下，以静态角色为轴心的系列片的外部世界往往是我们每个人所经历的现实世界，因而也最能够直接展现电影是如何回应外部世界变迁的。

詹姆斯·邦德的"007"系列最能够展示系列片与外部世界变迁之间的关系。在历经将近一个甲子的20余部系列电影的塑造下，邦德已经成为我们这

---

① Claire Hines. *The Playboy and James Bond: 007 Ian Fleming, and Playboy Magazine*[M]. Manchester and New York: Manchester University Press, 2018.

个时代的英雄和"全球化的如意郎君"①。他使用高科技配件，开最豪华的跑车，对酒和食物有卓越的鉴赏能力，执行任务的同时在全球范围内展开飞行旅行——这些当代性的特征让邦德成为正在进行中的美国故事或当代全球精英故事的一部分，成为消费资本主义的全球代理人和美国梦的银幕标本。②

"007"系列典型地展示出围绕静态角色的变与不变的创作规律。静态角色与类型桥段的结合让故事的基本构成体现出很强的公式化特征。在小说作者去世的 1964 年，文学理论家已经总结出了这个系列的 9 个常见故事桥段和 14 个相关的并置要素。这些桥段包括：从 M 那里获得任务，遇到恶棍，遇到恶棍的女人，在恶棍的巢穴中试图消灭对手，邦德被抓住和被施以酷刑，邦德逃跑，通过摧毁巢穴而获得决定性胜利，以及享受女色。③ 从 20 世纪 60 年代以来的系列片中可以看出，这些固定的桥段和结构不仅没有得到改变，而且在很多单片中反而不断地被强化出来，以加深这个系列的品牌认知，让观众时隔多年能够重温熟悉的感觉。根据两位德国学者的统计，到目前为止，这些众多的细节反复出现在这个系列的 24 部 007 电影中，这包括了 28 次点马提尼，访问过 38 个国家，被 33 次告知自己将会死去，和 60 位邦德女郎"滚"过 84 次"床单"（其中有 19 次在酒店房间，2 次在伦敦寓所，15 次在女孩住处，4 次在火车，2 次在谷仓，2 次在飞机，2 次在医院）。④

但是，"007"系列不同故事之间也展示出明显的区别：世界的威胁在改变，反派及其代理人的种族、背景、作恶手法等也在改变。从 20 世纪 50 年代的小说开始，邦德就成为这个星球不断变化的国际关系和地缘政治的表征。例如，在 60 年代以来的很多单片中，太空竞赛、核武风波都构成了观众理解故事的背景知识。尤为有趣的是，系列电影的第一部《诺博士》上映的时刻，恰好在古巴导弹危机之前的两周——故事中的情节与真实世界就这样不谋而合。可以说，

---

① J. Chapman. Bond and Britishness[A]//E P. Comentale，S. Watt. Ian Fleming & James Bond: *The Cultural Politics of 007* [C]. Bloomington: Indiana University Press. 2005: 141.

② L. Drummond. American dreamtime: A Cultural Analysis of Popular Movies and Their Implications for a Science of Humanity[M]. Lanham: Littlefield Adams. 1996: 13.

③ U. Eco. The narrative structure in Fleming[A]//O. Del Buono and U. Eco. *The Bond Affair*[C]. London: Macdonald，1966: 35-73.

④ Metin Tolan，Joachim Stolze. Shaken, *Not Stirred! James Bond in the Spotlight of Physics*[M]. Switzerland: Springer International Publishing，2020.

电影提供了一个文化空间，让真实生活中广受关注的议题得到探讨；而对于核武器威胁，"007"系列中提供的结局，一直是邦德所代表的文明社会总是能够解决这些问题。[①]还有学者在电影与文化地理的交叉领域阐释了"007"系列的变迁，探讨了影片中所展示出的地景背后的政治地理学意义，这进一步呈现出"冷战"和反恐战争的空间与政治的关系；文本内部和文本外部依靠空间和地理而发生的索引关系，让邦德系列既保持了连续性，又具有了变化和时代特征。[②]这种对现实世界的直接指涉，以及围绕大众文化需求而进行的跨越半个多世纪的系列化创作，让邦德的功能远远超出了电影和戏剧的领域，而成为我们理解和观察当代社会的一个框架。

总而言之，在围绕静态角色而形成的系列片中，主角既是观众心目中的当代英雄，又是普通人深入体验当代世界奇观的虚拟导游——我们随着詹姆斯·邦德游历世界各地的高端会所，也在伊森·亨特的带领下在伦敦闹市区的屋顶跑酷。而他们所经历的外部困境，则体现出围绕静态角色而形成的稳固的价值结构，它通过类型片的方式让我们日常生活中的焦虑得到宣泄和释放，让电影与当代世界之间发生密切互动，也使流行电影作为一种艺术创作为变动不居的时代提供了一份生动写照。

第三节　动态角色与个体内在世界的揭示

一、动态角色与内在世界的塑造

与系列化的静态角色类似，动态角色同样地会指向外部世界中黑白分明的稳固价值结构。不论是享誉全球的"指环王""哈利·波特"系列，或是曾创下中国魔幻片最高票房纪录的"捉妖记"系列，所有的魔幻片都在不约而同地讲

[①] Tanya Nitins. A Boy and His Toys: Technology and Gadgetry in the James Bond Film Series[A]//Robert G. Weiner, B. Lynn Whitfield and Jack Becker. *James Bond in World and Popular Culture: The Films are Not Enough*[C]. Newcastle upon Tyne: Cambridge Scholars Publishing, 2011: 454-467.

[②] Lisa Funnell, Klaus Dodds. *Geographies, Genders and Geopolitics of James Bond*[M]. London: Palgrave Macmillan, 2016: 220.

述一个关于找寻公平、追求正义、拯救家园的普世故事，以及不遗余力地向观众传递黑暗终会被打破、邪恶终将会消亡的正能量，以乐观向上的感情基调慰藉着大众的精神世界。

但是，动态角色相比于静态角色的特殊之处，在于这类角色的塑造在探讨外部世界的价值的同时还更多地指向主体的内在世界，尤其是探讨了自我认同的复杂性和个体成长的不确定。很久以来，虚构文学的一个基本功能是为我们提供进入主体内在世界中的一个公共渠道；经典文学作品之所以重要，正是因为它们能够刻画出个体内在世界的冲突图景，进而让人们对内在世界进行思考，揭示出能动主体在社会、心理和精神层面上的复杂形态。[1]同时，人物和故事是无法分割的，尤其是对于动态的系列角色来说，构思人物和设计故事结构往往相辅相成，以故事的形态赋予人物以人性深度和必要的复杂性，来进行伦理、社会和心理的实验。[2]

欲望，是个体内在世界的一个动力要素。内在欲望和戏剧目标既有类似之处，也有显著的区别。戏剧目标往往由内在欲望所定义，但它对于内在欲望可以仅仅是表现的功能，而不承担揭示、反思和改变的功能。例如，系列化的静态角色的戏剧目标仅仅是对人物内在欲望的简单化反映。相对于戏剧目标来说，内在欲望具有更加持久的属性，是对个体精神世界的永远的召唤，而且还具有更加强有力的决定和改变人物命运的力量；或者说，正是欲望，定义了每一个与众不同的个体，为他们的内部世界提供了张力。这种欲望有时是由人生缺憾带来的，有时则是人物的性格和命运使然。尤其是对于大众流行文艺产品来说，个体的内在世界往往由人物欲望所定义，因而以动态人物为基础的流行叙事文本尤其重视对欲望的挖掘，去塑造人物、推动叙事。有些时候，欲望来自于人物的潜意识，随着故事的进展和外在冲突的激发，潜意识被发现、并上升到意识层次，这时候欲望对故事的影响力持续加深，成为主角已经无法回避和否定的、必须直面的外在目标。

---

[1] Richard Freadman. *Eliot, James and the Fictional Self: A Study in Character and Narration*[M]. London: Palgrave Macmillan, 1986: 20-21.

[2] Richard Freadman. *Eliot, James and the Fictional Self: A Study in Character and Narration*[M]. London: Palgrave Macmillan, 1986: 4.

二、成长母题的系列化创作

被欲望定义出的内在世界，以幻想类系列片中的动态角色最为典型。纵观 21 世纪受到全球年轻观众喜爱的"哈利·波特"系列、"饥饿游戏"系列、"冰与火之歌"系列等影视剧可以看出，孤儿成长、英雄归来的母题与题材已被证实为幻想系列片通行、普遍、关键又广受欢迎的叙事主轴。围绕着缺失、欲望、成长，创作者串联起了主人公与其他人物、以及其他人物彼此之间盘根错节的社会关系。在这个过程中，亲情、友情、爱情这三种普世情感也得到了故事化与场景化的组合与融合，最终成功地在观众心目中建立起荡气回肠的神话叙事和审美体验。

孤儿成长与英雄归来的叙事模式在一定程度上给予幻想系列片青春文化的审美质感，使其更具真实性、社会性与生命况味，虽然以想象世界为基础，却更加能够与当代青年观众达成深层次的精神共鸣。这主要来自系列片对真实的内在世界体悟的独特表达，即"现代艺术进入美学范畴，意味着艺术成为生命体验的对象，艺术也被视为生命经验的表达"[①]。叙述成长的系列片以主人公的生命轨迹为圆心，形塑了三条旗帜鲜明的情感逻辑惯例，即亲情的缺失与缝合、友情的忠诚与陪伴、爱情的未知与可能。系列片通过对这三条叙事线索的推进，构架了人物心理状态、调和了人物社会关系，吸引了观众对人物与故事的同情与认可，让自己在光影中追随主人公的成长之旅一起体验正义与邪恶的对决、感悟爱之珍贵等。

亲情的缺失在为主人公制造原生困境的同时，也赋予了成长的内核动力，即对父辈遗愿的继承、对爱的渴望、对家园的找寻。从孤儿到英雄的身份跨越，象征了一场从小人物到救世主的完美蜕变，对应着现实社会里最质朴的救赎情怀与英雄主义情感，为弱小又平凡的普通人提供面对生活苦难的勇气与信心。虽然来自原生家庭的心理影响，在当下社会中已经被用作几乎可以解释一切个体精神现象的陈词滥调，但对于系列化的动态人物创作来说仍然是屡试不爽的方法。相比于静态的"旅行天使"和"圆满角色"，动态角色的起点通常没有

---

① [德] 马丁·海德格尔，孙周兴译. 海德格尔选集 [M]. 上海：上海三联书店，1996：885.

那么美好。哈利·波特、蝙蝠侠、卢克·天行者等一批经典幻想类系列片中耳熟能详的主人公，无一不是因为亲情的缺失而踏上了非比寻常的生命旅程，又在对未知的探索与对生命的冒险中完成了身份转变。亲情的缺失通常会在最终时刻完成有效缝合，这意味着主人公成长的人物弧光彻底被点亮，那一刻的他不再是从前那个懵懂的孤独少年，而是经受了长大成人的生命挑战，成为拥有话语权力的"父辈"。当然，故事从来不会就此戛然而止，因为拥有新身份就意味着要承担新责任，所以主人公下一段的生命之旅即将开始。这一逻辑也是幻想类影片得以系列化的故事基因。

友情的忠诚与陪伴是以青年角色为主的幻想系列片建构情感真实与情感共鸣的另一个核心依托。相较于亲情在一定程度上的触不可及和象征性的存在，友情往往是主人公最大的心理慰藉。大量的叙事经验呈现出一种共性，即主人公的行动线往往与友情直接挂钩，互帮互助、同仇敌忾、两肋插刀与赴汤蹈火的友情桥段是幻想类系列片屡试不爽又引人入胜的重点情节。例如哈利、罗恩和赫敏三个好朋友支撑起 8 部"哈利·波特"影片的核心情节；以弗罗多、山姆等组成的护戒小分队的友谊关系和他们为了共同目标而产生的合作与分歧则构成了"指环王"三部曲的故事主轴。对于内部世界的探索来说，友情不仅意味着信任、忠诚等正面价值，而且也为能动的主体展示出世界的多样性；有时候，挚友提供了自我的另一种可能性，有时候则让个体对自身隐秘的欲望有了更加明确的认知。

对爱情的描绘，也是幻想类系列片情感表达和内在世界塑造的一种常见策略。不过，相比于青春浪漫题材的影视剧，爱情叙事通常不会成为系列片的重点，而是动态人物成长过程中的一个阶段性的力量。幻想题材系列片对爱情的处理的常见方式有两种。一种是友情化，即主人公会爱上陪伴自己长大但是并不起眼的平凡女孩/男孩。例如哈利·波特对金妮的情愫；在"饥饿游戏"系列中，女主角凯尼斯与两个男孩盖尔和皮塔之间也是类似关系。另一种处理方式是象征化，即主人公对爱情意义的找寻往往隐喻着对母爱/父爱的渴望与幻想。总体来看，爱情关系在幻想系列片中的塑造与传达，比其他亲情和友情更具开放性与未知性，而且大多数时候与这两种情感之间关系紧密，甚至是这两种情感的另外一个叙事轴向上的投射。当然，除了上述两种常见方式，少数系列片也会将爱情作为核心叙事要素，如"暮光之城"系列虽然以幻想题材为形态，但实际上更多借鉴了青春片的处理方式。

总体上看，以动态人物为核心的系列片，尤其是幻想题材的系列片，在营造一个充满象征意味的外部想象世界的同时，更加注重通过欲望来挖掘主体的内在世界。"孤儿成长"与"英雄归来"成为动态人物的常用叙事模式，在这个过程中，亲情缺失和自我认同成为角色的初始欲望，并推动着角色不断变化和系列叙事的推进。而在这一过程中，亲情、友情、爱情成为沟通角色和观众的重要渠道，确保了真实世界经验和想象世界虚构之间的密切互动。

第九章　超级英雄：系列角色的意义指涉

　　超级英雄电影是幻想类型片的一个新分支。与传统的"高概念幻想"（high fantasy）和"宝剑与魔法"（sword and sorcery）两个亚类型不同，超级英雄电影将故事设定于当代世界，以蝙蝠侠、钢铁侠等超级英雄为主角，因而又被称为"当代幻想"（contemporary fantasy）。超级英雄电影在21世纪尤其是2010年之后取得了令人瞩目的商业成功，领先的视听技术和成熟的IP策略成为国内学界和业界热议的话题。

　　那么，为什么这些具有超能力的当代英雄能够获得全球性的认可？除了电影工业水平的整体实力之外，这一类型电影独特的跨文化影响力的来源是什么？对于中国当代电影业来说，在重工业电影的故事创作和当代英雄人物塑造方面又有哪些借鉴意义？虽然国内外的学者对于超级英雄电影积累了较为丰富的认识，但大多数研究都还是基于个案的产业研究和文化研究，无法在整体上回答上述问题。本章拟跳出个案阐释、围绕超级英雄展开类型研究，从以下两个方面寻找答案：首先，超级英雄电影的类型规则是怎样的，也就是这类电影的常见要素和桥段以及它们之间的组合方式；其次，这套类型规则在社会文化层面的意义指涉是什么，亦即，超级英雄电影被用来释放什么样的社会焦虑、陈述哪些共享的文化价值。正是超级英雄电影的类型特征和社会指涉，在电影工业水平整体较高的基础上，为这类电影获得跨文化成功提供了核心保障。而作为这个类型最显著、最重要、可重复的要素，超级英雄不仅增强了影片的叙事强度和戏剧性，还传递和表达出特定的文化和价值指向。因此，针对这类角色进行研究就成为探究类型奥秘的关键步骤。

在上一章所建立起来的角色研究的理论基础上，本章结合超级英雄电影的核心文本，依次分析这一类型角色的能力、身份、情感三条轴线及其主导下的常见桥段和叙事功能。具体来说，在充分重视角色内部结构及其对于当代叙事的主导地位的基础上，本章借鉴阿蒙提出的叙事研究的符号学方法步骤①，展开超级英雄的角色研究。第一个步骤是找出角色内部不同的语义轴线以及轴线的相关特征。例如，对于超级英雄这一角色来说，一个基本的语义轴线是他们自身所具有的超级能力，它的基本特征是在电影故事的现实世界中超越物理和生物规律的人物禀赋，例如绿巨人相较于常人的变身，刀锋战士综合了吸血鬼和人类的体质优点，雷神借助锤子而获得的反重力能力等。第二个步骤是结合角色的行动及其语境，根据语义轴线的特征所具备的叙事"效益"（主要包括素质和功能两方面）进行分类。例如，对于超级能力这个语义轴线来说，在素质方面可以分为超级能力的获得和超级能力的（暂时）丧失两个类别，而超级能力的获得和丧失在叙事功能上又较为稳定地发挥着特定作用，特别是在影片的高潮段落，超级英雄和反派之间的决战，以及超级英雄常常经历的"殉难"段落，都是超级能力轴线的主要叙事功能。第三个步骤是研究不同的轴线在一部作品中的相互关系，特别是在叙事情境中相互抵消、相互置换和发生变更的情况。例如，超级能力的获得和丧失这一超级能力轴线，与正义—邪恶这一政治伦理价值轴线之间，在不同的情形下，常常是相互置换或相互抵消的关系。最后一个步骤是在与超级英雄这一类型角色相关的多个语义轴线的关系网络中，寻找被反复运用而形成的程式，从而完成对类型规则和意义陈述的探究。

在上述基础上，超级英雄这一类型角色的文化意义凸显出来。本章将详细阐述的是，超级能力指涉了社会文化领域的绝对权力；在 21 世纪，这种对于绝对权力的担忧在全球反恐局势和网络技术进步的语境下被放大为一个跨国性的集体焦虑，超级英雄电影成为表达和释放这种焦虑的重要文化手段；对绝对权力带来的威胁，身份轴线和情感轴线提供了一个基于个体伦理抉择和成长母题的过滤和解决方案。超级英雄的三轴线模型及其与剧情和表意之间的关系，也为中国当代电影艺术的创作提供了有益的参照。

---

① ［法］菲利普·阿蒙，张祖建译. 建立人物的符号学分析方法 [A]// 王泰来等编译. 叙事美学 [C]. 重庆：重庆出版社，1987：172.

第一节　超级英雄的语义轴线

从 20 世纪 70 年代末期的第一部《超人》电影起,超级英雄电影历经 40 年的发展,积累了丰富的主题内容,并和科幻、爱情、探险等其他题材共享了诸多动机、母题和价值观。不过,超级英雄这一类型角色所具有的语义轴线又是相对稳定的,主要体现在能力、身份和情感三个方面。

一、能力轴线:超级能力的获取和丧失

超级能力是超级英雄这一类型角色的基本特征。超级英雄电影中的很多叙事桥段都在处理超级能力的获取、消失或转移,这一电影类型的表意系统也在很大程度上依赖于超级能力所提供的能指,本文讨论的其他语义轴线多少都以超级能力轴线为基础。

超级能力的获取、丧失和转移为超级英雄电影提供了常见叙事桥段。例如,在"美国队长"系列中,超级能力包括两个部分,一部分被呈现为一种生物化学方面的科技发明,它能够提升普通人的体格和运动能力;另一部分由教会保存的代表着未知力量的能量魔方。"二战"敌对双方对这两种超级能力的争夺构成了基本的叙事线索。"超人"系列中的超级能力则来自于外太空,《超人4》和《超人归来》中,反派角色路德分别通过基因改造和氪星水晶的方式获取来自氪星的超级能力,构成了对超级英雄的主要威胁,解除这些威胁也成为叙事的核心任务。并且,超级能力轴线也借助这些常见叙事桥段,和这类影片常常处理的正义与邪恶这条政治和伦理轴线发生重合。

不过,相比于硬汉侦探、西部牛仔等其他英雄类型,超级英雄的超级能力轴线除了具有一定的特殊性。首先,超级能力在赋予角色特定能力的同时,也意味着某种缺陷。例如,刀锋战士的超能力在于综合了吸血鬼和人类两方面的优势,既有吸血鬼的身体素质和快速愈合能力,同时还像人类一样不怕日光,因此被称为日行者;但他的缺陷在于自己嗜血的本性越来越无法控制,成为一个隐忧。在复仇者联盟中,绿巨人无法控制自己愤怒之下的变身,钢铁侠需要依靠技术手段给自己的心脏供电,都属于这类超级能力和缺陷相伴相生的情况。

进一步考察可以发现，在这些情况下，超级能力和缺陷是同源的，超级能力来源于角色的生理或心理上的缺陷。这种超级能力—个体缺陷的同源性，很多时候构成了角色的内在矛盾，成为身份轴线的基础。

其次，由于超级能力的获取成为核心的叙事动机，超级英雄在一些段落中被物化或者对象化了。在系列的前两集中，刀锋战士在猎杀吸血鬼的时候，自己同时也成为吸血鬼的猎杀对象，他被吸血鬼锁在床上，身体被刺穿，血液被提取用来进行DNA研究。这种场景、情节和视觉的组合，让刀锋战士成为被捕获的、展开研究和利用的被动对象，对象化的叙事功能是为了发现和获得超级能量，而潜在的文化功能则是恋物，特别是对身体的恋物，它将超级英雄的受难转变为仪式化的景观。类似的叙事情境、身体拜物和视觉仪式化的受难场景也出现在美国队长获得超级能力的段落中。从人类学对世界各地的文化仪式研究中来看，这种受难仪式是人向神转化过程中的必不可少的环节，可以视为一种身份的蜕变和通过痛苦达成神圣化的实践。物化和神化是同时进行的两个过程，这同样将超级能力的轴线和身份轴线进行了链接。

二、身份轴线：神灵—凡人—怪胎

超级能力影响了超级英雄对自我的身份定位和身份认同，这又体现了他们和社会之间的特殊关联，具有显著的符号功能。凡人和神灵是身份轴线的两个相对的方向，在蝙蝠侠的案例中，这种二元身份体现在与白天和夜间相对应的贵族富豪和城市守护神的双重身份；女性角色对于这两个身份的不同的情感态度，则进一步强化了身份轴线，迫使超级英雄在两个身份中进行选择与整合。作为超级英雄类型中的一个特殊的叙事桥段，异性的情感激励让蝙蝠侠纠结于是否透露自己的"真实"身份，他不断地试图通过承认自己的"真实身份"来获得自我同一性，解决这种情感二元结构给自己带来的折磨和困扰。"超人"和"蜘蛛侠"的系列电影中同样充满了由身份轴线支撑起来的十分类似的叙事段落和意义表达；在超人身上，这种凡人和超级英雄的身份轴线还体现在角色对自身的氪星人和地球人的认同情结中。

在刀锋战士这类案例中，身份轴线则通过超级能力本身所带来的缺陷而得到叙事呈现。刀锋战士的超能力给他的身份认同带来了结构性的矛盾，进而构成影片很重要的一个叙事母题。在自己主观意识层面，刀锋战士认同于人类，通过暴力手段阻止吸血鬼的滥杀无辜。但是，在潜意识和生理方面，刀锋战士又具有吸血鬼的特征，需要依靠药物控制自己嗜血的本性，而他一直念念不忘的母亲已经被转化为吸血鬼，对人类母亲的依恋和对吸血鬼的排斥构成了母子相遇场景的核心冲突，身份轴线也借此得到充分表达。

这种与超级能力相伴的缺陷特征、以及由这些特征带来的身份轴线上凡人与怪胎之间的对立，同样也存在于复仇者联盟系列的若干情节段落中，甚至通过对白的方式直接陈述。例如，神盾局的指挥官尼克·弗瑞向当局申请开启复仇者联盟，后者质疑"是否要把人类未来交给一群怪胎"；"黑寡妇"娜塔莎希望和绿巨人远走高飞，后者认为和自己在生理上就没有可能得到爱情，于是娜塔莎向他讲述了自己被绝育的经历，反问"你还觉得是团队里唯一的怪物吗"；美国队长在和奥创决战之前向同伴们号召：奥创认为我们是怪物，会威胁世界，我们不仅要打败他，而且要证明我们存在的价值。

可以说，超级英雄常常需要面对由超级能力带来的身份张力，游离于普通人、神灵和怪胎之间。这种剧情上的矛盾冲突与身份轴线的文化表意功能密不可分。身份轴线的二元结构来自于超级能力对于人性价值的挑战，而成长母题则主导了超级英雄的身份认同危机与解决的叙事段落。无论是来自于情感轴线的由女性角色提供的成长教育，还是来自于对抗超级坏蛋过程中对人类身份的重新认同，这些常见桥段构成的成长叙事都协助影片在主题陈述方面确立了人性价值和人类至上主义观念。

三、情感轴线：相爱与分离

超级英雄和其他角色之间的情感关系，尤其是和异性角色之间的爱情事务，是这个叙事类型的常规桥段。在大多数电影中，作为次要情节的爱情主要为主角提供兴趣爱好和欲望空间的展现，[①] 而超级英雄的情感轴线不仅具备了类似的戏剧功能，还在叙事和表意方面融合了身份轴线以及超级能力轴线，为角色处

---

① 姚睿. 作为次要情节 (B 故事) 的爱情关系 [J]. 当代电影, 2016(12): 35-39.

理超级能力带来的身份和社会问题提供了具体方式。

在20世纪80年代的超人系列中，情感轴线和超级能力轴线之间被处理为物理性的冲突关系。这尤其体现在1980年上映的《超人2》中。在这一集里，克拉克在报社的女同事终于发现了他的真实身份，两人相爱并来到了北极的水晶城堡。超人的父亲警告他，爱情会让他失去超级能力而变成凡人，无法服务人类；而超人则决定违背父亲的劝诫，追求自己的幸福。当然，随着情节的发展，变成凡人的超人在失败和沮丧中重新认可了父亲和超级能力的价值，并在影片的最后通过改变时间流速而抹去了女友的爱情记忆。1983年上映的《超人3》中的爱情事务同样给超级英雄带来负面效应，超人和高中女生之间的暧昧导致了社会责任方面的自暴自弃和反社会的行动，甚至还与反派性感女郎发生了一夜情并在她的教唆下帮助反派作恶。超级能力和男女恋情之间的"相克属性"在《全民超人汉考克》等21世纪超级英雄电影中得到了延续。

不过，20世纪80年代之后的大多数电影在处理爱情和超级能力之间关系的时候，不再通过情节和对白直接处理为对立关系。在提供任务奖励和美丽褒奖的同时，女性角色和爱情段落还见证了超级英雄的成长，尤其是在"正确"地处理超级能力带来的多重身份方面的成长。在1989年和2005年的《蝙蝠侠》与《蝙蝠侠：侠影之谜》中，提姆·波顿和克里斯托弗·诺兰都使用了常见的身份秘密桥段，女性在被蝙蝠侠营救的同时，也在主动地发掘超级英雄的真实身份，在情感上也游移于双重身份之间。因此，由女性角色主导的爱情段落也都将蝙蝠侠的情感与他对自身的身份和责任的认知关联起来。伴随着对异性情感的探索，蝙蝠侠还借此抚平了童年创伤和失去母亲带来的心理阴影。

爱情事务与成长母题之间的结合同样体现在美国队长的叙事中。在第一部《美国队长》中负责超级战士项目的凯特特工，以及《美国队长2：冬日战士》中的战友"黑寡妇"，起到了诱发和见证主角的情感成熟的剧情功能。尤其是在后一部电影中，"黑寡妇"在一些细节方面不断地撩拨美国队长的情感，鼓励他和女孩约会，甚至在逃避追捕的途中假扮恋人主动和他接吻。从中我们不难发现《毕业生》等青春片中熟悉的配方，控制性的成熟女性和青年男子之间的恋情以及前者对于后者在性和情感上的启蒙。而对于超级英雄来说，情感上的启蒙和个体心理的成长，都意味着对人性和人类情感的更多体验，在身份轴线上与凡人或人类的指代相重叠。

因此，超级英雄电影的爱情轴线并非仅仅是戏剧功能范畴内的支线情节，在表意上也并不仅仅是饱受女性主义研究者批评的性别奖赏和性别奇观。不论是爱情和超级能力之间的对立关系，还是恋人与身份秘密的泄露，或是爱情对于心理成熟的积极效应，都和这一电影类型的价值陈述发生着紧密的关联，并由此赋予了爱情段落表意符号的价值。

第二节 超级英雄电影的符号功能和价值陈述

以上论述已经揭示出，超级英雄的能力、身份和情感轴线及其对应的一系列情节桥段并非独立存在，而是在剧情发展中相互交错和支撑。例如，超级能力的获得也意味着二元身份的建立，而爱情对于二元身份又进一步展开挑战。这些互动不仅支撑了三条人物轴线的叙事功能，提升了影片的戏剧性强度，还暗示了超级英雄和人类社会之间的复杂关系，从而完成了这一类型对社会价值的陈述和对意识形态矛盾的解决。

一、英雄之旅：超级英雄与人类社会的紧张关系

在社会场域中，超级英雄对人类来说首先是神灵和佑护者。当代文化研究学者特别指出，当代美国的英雄叙事建立在基督教和犹太教共同的"拯救戏剧"之上，在清教徒对抗土著的历史叙事和文化想象中，他们心灵中往往依赖一个外来王者，将周围的罪恶清除。[①]这在20世纪70年代末期到80年代末期的"超人"系列中体现得最为明显，超人的父亲在留给儿子的信息中，反复明示了超人对于地球和人类的拯救者身份，而且这种身份在绝大多数时候是被人类社会接纳和认可的。这一时期几乎每一部超人系列片的开头，都以一个精彩的拯救段落开始；而其中可能存在的与"保护者"身份不符的内容，

---

① John Shelton Lawrence. Fascist Redemption or Democratic Hope?[A]//Matthew Kappell and William Doty. *Jacking in to the Matrix Franchise: Cultural Reception and Interpretation*[C]. New York and London: Continuum, 2004: 80-96.

如第三部中的反社会行为，和第四部中与核能超人大战带来的城市破坏，都迅速地被纠正过来。

不过，这些偶然出现的相悖段落，在 21 世纪重新启动的超人故事中被放大成为主要问题。在《超人归来》中，关于"人类为什么不需要超人"的社论获得了普利策奖，超人自己也需要重新在前女友的心灵中确立适当的位置；而到了《蝙蝠侠大战超人：正义黎明》，人类社会开始尝试用法制规范超级英雄的行为，甚至作出了恩将仇报式的决定。整体来看，超级英雄和人类社会之间的紧张感，或者作为社会秩序的威胁者的超级英雄形象，在 20 世纪 90 年代之后逐渐成为这类电影的固定内容。不仅波顿和诺兰创作的两个蝙蝠侠系列电影都在渲染和处理这个问题，就连最近的《美国队长 3：内战》中，超级英雄联盟之间的分裂也由此而生。

超级英雄和人类社会之间的上述紧张关系在神话叙事的英雄之旅中能够找到一部分相似之处，尤其是神话故事开头的离开和故事结束的回归。在普洛普率先提出的类似传奇故事的情节模式中，个体的离开和历险的开始是为了让被破坏的现实状态重获平衡；[①]《千面英雄》的作者坎贝尔（Joseph Campbell）则进一步将个体与社区之间的这种二元关系追溯到传统的启蒙仪式，人们在这种仪式中先是离开自己的社区，在经历了若干过程之后，再以一个成年人的身份回归。[②]

从这个角度上看，超级英雄的社会探险主要受身份轴线的主导，上述的离开与回归的情节段落对应了英雄个体自我认同的二元对立，他们希望融入社会、却常常陷入无法融入的困境；而随着二元对立的最终解决，超级英雄自身也在情感轴线的帮助下完成了成长母题的表述。例如，在《复仇者联盟 1》的开始，美国队长躲在拳击馆练沙袋，完全不理睬来访的"独眼龙"劝说自己出去看看世界的建议；而《蝙蝠侠：侠影之谜》的开场也为我们呈现了一个自我放逐到牢房里去铲除恶人的韦恩少爷。这两个场景都呈现出主角的反社会性格和疏离于主流社会的位置。而恋人和爱情段落正是在这种结构性的断裂中发挥了润滑剂的作用，我们只要看看蝙蝠侠的公诉人女友或是超人的记者女友的社会角色

---

① V. Propp, Laurence Scott, Svatava Pirkova-Jakobso. *Morphology of the Folktale*[M]. Austin：University of Texas Press，1968：26-28.
② Joseph Campbell. *The Hero with a Thousand Faces*[M]. Princeton：Princeton University Press，2008：28.

和情感角色之间的关系，就能够理解这些女性角色和爱情故事是如何将超级英雄重新拉回社会怀抱的。

二、不受控制的绝对权力：超级能力的现实指涉

不过，英雄之旅中的离开与回归，以及超级英雄与社会之间的融合与排斥二元对立，还无法完全容纳这类电影在叙事和意义表达上的复杂性。要对社会场域的意义指涉的价值陈述进行完整探究，还有两类至关重要的角色需要纳入符号和结构分析：其一是超级坏蛋，其二是社会机构。我们可以发现，超级英雄同这两类角色之间的戏剧性冲突，在意义表达上建立起正义与邪恶的这条政治伦理价值轴线，它不仅重述了当代世界关于正义和邪恶的政治定义和价值取向，而且也指明了超级能力的现实指涉。

超级坏蛋常常是来自于社会之外的独裁者或毁灭者，如《美国队长》中的反派来自于纳粹一方，到了《复仇者联盟》时反派则来自于外太空；另一类超级坏蛋来自于社会内部，往往还具有较高的社会地位，试图进一步地拓展自己的财富和权力，《超人》中的反派路德被塑造为一个地产商人，"蝙蝠侠"系列中的反派则包括了商业巨头、工业界领袖和政府中的检察官。超级坏蛋是超级英雄的直接对手和人类社会的直接威胁者，并且为了达成自己的邪恶目标，他们往往觊觎超级英雄的超能力，他们和超级英雄之间围绕超级能力的争夺是大多数这类电影的主导情节，也是能力轴线的剧情承载。

社会机构是人类社会尤其是社会体制的代言人，但与人类社会之间的关系常常更为复杂。很多超级英雄电影中的社会机构，如警察局、国防部甚至国际组织，都被深谙体制漏洞的腐败分子和野心家控制，并和超级坏蛋一样，觊觎和试图控制超级能力。也许这些机构的本意并非作恶，但它们往往由于官僚思维、掌控欲望等原因，在大多数时间扮演了超级英雄敌人的角色。一个典型的情节段落是《美国队长2》中"九头蛇"针对神盾局而执行的"回形针"计划，成功地利用社会机构的弱点和大众的恐惧，也几乎成功地奴役人类社会。

超级英雄电影所反映出对官方机构和官僚制度深刻的不信任的焦虑，也存在于警匪片这一电影类型中。大部分时间里，以警察局和监察机构为代表的社会机制一直是孤胆英雄的绊脚石。但除了卧底这种双重身份的角色类型之外，

这些不可信任的机构本身主要承担的是强化戏剧冲突、延宕悬念的叙事功能。超级英雄电影中的社会机构承载了更为重要的剧情功能和文化意义，它与超级英雄和超级坏蛋之间依托剧情产生了复杂的互动关系。在"复仇者联盟"系列中，作为社会机构的神盾局背着超级英雄制订秘密计划，包括直升机航母上对付绿巨人的牢笼，以及利用魔方制造高级武器。社会机构的这些秘密计划往往带有两面性，一方面，秘密的出现代表了人类社会和超级英雄之间信任感和盟友关系的破裂；另一方面，这些秘密计划还代表着普通人对超级能力展开有效控制和合理利用的欲望。例如，对于魔方秘密的使用，社会机构最初的和理性的目的是抵抗未来可能发生的外星人入侵。但是，社会机构对超级能力的控制和利用往往以失控告终，神盾局开发出来的系统最终被用来监控和威胁人类自由，超级坏蛋也在神盾局这个机构中借尸还魂。

对于超级坏蛋和社会机构这两类角色来说，超级能力都是他们控制人类社会的主要手段。超级坏蛋借助超级能力展开的社会控制是外在的社会威胁，而社会机构借助超级能力展开的社会控制则被展示为内在的社会威胁。而当我们在正义与邪恶这条政治伦理轴线上考察超级英雄和他的敌人们围绕超级能力展开的戏剧性冲突时，超级能力的社会指涉也浮现出来：它实际上对应了现实社会中不受控制的绝对权力。不论是暴君、恶棍还是官僚机构，都试图获取完全控制人类社会的绝对权力，这对于大众来说无疑意味着巨大的威胁。

超级英雄电影在21世纪焕发出巨大的跨文化影响力，正是在后"9·11"的全球反恐优先政策和飞速发展的网络技术的语境下，社会大众对不受控制的绝对权力的集体焦虑在电影领域的投射和表达。并且，超级英雄电影中越来越多的科技和科幻元素呼应了观众在真实生活中对网络技术的担忧，超级能力所指代的绝对权力在当代飞速发展的信息技术的协助下似乎正在变成现实。《黑客帝国》等电影正是直接借助网络技术讲述了一个关于疏离于体制的超级英雄的拯救叙事。[1] 这也是与DC宇宙相比，漫威宇宙的系列电影近年来更加成功的一个原因：DC宇宙中的超级英雄主要解决的是资本主义城市社区中的财阀和犯罪问题，在这种语境下，绝对权力来自于商业精英、犯罪团伙和政府机构的合谋；

---

[1] John Shelton Lawrence. Fascist Redemption or Democratic Hope?[A]//Matthew Kappell and William Doty. *Jacking in to the Matrix Franchise*：*Cultural Reception and Interpretation*[C]. New York and London：Continuum，2004：80-96.

而漫威宇宙则面向全球的和跨国的挑战，并且也更加科技导向，更能体现 21 世纪的国际格局和时代精神。在超级能力所指代的绝对权力已经成为社会现实焦虑的前提下，如何处理这种威胁，就成为超级英雄电影这一大众文化的核心任务，这也是本章要解答的最后一个问题。

三、超级能力的无害化：用个体伦理消解政治焦虑

整体来看，超级英雄电影对于集体焦虑的释放和它所提供的价值观是保守甚至毫无新意的。通过一系列情节设置，这类电影试图说服观众，只要将绝对权力置于个体道德水平高上的英雄手中，或者超级英雄仍然相信人性的美好，这个世界就仍然充满希望。然而，超级英雄电影的类型特征，尤其是围绕核心角色的三条人物轴线，在这种意识形态劝服术中仍然发挥了独特的作用，体现了类型的创造力和生命力。

为了解决超级能力指涉的社会焦虑，在电影剧情中，超级坏蛋和社会机构带来的内外双重威胁最终被超级英雄一并解决，但超级英雄本身同样值得怀疑。一些研究已经指出，超级英雄和超级坏蛋之间具有很强的相似性，甚至可以看作是一体两面。① 在《超人 4》中，反派控制的核能超人是从超人的头发中克隆而来；2007 年的《蜘蛛侠 3》中，帕克的阴暗面也借助黑色蜘蛛衣被释放了出来。超级英雄和社会机构之间同样也有复杂关联，超人、蝙蝠侠、钢铁侠等和社会机构都有长期的合作与互惠关系。但他们最终克服了自身与人类社会之间的紧张感，展示出和超级坏蛋或社会机构的差异，承担了人类社会的拯救者角色。因而，如何确保超级英雄在赢得正邪之战的胜利之后本身不构成新的威胁，就成为这类电影不得不面对的问题，身份轴线和情感轴线在剧情和表征两个层面提供了解决的方案。

首先，绝大多数超级英雄的起点身份都处于社会的边缘，他们的自我认同不仅是凡人，很多时候还是弱者和需要被帮助的人，甚至类似于当下中国电影中的"屌丝"形象。超人在高中期间屡被同学欺负、暗恋"舞蹈王后"不敢表白；美国队长在"变身"之前是个屡次参军被拒的弱小青年；蝙蝠侠从小失去

---

① 刘康. 超级英雄电影：由对立构筑起的当代神话 [J]. 当代电影，2013(10)：160-166.

双亲，常年流浪在外；等等。因而，超级能力对于这些具体的角色来说，不仅在观众的心理上是对弱者的合理补偿，超级能力也在他们身上被赋予了人性光芒和伦理价值。正如《美国队长》中负责超级战士项目的厄斯金博士所说，选择弱小的人，是因为了解力量的价值和懂得怜悯；他对美国队长的最后赠言是"记住你是谁，是一个好人"。

其次，超级英雄的身份轴线和情感轴线所主导的常见桥段组成了个体的成长叙事，而成长的最终目标是正视和承担对家人和社会的伦理责任，并将神灵和凡人的双重身份进行整合，在承担人类守护者身份的同时接受人性价值观。在不断迫近的危机压迫下，超级英雄不断地被迫作出一系列两难选择，接受了伦理和价值观的考验，政治妥协和功利性考虑最终让位于亲情、爱情、友情等基本的个体情感。一个典型的故事段落是，在《复仇者联盟2：奥创纪元》中，对于如何利用权杖的超级能力而产生分裂的超级英雄们因为内讧和更强大的敌人暂时跌落谷底，为他们重新提供力量的并非更强大的超级能力，而是这个团队中没有任何超级能力的"鹰眼"，以及他的怀孕的妻子和孩子们；在这样一个传统的美国农场院落里，美国队长和钢铁侠在劈柴和修理拖拉机的凡人生活中，直面和解决内部的分歧和内心的恐惧。在"蝙蝠侠"系列中，替代父亲角色的阿福也起到类似的功能，他不断地以死去父亲的视角来启发和规劝陷入困境的蝙蝠侠，并在这个系列的最后一场戏里见证了蝙蝠侠和猫女彻底变成凡人，过上了普通人的幸福生活。

因此，在表征和释放当代观众对绝对权力的集体焦虑的过程中，超级英雄的能力轴线为焦虑对象提供了电影能指，身份轴线和情感轴线通过个体身份认同和成长母题的方式，以家庭价值、个体情感等基本人性过滤了超级能力的威胁性，将其让渡给反派角色。同时，这三条轴线也在剧情方面充分互动、相互支撑，保障了类型电影的戏剧性水平和叙事节奏。

第三节 超级英雄电影的创作启示

虽然对于绝对权力的焦虑在中国当代的社会文化中还缺乏土壤，但凭借精良的制作水准和精彩的故事情节，超级英雄电影得到越来越多中国观众的认可。相比之下，国产的超级英雄电影仍然处于起步状态，不仅在工业化水平方面还需要一定的积累，在对类型规则的把握和对当代社会文化的表达上同样具有差距。当然，对于当代社会文化的呼应和表述并非要求角色和创意另起炉灶，对于传统文化特别是文艺作品中的人物和故事进行当代改造同样有效。可以说，近年来不少国产电影已经开始了这方面的尝试。例如，西游题材就被很多电影人反复重述；而在为数不多的成功案例中，反而是20世纪90年代的《大话西游》最为贴近由上述三条轴线确立的类型规则：土贼首领至尊宝变身盖世英雄孙悟空，不仅承载了能力轴线和身份轴线，他和紫霞仙子之间的爱情纠葛也很好地贯彻了情感轴线的剧情和指代功能。另一类和超级英雄电影相似的中国电影传统类型是武侠片，影片中的侠客同样具有超级能力、个体身份和两性情感等方面的人物轴线，不过，这类电影较少建立超级能力—绝对权力这样的能指—所指关系，缺乏和当下中国乃至全球社会文化之间的精神关联，在当代中国电影创作格局中也逐渐边缘化。

在英雄角色甚至是常规的主角塑造方面，超级英雄同样能够为国产电影创作提供有意义的启示。借用罗兰·巴尔特对于人物的小农社会和现代社会对比视角，当下中国电影的人物塑造急需完成从传统到现代的转变，人物的多层性、复杂性在电影叙事过程中应当发挥重要甚至核心的功能。在设定角色和情节的过程中，超级英雄的三条人物轴线为我们示范出人物的独特性和普遍情节矛盾之间的完美结合，及其对于电影故事的支撑。个体与社会的关系、个体的情感经历和情感成长，是大多数电影人物都具备的普遍性经历，而超级能力则是这类人物的特殊禀赋，进而为人物的普遍经历赋予了独特和极致的体验。三条轴线充分互动、形成了紧张复杂的电影故事。因而，能力、身份和情感这三条轴线不仅为超级英雄这一类型角色提供了社会文化上的表意功能，也为其他电影人物的塑造和情节的设定提供了一个参照模型，有助于国产电影的艺术水准提升。

第十章　反英雄：中国香港警匪片的系列化角色

作为华语电影重镇，中国香港的电影工作者具有创作系列化影片的传统。尤其是进入21世纪以来，中国香港电影为我们贡献了华语电影中最成功的一批系列片，如"叶问"系列，"春娇与志明"系列，"反贪风暴"系列，"寒战"系列等。中国香港导演林超贤北上后所创作的《湄公河行动》《红海行动》等，不仅开创了新主流大片类型，也同样具有系列化的创作特征。即使在遭受新冠疫情影响的2020年，"拆弹专家"系列的第二部仍然表现优异，甚至在口碑和票房上全面超过它的首部作品，体现出中国香港电影的品质与韧性。上述系列中，又以港产警匪片的系列化最为引人关注：这一极富地方特色的类型，既是中国香港对于全球电影的重要贡献，也成为华语文化圈中经久不衰的流行产品。尤其是最近这些年，虽然整体上中国香港电影正在经历艰难时刻，但港产动作/警匪片在故事框架、场面奇观、表演风格、视听节奏方面都相当成熟，远远超出中国内地同类电影的完成程度。每年总会有一批港产警匪片进入内地院线，是类型电影的重要票房保障，这其中就常有系列片出现。本章拟以"窃听风云"三部曲为例，探讨港产警匪片的类型化策略在21世纪的表现，探讨系列片与社会文化背景之间的丰富关联。

"窃听风云"系列的第一部于2009年暑期上映，片长100分钟，中国内地票房收入8660万元人民币，列2009年中国内地票房的第20位（华语片第11位），并在2010年第29届香港电影金像奖中获得了包括最佳影片、最佳导演、最佳编剧在内的6项提名。时隔两年后，《窃听风云2》于2011年夏季上映，片长117分钟，内地票房收入近2.2亿元，列2011年中国内地票房的第12

位（华语片第 5 位），并在 2012 年第 31 届香港电影金像奖中获得了包括最佳影片、最佳导演、最佳编剧等在内的 9 项提名，不过和上一部一样，并未斩获任何奖项。这一系列的最近一部于 2014 年 5 月底上映，片长 130 分钟，内地票房收入 3.48 亿元人民币。

作为 21 世纪以来华语电影中引人注目的系列类型片，"窃听风云"三部曲展示了全球范围内经济生活的信息化变革是如何嵌入电影的叙事、并协助完成主题表达和类型演进的。新型的窃听技术和网络黑客成为一条隐秘的通道，带领电影观众深入全球金融活动的后台和肌理，营造了独特的视觉奇观，并不同程度地为故事主角参与经济活动提供了基本平台。不过，本章并不打算从反映论的角度将电影与现实中的经济活动进行机械对照。如果说电影艺术的生命力来自于对现实生活和社会心理的持续呼应，那么电影的艺术本体特征则体现在独特的呼应方式上。新闻报道、纪录片和纪实文学直接展现社会真实，但对于故事片，尤其是类型电影而言，社会真实不主要体现在类型片的表层，如台词、人物动作、服饰；社会思潮的变化更多地通过类型片中形式元素和人物形象整体关系的改变来反映。[1]

因此，本章试图探讨"窃听风云"三部曲所采取的类型策略和系列化的演进过程，揭示这种创作策略是如何随着时间变化、不断地呼应当下社会心理中对国际金融事务及新技术全方位入侵个体生活而产生的危机感，并通过行动者在二元困境中的抉择，将现实中的社会问题在虚构世界中给出解决方案。在这一过程中，系列化的策略不断调整，并展现出与时代变迁之间的积极关联，从而赋予了系列片一定程度的当代性。

第一节 类型策略与港产警匪片

"窃听三部曲"的出现常常被描述为戏剧性的灵光一现：2007 年 10 月的一天，恒生指数冲破 32000 点，达到历史新高；新电影项目融资遇到困难之后，

---

[1] 郝建. 类型电影教程 [M]. 上海：复旦大学出版社，2011：31.

麦兆辉和庄文强在一家小咖啡厅听到邻桌人大谈股市。①庄文强感叹："要是能偷听到李嘉诚聊的内幕消息，这样岂不就发达了？电影就不缺投资了。"新电影就是在那个时候不约而同地闯进了两位搭档的脑海，两人以此构思了一个讲述金融罪案的故事。②

实际上，电影灵感的闪现，背后更多折射出的是影片编导对类型叙事的熟练运用。传统的警匪片将善/恶，秩序/失序作为核心的二元对立结构，而黑帮片则处理贪婪与伦理这对矛盾。当遭遇到经济和技术这两项看起来中立无害的事务时，两位成熟的电影创作者再一次从黑帮警匪片中寻找创作资源，处理经济与技术的新发展给社会价值观带来的种种威胁。从卧底到窃听，曾经成功推出"无间道"三部曲的两位电影作者再次采取他们熟悉的类型策略和系列化的手段，在金融危机的背景下，通过香港传统的电影类型回应集体焦虑。

如果把电影作为传播和表达的媒介，任何电影导演在创作的时候，都要通过如下两个向度的对话来实现与观众的交流：与现实对话和与以前所有艺术作品的对话。③不过，在大多数影片中，这两种对话并非同等重要。罗伯特·沃肖指出，只有在最终的意义上，类型才诉诸观众的现实经验；更为直接的是，它诉求与该类型本身的先前的经验；它创造了它自己的指涉领域（field of reference）。④类型电影的产生正出自于这两种对话的不同方式及其有限的组合，每一种电影类型都是一系列叙事和视听语言上的惯例或程式的集合体。这些惯例和程式组成了相对完整的指涉领域，提供了有效的创意资源，帮助电影艺术家们将社会场域中的现实问题移植到影像叙事场域中，通过角色的态度和行动来解决真实世界中的结构性冲突。最终，类型电影发展出大众文化领域的神话功能，将复杂的社会问题转化为稳定的隐喻和表征系统，完成了仪式形态的控制功能，体现出保守主义价值观。

按照电影史家的观点，每一种电影类型的产生，都针对特定时期的社会问题及其背后的二元价值结构。电影类型可以被视为一种社会问题—解决的操

---

① 少言. 香江最佳拍档：专访《窃听风云》导演麦兆辉、庄文强 [J]. 电影世界，2009(7)：33-35.
② 许志晖，李娜. 看麦庄双雄如何打造《无间道》和《窃听风云》系列 [J]. 电影，2011(12)：67-74.
③ 郝建. 类型电影教程 [M]. 上海：复旦大学出版社，2011：4.
④ Robert Warshow. *The Immediate Experience*：*Movies*，*Comics*，*Theatre & Other Aspects of Popular Culture*[M]. Cambridge：Harvard University Press，1962：130.

作：它们再三地面对特定文化社区中的意识形态冲突（反向的价值系统）①，以大众熟知的表意体系反映社会变革，参与社会评判和改革②。作为一种题材，展现同时代犯罪的电影在 20 世纪初的早期电影银幕上即已出现，这包括了拍摄于 1900 年的《犯罪生涯》（*A Career in Crime*）、1904 年的《大胆的银行劫案》（*The Bold Bank Robbery*）、1905 年的《福尔摩斯的冒险》（*The Adventures of Sherlock Holmes*）以及 1909 年的《孤独的维拉》（*The Lonely Villa*）等早期电影短片。③ 在这一题材不断发展的基础上，诞生了侦探片、强盗片、悬疑惊悚片等电影类型。警匪片的兴起较晚，与强盗片共享了大多数叙事程式和视听语言风格，因而有不少论者将警匪片视作强盗片的变种或者亚类型。与强盗片着力于将盗匪塑造为充满魅力但最终走向毁灭的浪漫英雄不同，警匪片更多通过塑造正面的警察形象来鼓励对维护社会秩序的认同。警匪片这一类型的程式除了枪战、谋杀等场面之外，还往往营造出警察角色在秩序和体制边界两端的暧昧处境和双重压力，通过人物的行动建构出伦理道德的冲突和再平衡的过程。

　　警匪片这一类型具有广泛的文化适应能力，除了美国之外，世界上大多数电影生产大国，如法国、意大利、英国等，都曾制作大量警匪片。香港地区的电影工作者们将警匪类型与武打动作进行创造性结合，并将长期以来围绕中国香港社会的身份认同问题植入其中，发展出了独特的黑帮警匪片。近年来，随着喜剧电影的衰落，黑帮警匪片几乎是唯一支撑着香港电影风貌的电影类型，④ 并发展出一种比较独特的美学，成为"后九七"中国香港电影的一种时代风格；同时，这种风格的过度互相复制又令相关类型陷入沼泽，逐渐朝向滥觞和陈腐。⑤ 在"窃听风云"三部曲中，男性群体之间的关系与危机，以及女性角色的破坏性力量，均可以看作"麦庄"组合对 1997 年后港产黑帮警匪片独特程式的熟练运用。另外，进入 21 世纪以来，全球范围内的年轻观众也不再满足于靠火爆画面撑场的简单故事情节，而更享受在复杂叙事当中剥丝抽茧、主动进行"解码"的游戏追逐式的快感。因此，依靠明星效应和画面刺激的动作片也渐渐

---

① ［美］托马斯·沙茨. 好莱坞类型电影 [M]. 上海：上海人民出版社，2009：31.
② 郝建. 类型电影教程 [M]. 上海：复旦大学出版社，2011：11.
③ Steve Neale. *Genre and Hollywood*[M]. London and New York：Routledge，2000：71.
④ 彭丽君. 黄昏未晚：后九七香港电影 [M]. 香港：中文大学出版社，2010：101.
⑤ 彭丽君. 黄昏未晚：后九七香港电影 [M]. 香港：中文大学出版社，2010：67.

转变创作思路，越来越追求新奇巧妙的形式和编织精密的叙事结构。① 这也同样为港产警匪片的叙事提供了参照和动力。

由于已经形成较为稳定的程式和市场，制作力量成熟、风险较小，类型电影是初入电影行业的青年导演的首选，他们也在继承规则的同时进行各种风格和叙事实验，从而推动类型电影整体上更新换代。麦兆辉和庄文强职业生涯的起始阶段恰可追溯到 20 世纪 70 年代末期至整个 80 年代中国香港电影新浪潮运动的尾声，而他们的主要从业时期又逢香港影业整体上由盛转衰。类型电影，特别是黑帮警匪片，成为他们实现作者意图的创作策略。当李安和张艺谋等享有国际盛誉的华语片导演把自己的努力投入在重新想象一个多元化的华人社区的时候，麦兆辉等人则选择在既有的犯罪类型中继续工作，并将黑帮和黑社会电影与警察故事进行结合。②"无间道"三部曲是这种类型策略的集大成之作，具有悠久传统的卧底设定，融合了 90 年代中国香港独特的文化气氛，让这个系列在市场和艺术上同时达到很高的成就。

对于一个在发展得很完善的类型中工作的导演，有见识的评论家必须区分出一部影片的表现品质是来自于导演，还是类型。③"惯例"或"程式"是类型研究的关键词，这包括了电影中的人物、行动、态度以及场景等各个方面。因此，分析类型电影，离不开对于叙事程式和视听语言惯例的讨论。本章的目的是探讨麦庄组合如何将现实生活中的故事素材和大众心理焦虑纳入类型程式中，并发展和改写类型、形成系列，这同样也需要对上述的这些惯例及其变化进行识别。因此，下文将分别探讨人物及其行动、惯例性的场景，以及展示这个系列电影独特态度的时间/历史阐释。

第二节　反英雄：归来、复仇与自我毁灭

主人公提供了观众能够面对的类型冲突的戏剧性媒介④，观众因为心理机制

---

① 刘文宁. 告别辉煌年代——新世纪以来的美国警匪片创作风格 [J]. 当代电影，2012(3)：119-122.
② Gina Marchetti. *Andrew Lau and Alan Mak's Infernal Affairs — The Trilogy*[M]. Hong Kong：Hong Kong University Press，2007：7.
③ [美]托马斯·沙茨. 好莱坞类型电影 [M]. 上海：上海人民出版社，2009：14.
④ 郝建. 类型电影教程 [M]. 上海：复旦大学出版社，2011：31.

和文化结构而无法直面、不必直面或不想直面的现实问题,以及由此产生的内心焦虑,都可以通过电影中的主人公,以隐喻的方式得到暂时解决。与过去的西部片英雄一样,经典警匪片中主人公的一举一动都像是传统价值观的捍卫者,要使脆弱的社会免遭各种势力的破坏。① 然而,在"窃听风云"三部曲的电影世界中,主人公们需要面对全球范围内剧烈变动的金融新秩序,他们发现,很多行为在传统的价值观念上已经很难界定:打劫银行要终身监禁,但那些银行家都拿很多的薪水分红;以前一票大劫案,最多是一个亿,现在银行打劫市民,一打就是二十亿。② 在这种崭新的电影世界中,人物设定及其行动的选择发生了诸多变化,从而在某些关键方面改写了警匪片的人物程式,而这种改写的集中体现是"反英雄"成为影片的核心角色设定。

反英雄是当代社会危机和文化危机的产物,所体现的正是一个缺乏信仰的时代所特有的文化病症,表现出一种具有典型意义的文化困境。③ 彭丽君指出,20世纪90年代后期杜琪峰、韦家辉的相关电影作品围绕着出乎意料、无法操控的命运困境,电影中的男性世界充满焦躁和怀疑,恐惧与不安,对女性没有驾驭的能力,同性间建立的关系也是复杂与矛盾的,从而建立了之前中国香港商业电影中较少见到的一个充满自省及危机的男人世界。④

在"窃听风云"三部曲中,反英雄的角色设定被很好地继承了下来。在得到那个关键性的股市信息之前,《窃听风云》的第一幕向观众介绍了一个与类型传统迥异的警察群体,这些角色多少都体现出与传统英雄警探的设定相反的人物特征。刘青云饰演的梁俊义是一个事业上的失败者,同时在感情上拖泥带水,与上司的现任妻子同居;古天乐饰演的杨真受家庭经济窘迫的困扰,正值壮年却华发早生;吴彦祖饰演的林一祥年轻有为,但即将迎娶豪门之女的他却因为警察收入有限被未来的岳父质疑人生价值。窃听三人组周围的其他次要警察角色也同样身陷情感困局,方中信饰演梁俊义的前同事和现任上司,与妻子长期分居;重案组的男女同事则与他们的上司之间形成了混乱的三角恋关系。

---

① J.A.布朗.弹雨、哥们儿和坏蛋——论"警匪片"类型[J].世界电影,1995(2):92-111.
② 少言.香江最佳拍档:专访《窃听风云》导演麦兆辉、庄文强[J].电影世界,2009(7):33-35.
③ 楼成宏.论反英雄[J].外国文学研究,1992(2):26-31.
④ 彭丽君.黄昏未晚:后九七香港电影[M].香港:中文大学出版社,2010:74.

这部电影的转折点发生在影片第 32 分钟，几分钟前还对金融犯罪满腔怒火的杨真在听到一段涉及内部交易的信息后请求林一祥将其删去。随后，杨真拿出家中所有存款，林一祥则大量举债，两人把自己的所有身家都押在这支即将上涨的股票上。梁俊义觉察到他们的异常举动，但出于人情和义气默许了两个手下的违法操作。然而，由于林一祥拒绝见好就收，大涨的股票停牌，二人的资金被死死套牢，故事鸿沟在这个地方彻底拉开。随后，三人面临着来自警局调查和操盘的黑帮势力的双重挑战，他们内心贪婪与道德之间的交战也愈加激烈，人性开始下陷。

梁俊义是这部影片中最重要的角色，他的行动选择让他成为警匪片类型中传统价值观边界的守护人。他不仅没有加入两个下属的违法获利，并且当杨真和林一祥对黑帮杀手杀人灭口不管不问的时候，梁俊义在天台上告诫他们事关人命，不断提醒三人的警察身份。正是梁俊义遵循内心良知的这个行动选择，导致他在营救受害者时不慎摘下口罩暴露了面容，并险些因此丢掉性命。在黑帮势力针对窃听三人组的最终屠杀中，梁俊义目睹了两个下属一死一伤。三人之中贪念最重的林一祥当场死亡，杨真的妻儿也均死去，自己在病床上奄奄一息。梁俊义依靠与黑帮杀手的交易保全性命，并回归警队，使用窃听技术获得黑帮头目的犯罪证据，将其逮捕。

类型电影的结局通常会向观众保证，在极端困境下，故事中主要人物遵循传统价值观念的行动仍然能够成功解决社会危机。遵循大团圆的最佳传统，警匪片力图解决所有的冲突：男主人公拯救了自己的家庭，同时认识到自己离不开他们，而且家人们也认识到他工作的价值。[①] 然而，"窃听风云"系列的结局似乎在警告观众，依靠现有社会秩序对经济犯罪的惩罚是不充分的，影片选择让观众在不完美的现实中警醒，而非沉醉于大团圆的虚假满足中。在这个系列的第一部中，最终让黑帮大佬受到应有制裁的并非廉政公署或重案组这样的社会秩序守护机构；这位黑帮头目在车里最后打给律师一通电话暗示，按照现行法律和证据，几年牢狱之后，香港将"仍然是他的天下"。最终，肢体不全的杨真将车子开进大海，选择与杀死妻儿的仇敌同归于尽，实现了善恶有报的传

---

① J.A. 布朗. 弹雨、哥们儿和坏蛋——论"警匪片"类型 [J]. 世界电影, 1995(2)：92-111.

统价值观，同时也洗刷了自己的罪恶。核心角色梁俊义无助地坐在轿车后排，看着罪犯和同事坠入大海，三人在天台上的美好回忆，成了他无法改变现实之余仅有的慰藉。这种无能为力的感觉与同年上映的美国电影《跨国银行》(*The International*)中的情绪如出一辙。警探克里夫·欧文在追查一桩跨国银行的经济犯罪过程中一次次扑空，显示着在经济全球化的背景下，国际上各种政治经济力量交织的巨大而复杂的利益关系网，让一个传统执法者丧失了辨识能力。[①] 在"窃听风云"三部曲中，以股票市场为代表的超越地域的全球经济利益网络形成了社会秩序的空白，梁俊义在影片结局中的无法作为，似乎暗示出，代表执法力量的警察和他们背后的社会规制对这样一个空白区域同样显得无能为力和深陷其中，只能任由贪婪毁灭自己的至亲好友。

如果将系列第一部《窃听风云》视为传统的善恶有报道德训诫在当代经济全球化和新技术语境下的翻版的话，那么这个系列的第二部则展示出对全球资本主义制度下经济对日常生活的无孔不入的反思和抵抗。作为反思对象，当代经济秩序由地主会这一故事实体所代表：极少数的经济精英利用对规则的熟悉迅速聚敛财富，并进而通过金融市场控制整个经济体系，为未曾谋面的社会大众带来生活上的动荡和起伏。地主会最初成立于全球化的经济事务对传统政治文化边界冲击时。在故事的前传里，他们从美国人的手中拯救了中国香港本土企业，以捍卫传统边界的姿态取得了道德和经济上的成功。然而，传统边界的捍卫者随后更快地适应和利用了无边界的全球化经济制度，通过对司马念祖父亲的清洗，让唯利是图代替了传统道德，成为组织的行为原则。

与第一部相比，在《窃听风云2》中，发展得更加完善的窃听技术与全球经济秩序对个体生活的侵袭形成了同构的关系：无形的规则和技术对个体生活产生了实质性的影响。古天乐、刘青云和吴彦祖饰演的三个主要角色均深深地被全球经济秩序裹挟，并发展出不同的态度和行为方式。古天乐饰演的警探何智强是现代社会制度的严格遵守者和捍卫者，甚至不惜将自己的老婆送入监狱。不过，现有的社会秩序对经济制度中的罪恶成分并未真正地产生作用，在对抗地主会／经济罪恶的故事进程中，警探何智强基本上是袖手旁观的局外人。表

---

① 刘文宁. 告别辉煌年代——新世纪以来的美国警匪片创作风格 [J]. 当代电影, 2012(3): 119-122.

面上看，经济犯罪并不属于他的业务范畴，他感兴趣的是子虚乌有的恐怖袭击；但是从电影角色这一媒介传递出的，同样还是深层次的对社会制度的不信任，和对社会自身调节能力的悲观。

  按照警匪片的类型程式，具有警察身份的何智强应当是影片的主要角色。在影片的结尾，他亲手将地主会"捉拿归案"，维护了社会正义，同时成功地挽回了和妻子之间的感情，弘扬了正向的家庭观念，这些都与警匪类型程式和大团圆结局丝丝相扣。不过，只要稍微仔细地考察剧作，就能发现吴彦祖饰演的司马念祖才是这个大团圆结局的一手缔造者。他在影片中被塑造成一个传统的道德英雄，身体和道德层面散发出原始的魅力，为父报仇和维护正义是他的核心动机，社会体制外的特种兵技能和先进的窃听技术是达成目标的行为方式。更重要的是，司马念祖这个角色完成了影片在意识形态上的核心任务：解决因金钱和贪婪带来的社会失序。司马念祖这一角色是类型进化过程的典型代表，他身兼警察和匪帮的双重特点，通过主动的自我毁灭（被同叔枪杀是他宏伟计划的一部分，并且以身体作为窃听装置的母体，用尸体保存犯罪证据）让危机中的社会秩序重新回到正常的轨道，他自身也在影片尾声的回忆情境中获得永生。

  因此，这部影片虽然充满了对当代跨国经济体系和社会制度的反思，但从叙事困境的解决方式上来看，这种反思的结果仍是对传统的回归，试图运用传统的道德原则和孤胆英雄的行为来解决当代经济和技术剧变所带来的社会问题。这种略显幼稚的态度符合戴锦华提出的"象征性抚慰"的方式：如果我们尚不能成功地在一部影片中彻底解除那一特定的现实焦虑，那么我们至少能在影片的叙事过程中将它移植到一个相对安全的角落，让我们在观片的 90～120 分钟之间，得到一份象征性的抚慰。①《窃听风云 2》的结局相比第一部无疑更接近团圆，司马念祖所代表的体制外的威胁性力量，连同直接危及社会秩序的地主会，均被消灭；警察取得了事业和家庭的双重成功，金融制度的代言人罗敏生一时失足之后获得了改过自新的机会：所有无法解决的真实困境都通过类型叙事中的角色行动得到想象性的消解。

  对传统道德资源的重新确认，以及主要角色通过法外方式解决社会问题并

---

① 戴锦华. 镜与世俗神话：影片精读十八例 [M]. 北京：中国广播电视出版社，1995：135.

最终自我毁灭的人物行动程式，在这个系列的第三部中体现得更为明显，再次证明了这个系列片对电影类型的改写方向。《窃听风云3》向观众展示了围绕着拆迁和房地产业不同力量之间的尔虞我诈和明争暗斗。由于影片在题材方面的大胆开掘，以及通过电影进行社会反思的野心，编导已经不满足于使用社会秩序为导向的简单二元结构来包容如此复杂的叙事。结果是，这部电影从类型程式上比起前两部在很多方面都发生了重要的变化，更加不像一部传统的黑帮警匪类型片。例如，与第一部中堕落的警察和第二部中无力的警察不同，《窃听风云3》整部影片中几乎没有代表社会秩序维护者的警察群体，这也一定程度上改写了这个系列的类型走向，体现了电影作者对类型元素的创造性使用而非简单遵从。影片中的犯罪形式和围绕秩序展开对峙的人物设定，都脱离了传统的黑帮警匪片程式：枪林弹雨无影无踪，动作戏也少之又少；善恶之间的二元对立被更加复杂的人物关系和动机所替代。在经济利益的诱惑下，父女可以反目成仇，兄弟可以自相残杀，宗族分崩离析。

古天乐饰演的罗永就是这部影片的核心角色，窃听行为的主体，同时也是在陆国公司上市和新界收地事件中唯一一个与经济利益无关的人物。这个角色的主要动机一部分来自具有强烈破坏性的女性角色陆永瑜，虽然时过境迁，但她对罗永就仍然具有情感上的影响力；动机的另一部分则来自于罗永就出狱后希望为自己五年前的付出讨回公道。这样来看，虽然并不具有外在的警察身份，但罗永就角色动机中讨回公道的正义成分、他在陆氏四兄弟群体中的卧底功能，以及他对官商勾结的揭发，都让这个人物具备经典警匪片中警察角色的英雄设定惯例。另外，他对旧情的难忘，对亲手杀死陆永远的愧疚，乃至身体上的残疾，都让这个角色的生活充满了混乱和无奈。这些都继承了古天乐在上两部影片中饰演的警察形象设定，让罗永就这个角色同样具备了反英雄的人物特征。

在三部曲的最后一部中，伴随着警察身份角色的消失，社会秩序在一开始就处于混乱之中，构成叙事程式的二元结构随之发生变化，不同商业逻辑之间的博弈一度取代了对社会秩序失控的焦虑。影片第20分钟，罗永就在出狱之后和陆氏四兄弟重聚，五人借醉唱一曲《风云》、祭奠逝去的青春之后，窃听大戏正式开演。围绕着对新界地区丁权和土地的争夺，一方面是陆永瑜执掌的陆国集团希望借助来自中环的金融力量完成上市,以此打破"传男不传女"的传统习俗、完成宗族制度的现代化转型;另一方面则是陆氏四兄弟勾结官员,希望以自己的上市公司取代陆国集团在新界的地产开发业务,谋求更大利益。不论哪一方得利,最终受害者都是以月华为代表的普通村民。罗永就身处陆氏四兄弟和陆永瑜之间"黑吃黑"一般的二元对立关系中,与传统警匪片正邪对立不同,《窃听风云3》的对立双方都被赋予了负向价值,这暗示了罗永就最终选择以自我毁灭的方式完成主要角色的叙事功能,换回代表传统价值观的普通村民的胜利。在影片的末尾,罗永就和陆永瑜相拥葬身火海,陆氏四兄弟或者死去或者被抓,村民的土地暂时得到保护,窃听黑客阿祖一身农夫打扮,在月华的指导下学习耕种:一切仿佛回到了记忆中前现代农业文明的美好生活中。当然,正义并非来自村民的争取,而是贪婪和罪恶的自我毁灭,这再次展现出类型电影的局限性:它仅能提供有限的慰藉和神话,而非切实的社会问题解决方案。

从上述分析可以看出,"窃听风云"三部曲对传统警匪片的人物设定惯例和行动选择程式进行了显著的改写,进而实现了类型的更新,也让系列片的单片之间既有熟悉的框架与类型、又有新的要素和表达。对于警匪片的类型更新,主要体现在反英雄的角色设定,以及通过自我毁灭对大团圆结局进行部分解构上。"反英雄"(anti-hero)这一角色类型最早在文学研究的领域被识别出来,并广泛地存在于诗歌、小说、戏剧和电影等文化形态中。作者通过这类人物的命运变化对传统价值观念进行"证伪",标志着个人主义思想的张扬、传统道德价值体系的衰微和人们对理想信念的质疑。[①]

在"窃听风云"的电影世界中,传统道德价值体系在全球金融危机和技术革新的语境下愈加模糊,这也是当今社会文化整体焦虑的基本来源,并且导致了社会文化中悲观道德论的出现。这种悲观道德论以60年代个人主义文化和80年代保守资本主义的崛起为背景,认为道德沦丧是文化变迁和社会离散的后果;而文化悲观主义者进一步认为,文化的功能就是针对欲望和紧张感创造道德秩序。[②] 在这样的悲观主义色彩下,三部曲中的主要角色,不论是警察,还

[①] 王岚. 反英雄[J]. 外国文学, 2005(4): 46-51.
[②] Nicholas Hookway: Emotions, Body and Self: Critiquing Moral Decline Sociology[J]. Sociology, Article Information 2013(47): 841-857.

是身份模糊的归来者，都因生理和情感方面的残缺，以及在社会秩序边界徘徊的行为，成为反英雄的人物类型。传统的大团圆结局已经无法适应被悲观的道德论和反英雄改写后的黑帮警匪片的类型，于是由第一部结尾开创出来的"归来者通过自我毁灭完成复仇和自我救赎，同时维护了社会秩序"作为一种程式，让影片的主要人物与代表负面价值的角色同归于尽，通过自我毁灭这样的悲剧行为让社会秩序重新恢复，就顺理成章地成为消解文化困境和整体焦虑的较为可信的叙事惯例，并在三部曲中成为人物行动的核心选择，从而完成了电影类型的更新。

当然，电影主人公这一系列选择，需要根植于具体的时空语境中。虽然警匪片并不存在一个显著的"想象世界"，但它所特地选择和营造出的时空语境也发挥着重要功能：它不仅仅为人物的行动提供了基本的物理环境，其本身也充满了隐喻和象征，与人物一同促成了类型的演进。因此，第三节将分析系列片在空间和时间上的特征、隐喻和价值取向，探讨作为整体的类型要素是如何在演进中各司其职，又相互配合、共同作用的。

第三节　空间隐喻：城市暗角和作为故土的乡村

类型片在叙事上可以看作是特定角色在规定性的情境中一连串可预期的行动。规定性的情境不仅仅是角色行动发生的背景和物理场所，还包括了作为能指的物理场所与类型片中的各类冲突和背后主题之间历史性的联系。特定的物理空间成为类型片视觉惯例，是图像志意义上的积累过程，在这一过程中，能动的主体，也就是电影人物，通过文化实践为物理空间赋义，物理空间反过来又对能动主体进行角色和行动的限定。例如，执法人员和匪帮的枪战，将美国西部小镇塑造成文明与野蛮的冲突之所；而西部小镇这样一个限定性的背景，也规定了出现在其中的执法人员的主要行动是维护文明秩序在这个环境中的建立和持续。在人物与情境的共同作用之下，西部片这一类型得到了确立和复制。城市场景为犯罪题材影片提供了规定性的物理情境，亚洲经济中心香港在"窃听风云"系列的第一部和第二部中中规中矩地发挥着城市对于犯罪类型的功能，而在第三部中,这种规定性的情境出现了若干突破。

黑帮警匪片中的现代城市和西部片中的美国西部小镇一样,是一种争夺的空间,社会秩序和反秩序的力量被封锁在一种史诗般的、永无止境的斗争中。城市代表了一个复杂、疏远和无法抗拒的社会,它最初创造了犯罪分子,最终毁灭了他们。很多学者指出,城市景观与黑帮分子的精神世界呈现出精确的表征关系,这个危险但却极具吸引力的空间,也正是黑帮角色对观众的核心吸引力所在。例如,在中国香港电影《夺命金》中,我们看到的是一座被焦虑和危机笼罩的城市。在一个金融全球化的背景中,没有人知道笼罩整座城市的危机会为什么爆发、从何处爆发,这成为全球化背景中所有都市人的梦魇。① 和强盗片类型一样,黑色电影也在处理大城市环境中,或者说现代社会的经济/政治生活与社会价值/信念体系相互关系中固有的文化矛盾;黑色电影建立社会评价的前提是,在这个无从选择的现代城市中,贪婪的欲望已经成为生存的必要准则。② 城市危机四伏的阴暗气息成为警匪片的典型家园,这里被描述为一个上演欲望的舞台,充满了新的蛮荒之处;法律与秩序无法保证,犯罪与暴力成为主调。③

在三部曲的首部中,影片开场的长镜头聚焦城市阴暗角落里的杂乱垃圾和爬行其上的鼠群。随着镜头的运动,观众从这个隐喻性的场景转向了现代化的高楼大厦,精彩的窃听故事开始上演。通过垃圾堆和鼠群的隐喻,城市被描写为一个上演欲望的舞台,充满了欲望过度溢出之后非理性的恐怖与罪恶。④ 在这部影片中,警察和他们的监控对象一样,大多数时间都生活在暗无天日的有限建筑空间内。梁俊义领导的监听三人组把基地建立在金融大厦对面的老式楼房里,窗户内侧挂满了用来伪装遮蔽的衣服,同时也遮挡住了大量阳光。根据工作安排,三人组负责夜间监听,低照度的场景借助剧情设定营造了视听语言上的黑色风格。进一步地,这一窃听场景的选择还和对面的金融大厦形成了一个象征性的二元关系:影片第一幕的建制部分,警察与罪犯分别处于这个二元空间的相反方向,即代表社会控制力量的警察身处阴暗肮脏的老式建筑单元中,

---

① 许乐.《夺命金》:杜琪峰的变与不变 [J]. 电影艺术,2012(3):41-43.
② 郝建. 类型电影教程 [M]. 上海:复旦大学出版社,2011:182.
③ 饶晖. 美国警匪片的类型分析 [J]. 北京电影学院学报,2000(4):55-60.
④ 郝建. 类型电影教程 [M]. 上海:复旦大学出版社,2011:252.

而对社会规范进行非法突破的金融操盘手们则工作于富丽堂皇的高楼大厦中。

空间和价值的逆向表征也对影片希图营造的模糊的秩序边界产生了贡献。《窃听风云》中香港城市的另一个典型空间是建筑单元的天台。在这部电影里，天台既是烟鬼凑在一起抽烟和短暂休息的地方，也成为秘密对话的地点，这部分归因于这个地方比较空旷，便于反监听。从物理属性上看，天台和室内建筑单元呈现出诸多二元对立的特点，例如阴暗/明亮，逼仄/宽阔等，在象征意义上成为角色可以敞开心扉畅所欲言的空间和留下美好记忆的场所。

在《窃听风云 2》中，香港这座城市仍然是人物行动的主要场景。罗敏生发现司马念祖的厢式货车跟踪之后的追车段落，以及何智强发现司马念祖在宝石楼的监听地点之后在城市街道上的追捕段落，都唤醒了电影观众在城市道路中的通勤经验，以及身处陌生人潮中的不确定感。然而，在这个系列的最后一部中，经典的城市表征被大大地压缩了，故事主要发生在新界的城乡接合部，这里既不是传统的乡村，又与以中环为代表的香港城市景观迥异，呈现出一种都市郊区和城市入侵前夜的意象。这部影片同时也是整个三部曲的结尾段落，为观众展示出一幅旧日的农村景象，儿时的罗永就和陆氏四兄弟在野地里玩耍嬉闹。从整体上看，这个系列的最后一部影片通过月华这个勤俭持家的角色及其对阿祖的成功影响，以及故事本身营造出的城乡二元冲突和最终走向，提出了一个极其陈旧、毫无新意，但却无比迷人的都市原罪的解决方案：来自传统乡村的道德价值观终将拯救当代大都市中迷茫的现代人。

传统乡村作为现代香港的价值对立面出现在影片中，与近年来香港社会对城市文化的反思密切相关。马杰伟对 2000 年的怀旧潮进行了分析，探讨了这次怀旧潮对城市空间的独特情愫，以及和保育、记忆、城市发展等社会话题之间的关联。他认为，这种贯穿于影视文化中的怀旧，其背后的深层意义，是要挑战长期以来作为香港身份认同基石的中环价值，希望让香港这个"功能城市"，转变为重视历史与生活的"宜居城市"。① 在《窃听风云 3》中，中环不再是第二部中警匪追逐斗智的物理空间，而成为涛叔口中来自外部的对传统农村社区的吞噬力量，具体地讲，是他的杀妻仇人。他的女儿和女婿为了借助中环的力量

---

① 马杰伟. 香港能否从"功能城市"转型为"宜居城市"？[N]. 明报，2009-02-02.

完成上市，不得不将村庄的优质土地和中环老板们手中的废地置换；作为乡村共同体的领袖，涛叔发现他始终无法逃脱来自中环的控制，两次心脏病发作，间接地死于中环老板的手中。作为概念而非物理实体的中环，成为现代城市价值及其背后的全球经济制度的代表。

在《窃听风云3》中，城乡物理空间的差异隐喻出价值观的二元对立，还与三部曲对时间的独特处理密切相关，进而为我们探讨影片类型特征提供了一扇独特的窗户。影片的开场场景是黑白做旧特效风格的宗祠添丁礼仪，作为物理空间的乡村不仅是城市空间的对立面，而且被这样的画面风格赋予了时间属性。以宗祠为中心的乡村居所，以及影片末尾种植水稻的农田，被塑造成记忆和现实的交汇之地。这种将空间和记忆在价值观层面上进行融合和美化，是三部曲每一部影片的尾声处理方式：第一部的最终场景是梁俊义坐在轿车后排，目睹曾经的同事与黑帮大佬一同毁灭，这时，城市天台上三人打闹嬉戏的回忆涌上心头；第二部的最终场景则是司马念祖的母亲观看老电影《独行杀手》，在她的想象中，一家三口在旧式戏院中其乐融融地传吃爆米花；最后一部的最终场景则回到了罗永就和陆家兄弟们的乡土童年，那个时候乡村还是记忆中的样子。时间和记忆，为我们探究三部曲中的类型进化提供了重要角度。

第四节　时间与记忆

在传统的黑帮警匪片中，对"美好记忆"进行专门展示并不多见，也并非一个稳定的惯例。由于这一类型以当代社会危机为目标，大多数黑帮片往往选择共时性地展现人物行动与事件，而较少地回溯现代社会语境的形成过程。按照麦茨的观点，现代社会的形成过程整体上体现在电影史意义上的西部片向黑帮片的类型过渡上，而非特定影片的故事内部。具体到中国香港类型电影，一方面，大多数类型电影对待历史的态度被吴昊指责为"历史痴呆症"，对历史事件不重视，只爱借题发挥，制造传奇，[①] 一些学者将这种现象归因于港英

---

① 罗卡，吴昊，卓伯棠. 香港电影类型论[M]. 香港：牛津大学出版社(中国)，1997：89.

当局的殖民教育和香港这一城市的特殊政治格局；另一方面，对怀旧和记忆的征用与渲染，在20世纪90年代以来的中国香港电影中又具有相当的显著性。吉娜·马切蒂（Gina Marchetti）引用弗雷德里克·詹姆逊的"怀旧电影"（Nostalgia Film）概念对"无间道"三部曲的文化征候进行界定，细读了两位主角并排坐在音响店聆听中国台湾女歌手蔡琴《被遗忘的时光》这一场景，认为这个场景带领观众跨越了1984年这个对中国香港身份产生转折的时间点，表现了对20世纪80年代以吴宇森的黑帮兄弟电影为代表的繁荣大众文化的怀念。① 除了配乐之外，"无间道"三部曲对时间的银幕呈现还依靠围绕手表等道具的情节设置，以及通过字幕和标志性事件营造出来的编年体等方式达成。总体上看，"无间道"三部曲中对时间的征用和处理，主要还是围绕着寻找香港身份这一主题。在"麦庄"组合的新三部曲中，时间不再是地区编年史，而是集中地通过个体记忆的形态呈现，在类型叙事的更新和影片主题表达上发挥了不同的作用。

在《窃听风云》的结尾，影片通过梁俊义的回忆，重述了窃听三人组在白日天台上的嬉笑打闹。高调微黄的画面既是梁俊义记忆中的美好片段，也和杨真的自我毁灭之间形成反差，从情绪上鼓励观众认同本片道德训诫的主题。记忆的这种情绪化功能在情节剧中较为常见，作为现实中负面价值的参照，回忆被定义为正向价值；并且，记忆因为其无法挽回而显得更加珍贵，从而获得了情感上的不朽属性。在"窃听风云"系列中，被赋予了正向价值的回忆作为每一部影片不约而同的尾声段落，似乎在暗示观众，风云变幻和生死决斗之后，只有回忆才是唯一值得留下的。这鼓励观众在情感上认同如下的叙事价值，即归来者借助自我毁灭完成救赎，获得了超越时间的永恒价值。

从故事格局上看，这一系列的演进十分明显：《窃听风云》是一个中规中矩的道德故事，但从第二部开始，电影作者展示出他们力图对中国香港的金融历史进行反思的野心；而到了第三部，这种反思则扩展到具有全球共性的从传统社会到现代社会的整体转型。影片对时间的呈现格局也更加宽阔，除了个体生活的情感片段之外，还有波澜壮阔的"大历史"情境。在《窃听风云2》中，随着司马念祖造成的威胁不断上升，罗敏生的妻子劝他离开香港这个是非之地，

---

① Gina Marchetti. Andrew Lau and Alan Mak's Infernal Affairs—The Trilogy[M]. Hong Kong: Hong Kong University Press, 2007: 22.

何智强也开始调查地主会的来龙去脉,这两个叙事动机引出了20世纪70年代中国香港股灾和地主会兴起的历史事件,并通过独特的音乐、剪辑等视听语言对这段往事进行了史诗般的呈现。在影片中,地主会的历史正义性与后来转向贪婪和罪恶之间的巨大反差,与中国香港社会在1997年之后整体上对主导意识形态的反思密切相关。这套主导的意识形态从战后中国香港的市场活力中酝酿而出,包括"创富神话""机会主义""功利挂帅""个人主义"等;然而,这种建基于经济奇迹或神话的香港式论述,自1997年亚洲金融危机开始,显然已逐渐失去现实的支撑。① 地主会的堕落,释放了社会心理中对经济神话崩塌的焦虑,并且借助那个时代的归来者——司马念祖的复仇过程,在惩戒了地主会的罪恶之后,重新建立了这个神话的合法性。影片的尾声返回那个时代一家三口其乐融融的电影院场景,象征性地重新建立起记忆中的美好神话。这种神话既是司马念祖个人的和家庭的,也同时属于整个香港社群。

正如同人物姓名所暗示的,第二部中的司马念祖是一个从历史中归来的人物,主要动机是解决祖辈的仇恨。第三部中的核心角色罗永就同样被设定为一个归来者,但他要处理的则是自己早前生命历程中的各种纠葛,故事矛盾直接来自人物自身而非对于祖辈的记忆。这样,在个体生活的场域,时间线上的过往和现在不断地交织对立,迫使人物在现在时和过去时所代表的二元价值对立之间作出选择。而在社会的场域,过往和现在的交汇之所是祠堂和农田。祠堂同时容纳了宗族和家庭的记忆,除了添丁仪式这样的象征情境之外,在叙事链条中,从中国内地归来的涛叔得知女儿女婿的上市计划之后,也正是在祠堂空间里,向女儿回忆起因帮助乡亲维权导致妻子被害的往事。在影片的尾声部分,依靠影视特效,农田背后的高楼大厦化作烟尘,传统的乡间景象显示出"最初"的样子,代表罗永就和陆氏四兄弟对童年追忆的女声版《风云》也再次响起。这首歌曲在《窃听风云》三部曲中发挥着与《被遗忘的时光》类似的作用:"碧海是我的心中乐,与我风里渡童年;当初你面对山海约誓,此生相爱永不变"暗示了罗永就对童年玩伴陆氏四兄弟和青梅竹马的情人陆永瑜的美好记忆;"是谁令青山也变,变了俗气的嘴脸"则控诉了时光的流逝和当下的负价

---

① 马杰伟,曾仲坚. 影视香港:身份认同的时代变奏[M]. 香港:香港中文大学香港亚太研究所,2010:127.

值。这首 TVB 20 世纪 80 年代剧集的主题曲,不仅歌词呼应了影片的情节和对时间的处理,而且本身也是影片中男性角色的共同记忆,帮助影片弥合了香港这座城市的黄金时代和今日沉沦在时间上的鸿沟。

从这个系列的第二部开始,随着编导希望将更多的历史和社会背景纳入影片叙事,在"无间道"三部曲中回到过去的时间悖论以及由此而带来的身份和价值观的迷茫,再次出现在这个新的三部曲系列中。"末日审判"是基督教文化提供的最有力、影响最为深广的文化与话语模式。从某种意义上说,它已成为西方文化的一个基本母题与原型。时至今日,它仍是全球性灾难的最有威慑力的话语方式。[1] 相反,"窃听风云"三部曲的最后一个场景给我们提供了一种来自中国文化母体的时间观念,终极价值并不出现在未来的某个"末日",而是在早已流逝的过去。这个过去并非时间线上的某一确定时间点,而是和回忆相关联的相对于现代的一个模糊的时间段。作为故事的主角,第二部中的司马念祖和第三部中的罗永就都是长时间离开之后回归,他们身上肩负了由历史引发的仇恨和不公。从叙事上看,归来这一行为开启了影片的行动链条,构成了故事的初始事件;从表征上看,回归又和仇恨发生之前的故土密切相连,让物理空间具备了时间属性,并通过对记忆和当下的二元建构完成了影片对传统价值观的呼唤。中国香港电影中的这种归来者与故土的关系可以追溯到新浪潮导演严浩完成于 1984 年的电影《似水流年》。在"窃听三部曲"的最后一部中,故土被提升到了意识形态的层面。在中国的政治文化传统中,土地与家族紧紧相连,而家族又和具有数百年历史的传统伦理规则相互依赖。经济和科技的全球性发展给传统伦理带来的焦虑,就这样通过"故土"的表征被完整地展示了出来,并得到释放。

第五节　文化语境、类型更新与系列化策略

对系列片的创作研究来说,"窃听风云"系列提供了一个可贵的案例。它展示出,系列化策略是如何依靠类型演进和主题更新而实现的。在中国香港其他

---

[1] 戴锦华.镜与世俗神话:影片精读十八例[M].北京:中国广播电视出版社,1995:123.

电影系列如"叶问""反贪风暴",以及国际流行的"007"和"碟中谍"等系列中,我们都能够看到类型与主题是如何"双轮驱动"了系列化的产生和延续。

　　类型是系列化的基础。托马斯·沙茨将电影类型的机制形象地比喻成如下对话:类型电影问观众"你还相信这个吗?"影片受欢迎时,观众回答:"是的。"当观众说"我们觉得形式太幼稚了,给我们看一些更复杂的东西"时,类型就发生了改变。①不过,类型的改变并非天马行空,它需要在既有类型的指涉领域中进行。电影类型决定性的、可识别的特征是它的文化语境,它由相互关联的角色类型所组成的社区,这些角色类型的态度、价值和行动使内在于那个社区的戏剧冲突变得有血有肉。②本章的主体部分分别论述了"窃听风云"三部曲中人物设定及其行动选择,以及作为文化语境的城市空间和时间对传统黑帮警匪片的继承和改写。作为总结,本节将分别考察经济危机和技术革新在叙事和表征两个方面在三部曲中发挥的功能,进而考察这个系列电影对黑帮警匪片这一类型的改写和提升,以及影片主题陈述的变与不变对于系列片的重要性。

　　作为影片立意和宣传的核心概念,技术革新带来的"窃听"技术,在影片中究竟展示了新技术能够给当代个体带来的反抗的可能性,还是更加无法操控自己命运的不确定性,抑或只是叙事便利和视听奇观?从叙事功能上看,与其他围绕窃听和监视技术而展开的电影故事,如《窃听风暴》或者《十诫之六:关于爱情的短片》不同,这个三部曲中的窃听技术本身并不主要传递影片的气质和主题(人与人之间的隔绝、孤独与打破藩篱的努力,以及对窥淫欲的考察),而是给影片的主要角色提供了实现贪婪或复仇的手段。从表征功能上看,依靠手机和移动互联而实现的无所不在的窃听技术隐喻着当代社会对个体生活的监视和入侵这一广泛事实。最终,现代的窃听技术在剧情和表征两个方面共同实现了古老的寓言和道德训诫:窃听不仅呈现出经济生活中的危机重重,而且最终还实现了"人在做、天在看"的道德宿命论。

　　经济危机和金融事务的全球化则为古老的警匪类型提供了与时俱进的基于城市生活经验的道德困境,并在叙事程式的层面引发类型电影的自我更新。2008年的国际金融危机被视为自20世纪30年代经济萧条以来最严重的一次危

---

① ［美］托马斯·沙茨. 好莱坞类型电影[M]. 上海:上海人民出版社,2009:文前页.
② ［美］托马斯·沙茨. 好莱坞类型电影[M]. 上海:上海人民出版社,2009:29.

机。这不仅对全球各个地区的经济活动和社会结构产生了直接冲击，而且更新和丰富了人们对于全球化进程和金融资本的认知，进而对包括电影在内的大众文化产品的内容和形式也产生了深远的影响。2009 年，第 81 届奥斯卡金像奖组委会将最佳影片荣誉授予了描述印度孟买穷人世界的电影故事《贫民窟的百万富翁》，这部影片被视为经济危机背景下的现代童话，[①] 以励志进取的主题在经济低迷的全球气氛中给大众注入一剂煽情的强心针；[②] 同时，这部影片的获奖也反映出当代好莱坞电影制作公司的一些创作趋势，它们开始审视经济危机的全球化影响在大众心理中的投射，并以通俗故事的方式对社会性的心理焦虑和文化危机进行抚慰和回应。在随后的几届奥斯卡金像奖最佳影片提名中，《华尔街之狼》《美国骗局》《内布拉斯加》等都直接展现了经济活动对美国社会方方面面的影响。在华语电影方面，杜琪峰是较早有意识地在警匪片和爱情片两个电影类型中描摹国际经济危机对中国香港地区的影响的电影作者。许乐分析了杜琪峰电影《夺命金》在题材方面的拓展，认为他在将警匪类型写实化的同时，聚焦的乃是一个以往杜琪峰电影未曾涉及的领域——金融行业。[③]2011 年杜琪峰的另一部电影《单身男女》则将目光投向香港高楼大厦中白领们的情感生活，用爱情轻喜剧的方式探究了经济危机背景下当代都市男女青年们的工作和情感。

在系列片领域中，最能体现金融危机影响华语电影内容创作的典型个案，无疑是从 2009 年持续到 2014 年的"窃听风云"三部曲。在现代化过程中，看似中立无害的经济资本已经被发展出丰富道德意涵。简单地说，企业资本对应的是韦伯所描述的新教伦理和资产阶级的兴起，是建设性的、有道德的；而金融资本则更多被描绘为巧取豪夺，是纯粹的剥削和投机，因而是非建设性的、无道德的。作为社会秩序和伦理价值争斗的场域，警匪片使观众在观赏过程中宣泄了人的某些阴暗的、可怕的欲望，[④] 并依靠大团圆结局等叙事机制重新对人性中的贪婪和破坏性的冲动进行规训。"窃听风云"三部曲不仅直面了人性面对巨额财富的贪婪本性，进一步地，这种贪婪还通过当代金融市场的规则得到了放大并且具备了更强的破坏性力量，构成了叙事进程中的巨大鸿沟。同时，影

---

① 丁树新，刘丽敏，顾庆媛.《贫民窟的百万富翁》：金融危机下的童话 [J]. 电影文学，2009(11)：36-37.
② 严敏. 金融危机下的奥斯卡策略——以《贫民窟的百万富翁》为例 [J]. 艺术评论，2009(4)：13-17.
③ 许乐.《夺命金》：杜琪峰的变与不变 [J]. 电影艺术，2012(3)：41-43.
④ 郝建. 类型电影教程 [M]. 上海：复旦大学出版社，2011：254.

片通过反英雄角色和自我毁灭的行动程式折射了现代人在剧变环境下的无奈现实和救赎愿望,修正了大团圆的机制,使类型本身更加符合时代的焦虑。上述两点,是中国香港黑帮警匪片在金融危机语境下进行类型演进的主要方式。

除了上述的情境和角色／行动等程式之外,类型还最终被它所处的价值困境所决定,"窃听风云"三部曲在这个层面上同样作出了一定程度的更新,这与全球金融危机这样一个文化语境同样息息相关。认同传统,还是认同变革,这是"窃听风云"三部曲针对技术变革和全球金融秩序提出的核心问题。中国香港犯罪题材电影自 80 年代以来积累出了应对身份认同焦虑的有效类型手段,"麦庄"组合在"窃听风云"三部曲中针对当下的社会焦虑进一步发展了这一传统。很多西方马克思主义学者指出,在全球化进程中,全球所有的文化都被无情地卷进了单一的"资本主义文化"体系中。[1] 从 20 世纪 80 年代至今,随着中国的崛起,相对于中国内地,中国香港从全球化的施动者转变为被动者,港人身份认同焦虑的对象也从国族效忠认同、民族文化认同转变为更加广阔的、超出"中国—香港"这一二元想象之外的、指涉"香港／在地—全球"这一二元关系的身份焦虑和价值迷失。这种在地／全球的二元关系,催生了传统与现代之间的文化焦虑,20 世纪漫长的政治革命和文化革命对这种文化焦虑始终无法解决;作为全球化信使的技术革新和金融市场,也持续地入侵传统地域边界和个体生活,引发了持久的情感危机。

这种新的二元关系不仅为"窃听风云"三部曲中的角色提供了行动背景和结构性困境,还巧妙地折射出"香港电影"这一概念所处的危机情境。正如彭丽君担忧的,香港电影的成功一直在于作品和观众的文化亲缘性,而这种关系在这个跨境／跨国合作潮流中消失殆尽。[2] 针对香港电影所面临的文化品质消融于合拍模式和全球市场的危险情境,"麦庄"组合在电影类型和故事背景两个方面同时强化了"窃听风云"三部曲的香港特质,不仅丰富和更新了港产警匪片的类型程式,获得观众口碑和业内人士的认可,也在电影故事之外再次展示出全球化和在地化之间生动的辩证关系。

---

[1] 赵菁. 从"文化帝国主义"到批判的跨文化主义:文化权力再发现 [A]. 清华大学新闻与传播学院. 全球传媒评论 8[C]. 北京:清华大学出版社,2013:99-111.
[2] 彭丽君. 黄昏未晚:后九七香港电影 [M]. 香港:中文大学出版社,2010:3.

参考文献

一、中文专著与论文集

[1] 戴锦华.镜与世俗神话：影片精读十八例[M].北京：中国广播电视出版社，1995.

[2] [法]菲利普·阿蒙，张祖建译.建立人物的符号学分析方法[A].王泰来等编译.叙事美学[C].重庆：重庆出版社，1987.

[3] 郝建.类型电影教程[M].上海：复旦大学出版社，2011.

[4] 康海玲.任剑辉在海外粤剧传播史上的地位[A].惊艳一百年[C].香港：中华书局(香港)，2013.

[5] [美]克里斯托弗·沃格勒.作家之旅——源自神话的写作要义[M].北京：电子工业出版社，2011.

[6] [美]理查德·麦特白，吴菁等译：好莱坞电影：美国电影工业发展史[M].北京：华夏出版社，2011.

[7] [英]罗宾·伍德，徐展雄译.重访希区柯克[M].桂林：广西师范大学出版社，2013.

[8] [美]罗伯特·麦基，周铁东译.故事：材质、结构、风格和银幕剧作的原理[M].北京：中国电影出版社，2001.

[9] 罗卡，吴昊，卓伯棠.香港电影类型论[M].香港：牛津大学出版社(中国)，1997.

[10] [法]罗兰·巴特，李幼燕译.符号学原理[M].北京：生活·读书·新知三联书店，1999.

[11] [德]马丁·海德格尔，孙周兴译.海德格尔选集[M].上海：上海三联书店，1996.

[12] 马杰伟，曾仲坚.影视香港：身份认同的时代变奏[M].香港：香港中文大学香港亚太研究所，2010.

[13] [美]尼尔·波斯曼，何道宽译.技术垄断：文化向技术投降[M].北京：北京大学出版社，2007.

[14] [德]齐格弗里德·克拉考尔，邵牧君译.电影的本性：物质现实的复原[M].北京：中国电影出版社，1981.

[15] 齐世龙.现代电影表演艺术论[M].北京：中国电影出版社，2014.

[16] 彭丽君.黄昏未晚：后九七香港电影[M].香港：中文大学出版社，2010.

[17] 容世诚.寻觅粤剧声影：从红船到水银灯[M].香港：牛津大学出版社，2012.

[18] [美]史蒂文·卡茨，井迎兆译.电影镜头设计：从构思到银幕[M].北京：后浪出版社，2010.

[19] 童庆炳.文学理论教程（第四版）[M].北京：高等教育出版社，2008.

[20] [美]托马斯·沙茨.好莱坞类型电影[M].上海：上海人民出版社，2009.

[21] [美]魏伯司各特，蓝仁哲译.西方文艺批评的五种模式[M].重庆：重庆出版社，1983.

[22] [美]悉德·菲尔德，钟大丰译.电影剧本写作基础[M].北京：后浪出版社，2012.

[23] [古希腊]亚里士多德，陈中梅译.诗学[M].北京：商务印书馆，2003.

[24] [日]岩崎昶，钟理译.日本电影史[M].北京：中国电影出版社，1981.

[25] 叶舒宪.结构主义神话学[M].西安：陕西师大出版社，2011.

[26] 张智华.电视剧类型[M].北京：北京师范大学出版社，2012.

[27] 赵菁.从"文化帝国主义"到批判的跨文化主义：文化权力再发现[A].清华大学新闻与传播学院.全球传媒评论8[C].北京：清华大学出版社，2013.

[28] 周承人.上海天一影片公司与香港早期电影[A].黄爱玲.邵氏电影初探[C].香港：香港电影资料馆，2003.

[29] 朱光潜.西方美学史[M].北京：商务印书馆，2011.

二、中文期刊、报纸等

[1] 布朗.弹雨、哥们儿和坏蛋——论"警匪片"类型[J].世界电影，1995(2).

[2] 陈晶，薛圣言.从《花千骨》看网络小说改编电视剧的叙事策略[J].当代电视，2015(10).

[3] 陈晓明，彭超.想象的变异与解放——奇幻、玄幻与魔幻之辨[J].探索与争鸣，2017(3).

[4] 陈泽伟，左娅.进口大片的市场魅力[J].瞭望新闻周刊，2004(34).

[5] 戴维·佩斯，杨树喆.超越形态学：列维-斯特劳斯与民间故事分析[J].乌鲁木齐职业大学学报(汉文版)，2001(10).

[6] 邓杉，赵蓉.原型批评理论探源[J].2008年人文科学专辑，2008(34).

[7] 丁屏风."十部大片"现象启示录[J].电影评介，1995(6).

[8] 丁树新，刘丽敏，顾庆媛.《贫民窟的百万富翁》：金融危机下的童话[J].电影文学，2009(11).

[9] 方玉强.我们爱看怎样的进口大片——入世后回首引进大片九年之得失[J].电影新作，2002(4).

[10] 弗拉基米尔·雅可夫列维奇·普洛普，叶舒宪.《民间故事形态学》的定义与方法[J].民族文学研究，1988(2).

[11] 格雷马斯，李迅.叙事语法：单位和层面[J].当代电影，1988(1).

[12] 苟波. 明清小说中神仙形象的"社会化"与道教的"世俗化"[J]. 四川大学学报，2009(3).

[13] 顾亚奇，胡智锋. "剧"变2015：多屏时代电视剧制播新业态[J]. 新闻战线，2016(3).

[14] 郝杰梅.2018年中国电影票房609.76亿元，同比增长9.06%[N]. 中国电影报，2018-12-31.

[15] 洪文. 中国大片，路在何方？——97国产大片火爆的启示[J]. 决策探索，1997(12).

[16] 怀宇. 普洛普及其以后的叙事结构研究[J]. 当代电影，1990(1).

[17] 焦明甲. 论"原型批评"理论的历史贡献及其理论局限[J]. 长春大学学报，2002(6).

[18] 蓝沙. 好莱坞大片烹饪法[J]. 书城，2000(7).

[19] 李萌昀. 除魅与遇仙——唐代小说中的书生旅行故事[J]. 华南师范大学学报（社会科学版），2014(3).

[20] 李兴叶. 从今年的几部大片说起——就84年电影创作给编辑部的一封信[J]. 电影艺术，1985(3).

[21] 梁君健，尹鸿. 论幻想系列片中的"想象世界"[J]. 当代电影，2017(2).

[22] 梁君健. 人类学视野下的"电影通灵"观念考[J]. 中央民族大学学报（哲学社会科学版），2019(3).

[23] 刘辉. 商业美学的差距——关于国产大片和电影市场博弈的思考[J]. 艺术广角，2006(4).

[24] 刘康. 超级英雄电影：由对立构筑起的当代神话[J]. 当代电影，2013(10).

[25] 刘文宁. 告别辉煌年代——新世纪以来的美国警匪片创作风格[J]. 当代电影，2012(3).

[26] 楼成宏. 论反英雄[J]. 外国文学研究，1992(2).

[27] 卢伟敏，江颖婧. 热播IP电视剧中角色同质化现象的文化分析[J]. 中国电视，2017(9).

[28] 罗兰·巴尔特，鲍玉珩，崔君衍. 电影的"创伤性单元"：研究原则[J]. 世界电影，1989(2).

[29] 罗丽. 粤剧电影初探[J]. 中华戏曲，2005(2).

[30] 罗立群. 道教文化与明清剑侠小说[J]. 西南大学学报（社会科学版），2013(39).

[31] 马杰伟. 香港能否从"功能城市"转型为"宜居城市"？[N]. 明报，2009-02-02.

[32] 毛珺琳. 论媒介融合背景下网络剧对电视剧的影响[J]. 广西师范学院学报(哲学社会科学版)，2018(1).

[33] 欧阳宏生，唐希牧. 论"互联网+"视域下我国电视剧IP的产业链开发[J]. 湖南师范大学社会科学学报，2017(2).

[34] 彭吉象. 中国大片向何处去？——兼论电影理论应承担的责任之一[J]. 艺术评论，2006(11).

[35] 彭涛. 中韩真实事件电影之改编观念比较[J]. 当代电影，2016(4).

[36] 饶晖. 美国警匪片的类型分析[J]. 北京电影学院学报，2000(4).

[37] 少言. 香江最佳拍档：专访《窃听风云》导演麦兆辉、庄文强[J]. 电影世界，2009(7).

[38] 史蒂夫·尼尔，黄新萍. 好莱坞大片——历史的维度[J]. 世界电影，2006(1).

[39] 史可扬. 全球化·后殖民·民族电影——对中国电影"大片"的拷问[J]. 文艺争鸣，2007(3).

[40] 陶东风. 中国大片到了嗜血如命的时代[J]. 艺术评论，2007(2).

[41] 托马斯·艾尔萨埃瑟，王俊花. 大片——一切休戚相关，并非无往不利 [J]. 世界电影，2006(2).

[42] 谭苗，鲁昱晖. 改革开放与青春题材电影的时代叙事 [J]. 当代电影，2018(7).

[43] 腾讯娱乐.《封神英雄榜》PK 90 版《封神榜》时间铸就经典 [EB/OL]. https://ent.qq.com/a/20140604/050794.htm, 2014-06-04.

[44] 王岚. 反英雄 [J]. 外国文学，2005(4).

[45] 汪萌."真实事件改编"电影研究 [J]. 电影文学，2016 (19).

[46] 王韬. 从东西方文化的角度谈进口"十大片"[J]. 电影艺术，1997(3).

[47] 王晓红，谢妍. 中国网络视频产业：历史、现状及挑战 [J]. 现代传播，2016(6).

[48] 西岭. 国产大片风是喜还是忧 [J]. 价格与市场，1996(6).

[49] 许乐.《夺命金》：杜琪峰的变与不变 [J]. 电影艺术，2012(3).

[50] 许志晖，李娜. 看麦庄双雄如何打造《无间道》和《窃听风云》系列 [J]. 电影，2011(12).

[51] 严敏. 金融危机下的奥斯卡策略——以《贫民窟的百万富翁》为例 [J]. 艺术评论，2009(4).

[52] 姚睿. 作为次要情节 (B 故事) 的爱情关系 [J]. 当代电影，2016(12).

[53] 叶舒宪. 巫术思维与文学的复生：《哈利·波特》现象的文化阐释 [J]. 文艺研究，2002(3).

[54] 尹鸿.《夜宴》：中国式大片的宿命 [J]. 电影艺术，2007(1).

[55] 尹鸿. 进入多屏时代的电视剧——2014 年国产电视剧创作 [J]. 电视研究，2015(3).

[56] 尹鸿."互联网+"背景下的电视剧多元转向——2015 年度中国电视剧创作 [J]. 电视研究，2016(3).

[57] 尹鸿. IP 不用唱嗨 也不用唱衰 [J]. 上海广播电视研究，2017(2).

[58] 尹鸿，王旭东，陈洪伟. IP 转换兴起的原因、现状与未来发展趋势 [J]. 当代电影，2015(9).

[59] 尹鸿，阳代慧. 家庭故事·日常经验·生活戏剧·主流意识——中国电视剧艺术传统 [J]. 现代传播，2006(5).

[60] 余莉. 2005 华语大片现象研究 [J]. 北京电影学院学报，2006(4).

[61] 于青. 关于"大片"[J]. 科技与经济画报，1998(4).

[62] 张步中. 刺破现实的温柔刀芒——阿米尔·汗电影的人物谱系与叙事模式 [J]. 当代电影，2019(3).

[63] 张成. 正剧笔法联姻二次元审美——论《琅琊榜》的电视剧改编 [J]. 中国电视，2016(1).

[64] 赵瑜. 2014 年国产电视剧大数据分析 [J]. 当代电影，2015(2).

三、英文专著与论文集

[1] Arthur De Vany. *Hollywood Economics: How Extreme Uncertainty Shapes the Film Industry*[M]. London and New York: Routledge, 2004.

[2] Bill Nichols.*Movies and Methods (Vol.I)*[M].Berkeley and Los Angeles: University of California Press, 1976.

[3] B.Bingham.*Whose Lives Are They Anyway? The Biopic as Contemporary Film Genre*[M].New Brunswick: Rutgers University Press, 2010.

[4] Chuck Tryon.*Reinventing Cinema: Movies in the Age of Media Convergence*[M].New Brunswick: Rutgers University Press, 2009.

[5] Claire Hines.*The Playboy and James Bond: 007 Ian Fleming, and Playboy Magazine*[M].Manchester and New York: Manchester University Press, 2018.

[6] David Corbett.*The Compass of Character: Creating Complex Motivation for Compelling Characters in Fiction, Film, and TV*[M]. Berkeley: Penguin, 2019.

[7] David Lindsay.Franchise, Imaginary Worlds, Authorship and Fandom[A]//*Law and Creativity in the Age of the Entertainment Franchise*[C].Cambridge: Cambridge University Press, 2014.

[8] Derek Johnson, Franchise histories: Marvel, X-Men, and the Negotiated Process of Eexpansion[A]//*Convergence Media History*[C].London and New York: Routledge, 2009.

[9] Doris Berger.*Projected Art History: Biopics, Celebrity Culture, and the Popularizing of American Art*[M].London: Bloomsbury Academic, 2014.

[10] Florence Sutcliffe-Braithwaite and Jon Lawrence.Power and Its Loss in The Iron Lady [A]// T.S.Freeman and D.L.Smith.*Biography and History in Film*[C]. Palgrave Studies in the History of the Media, London: Palgrave Macmillan, 2019.

[11] Gina Marchetti.*Andrew Lau and Alan Mak's Infernal Affairs — The Trilogy*[M].Hong Kong: Hong Kong University Press, 2007.

[12] Henry Jenkins.*Convergence Culture: When Old and New Media Collide*[M].New York: New York University, 2006.

[13] Henry Jenkins, Sam Ford, Joshua Green.*Spreadable Media: Creating Value and Meaning in A Networked Culture*[M]. New York and London: New York university Press, 2013.

[14] H.White. 'New Historicism: A Comment' [A]//H.A.Veeser.*The New Historicism*[C].London and New York: Routledge, 1989.

[15] I.Kershaw.*Hitler, 1889–1936: Hubris*[M].London: Penguin Press, 1998.

[16] James Chapman.Afterword: "Reflections in a Double Bourbon" [A]//Robert G.Weiner, B.Lynn Whitfield and Jack Becker.*James Bond in World and Popular Culture: The Films are Not Enough*[C]. Newcastle upon Tyne: Cambridge Scholars Publishing, 2011.

[17] James Mascia.*Other Worlds: Writing Prompts for the Sci-Fi and Fantasy Writer*[M].Smashwords Electronic edition, 2014.

[18] Jennifer Hayward.*Consuming Passions: Active Audiences and Serial Fictions from Dickens to Soap Opera*[M]. Lexington: University of Kentucky press, 1997.

[19] Jerome Bruner.*Actual Minds, Possible Worlds*[M].Cambridge: Harvard University Press, 1986.

[20] Jill Nelmes.*Introduction to Film Studies*[M].London and New York: Routledge, 2012.

[21] Jill Williamson.*Storyworld First: Creating a Unique Fantasy World for Your Novel*[M].USA: Novel Teen Press, 2014.

[22] John Hill, Pamele Church Cibson.American Cinema and Hollywood: Critical Approaches[A]//*The Oxford Guide to Film Studise*[C].Oxford: Oxford University Press, 2000.

[23] John Shelton Lawrence.Fascist Redemption or Democratic Hope?[A]//Matthew Kappell and William Doty. *Jacking in to the Matrix Franchise: Cultural Reception and Interpretation*[C].New York and London: Continuum, 2004.

[24] Joseph Campbell.*The Hero with a Thousand Faces*[M].Princeton: Princeton University Press, 2008.

[25] J.R.R.Tolkien.On Fairy Stories[A]//*The Tolkien Reader*[C].New York: Ballantine Books, 1966.

[26] J.Chapman.Bond and Britishness[A]//E P.Comentale, S.Watt.*Ian Fleming & James Bond: The Cultural Politics of 007* [C].Bloomington: Indiana University Press.2005.

[27] Kathy Bowrey, Michael Handler.Franchise Dynamics, Creativity and the Law[A]//*Law and Creativity in the Age of the Entertainment Franchise*[C].Cambridge: Cambridge University Press, 2014.

[28] Keith Jenkins.*On 'What is History?' From Carr and Elton to Rorty and White*[M].London and New York: Routledge, 1995.

[29] Kristin Thompson.*The Frodo Franchise: The Lord of the Rings and Modern Hollywood*[M].Berkeley and Los Angeles: University of California Press, 2007.

[30] Lionel Bently, Laura Biron.The Author Strikes Back: Mutating Authorship in the Expanded Universe[A]//*Law and Creativity in the Age of the Entertainment Franchise*[C].Cambridge: Cambridge University Press, 2014.

[31] Lisa Funnell, Klaus Dodds.*Geographies, Genders and Geopolitics of James Bond*[M].London: Palgrave Macmillan, 2016.

[32] L.Drummond.*American dreamtime: A Cultural Analysis of Popular Movies and Their Implications for a Science of Humanity*[M].Lanham: Littlefield Adams.1996.

[33] Marie-Laure Ryan.*Possible Worlds, Artificial Intelligence, and Narrative Theory*[M].Bloomington: Indiana University Press, 1991.

[34] Mark Wolf.*Building Imaginary Worlds: the Theory and History of Subcreation*[M].London and New York: Routledge, 2012.

[35] Metin Tolan, Joachim Stolze.*Shaken, Not Stirred! James Bond in the Spotlight of Physics*[M].Switzerland: Springer International Publishing, 2020.

[36] M.Landy.*Cinematic Uses of the Past*[M]. Minneapolis: University of Minnesota Press, 1996.

[37] Nelson Goodman, *Languages of Art: An Approach to a Theory of Symbols*[M].New York: The Bobbs-merrill Company, 1968.

[38] Paul M. *Sammon*, *Future Noir. The Making of Blade Runner* [M].New York: Harper Collins, 1996.

[39] Richard A.Bartle.*Designing Virtual Worlds*[M].Indianapolis：New Riders，2004.

[40] Richard Freadman.*Eliot，James and the Fictional Self：A Study in Character and Narration*[M]. London：Palgrave Macmillan，1986.

[41] Robert Warshow.*The Immediate Experience：Movies，Comics，Theatre & Other Aspects of Popular Culture*[M]. Cambridge：Harvard University Press，1962.

[42] Roland Barthes.The Reality Effect[A]//*The Rustle of Language*[C] .Oxford：Basil Blackwell，1986.

[43] Srividhya Swaminathan，Steven W.Thomas.*The Cinematic Eighteenth Century：History，Culture，and Adaptation*[M].London and New York：Routledge，2018.

[44] Stephen Larsen，Robin Joseph.*Campbell：A Fire in the Mind*[M].Rochester：Inner Traditions.2002.

[45] Steve Neale.*Genre and Hollywood*[M].London and New York：Routledge，2000.

[46] S.A.Leckie.'Biography Matters：Why Historians Need Well-Crafted Biographies More Than Ever'[A]// L.E.Ambrosius.*Writing Biography：Historians and Their Craft*[C].Lincoln：University of Nebraska Press，2004.

[47] Tanya Nitins.A Boy and His Toys：Technology and Gadgetry in the James Bond Film Series[A]// Robert G. Weiner，B.Lynn Whitfield and Jack Becker.*James Bond in World and Popular Culture：The Films are Not Enough*[C]. Newcastle upon Tyne：Cambridge Scholars Publishing，2011.

[48] Thomas Leitch.*Film Adaptation and Its Discontents：From Gone with the Wind to The Passion of the Christ*[M]. Maryland：The Johns Hopkins University Press，2007.

[49] Thomas S.Freeman，David L.Smith. 'Movies That Exist Merely to Tell Entertaining Lies'？：Biography on Film[A]//T.S.Freeman and D.L.Smith.*Biography and History in Film*[C]. Palgrave Studies in the History of the Media，London：Palgrave Macmillan，2019.

[50] Ula Lukszo Klein.Fashionable Failures：Ghosting Female Desires on the Big Screen[A]//*The Cinematic Eighteenth Century：History，Culture，and Adaptation*[C]. London and New York：Routledge，2018.

[51] U.Eco.The narrative structure in Fleming[A]//O.Del Buono and U.Eco.*The Bond Affair*[C].London：Macdonald，1966.

[52] V.Propp，Laurence Scott，Svatava Pirkova-Jakobso.*Morphology of the Folktale*[M].Austin：University of Texas Press，1968.

[53] V.Turner.*From Ritual to Theatre：The Human Seriousness of Play*[M].New York：PAJ Publications，1982.

四、英文期刊与网络文献

[1] Andy Miah.The Cultural Politics of Celebrity[J]. *Cultural Politics: An International Journal*，2010(6).

[2] Box Office Mojo.Top Lifetime Grosses[EB/OL]. https://www.boxofficemojo.com/chart/ww_top_lifetime_gross/?area=XWW&ref_=bo_cso_ac，2021-1-25.

[3] Christian Opitz, Kay H.Hofmann.The More You Know …The More You Enjoy? Applying 'Consumption Capital Theory' To Motion Picture Franchises[J].*Journal of Media Economics*, 2016(29).

[4] Darlene C.Chisholm, Victor Fernandez-Blanco, Abraham S.Ravid, W.David Walls.Economics of motion pictures: the state of the art[J].*Journal of Cultural Economics*, 2015(39).

[5] Darren Filson, James H.Havlicek.The Performance of Global Film Franchises: Installment Effects and Extension Decisions[J].*Journal of Cultural Economics*, 2018(42).

[6] George Frederick Custen.The Mechanical Life In The Age of Human Reproduction: American Biopics, 1961-1980[J].*Biography*, 1(23).

[7] G.J.Stigler, G.S.Becker.De gustibus non est disputandum[J].*American Economic Review*, 1977(67).

[8] IMDb.Darkest Hour (2017) Awards[EB/OL].https://www.imdb.com/title/tt4555426/awards?ref_=tt_awd.

[9] J.Welsh. 'Musical Biography and Film: John Tibbetts Interviewed by Jim Welsh' [J].*Film and History*, 2005(35).

[10] M.Adler.Stardom and talent[J].*American Economic Review*, 1985(75).

[11] Mark White.Apparent Perfection: The Image of John F. Kennedy[J].*History*, 2013(98).

[12] Morris B.Holbrook, Elizabeth C.Hirschman.The Experiential Aspects of Consumption: Consumer Fantasies, Feelings and Fun[J].*Journal of Consumer Research*, 1982(9).

[13] Nicholas Hookway: Emotions, Body and Self: Critiquing Moral Decline Sociology[J].*Sociology, Article Information* 2013(47).

[14] R.Iedema.Multimodality, Resemioticization: Extending the Analysis of Discourse as a Multisemiotic Practice [J]. *Visual Communication*, 2003(2).

[15] S.Swami.Invited commentary-research perspectives at the interface of marketing and operations: applications to the motion picture industry[J].*Marketing Science*, 2006(25).

[16] W.D.Walls, Jordi McKenzie.The Changing Role of Hollywood in the Global Movie Market[J]. *Journal of Media Economics*, 2012(25).

[17] World Intellectual Property Organization (WIPO).2014 WIPO Studies on the Economic Contribution of the Copyright Industries[EB/OL].https://www.wipo.int/export/sites/www/copyright/en/performance/pdf/economic_contribution_analysis_2014.pdf.

[18] World Intellectual Property Organization (WIPO).Copyright Industries in the U.S.Economy 2018[EB/OL].https://iipa.wpengine.com/files/uploads/2018/12/2018CpyrtRptFull.pdf.

[19] 김병철.Mapping the Korean Blockbuster[J]. *Film Studies*, 2003(21).

后记

本书的主题是 IP 转化和系列化创作的文本特征和创作规律。在展开研究的过程中，本人有幸得到北京市哲学社会科学青年项目的资助，课题进行过程中的阶段性成果曾发表在各类刊物上。其中，第三章的部分内容以《另一面的好莱坞——21 世纪以来奥斯卡奖中的"真实改编电影"分析》为标题，与尹鸿教授共同发表于《当代电影》2021 年第 1 期；第四章的部分内容以《民俗•遗产•原型：中国神话改编电影的范式嬗变》为标题，与许岚枫共同发表于《民族艺术》2024 年第 1 期；第五章以《IP 转化的产业偏好与创作特征：基于网络剧集的统计研究》为标题，与苗培壮一起发表于《中国文艺评论》2021 年第 4 期；第六章以《论幻想系列片中的"想象世界"》为标题，与尹鸿教授共同发表于《当代电影》2017 年第 2 期；第七章第一节内容以《建构极致真实：魔幻片的技术想象与现实投射》为标题，与鲁昱晖共同发表于《中国新闻传播研究》2019 年第 5 期，第二节的部分内容与李浚共同发表于西湖论坛编委会编的《网络文艺的中国形象》（浙江人民出版社）一书中；第八章以《静态角色与动态角色：系列片的人物塑造及意义表达研究》为标题，刊登在学术期刊《中国社会科学院研究生院学报》2021 年第 3 期；第九章以《对超级能力的恐惧与驯服——解码好莱坞超级英雄电影的类型意义》为标题，与尹鸿教授共同发表在《当代电影》2018 年第 11 期。

本书的出版得到了许多人的支持和帮助。首先，要感谢上述刊物的评审专家和编辑同仁提出的宝贵建议和给予的大力支持，这不仅显著提升了每篇文章的学术水平，也鼓励我将这项关于 IP 转化的系列研究持续下去。感谢所有为本书出版付出努力的责编老师和其他工作人员，以及我的合作博士后黄兴、段鹏飞、李慧研等在统稿、校对方面的辛勤工作。最后，我还想感谢清华大学影视传播研究中心的同事和同学，在这个有温度的学术共同体中一起切磋琢磨，是作为教师的幸福感之源。

IP 转化和系列片创作是一个不断发展和变化的过程，但它一直是影视行业和文化产业的重要支撑。就在近几年，我们不仅看到了新世纪以来以漫威为代表的超级英雄电影的票房号召力在达到顶峰之后逐渐降温，也看到了"流浪地球""封神""唐人街探案"等国产 IP 的崛起。新技术的力量也给这个领域带来了新的可能性，尤其是生成式人工智能有望革新 IP 转化的方式乃至整个影视制作的工艺流程。在之后的研究中，本书中的一些数据和观点需要不断地检验、修正和重构。但是，艺术与想象的力量是不变的。从人类幼年时期的神话、传说、诗歌、绘画，到数字时代的漫画、剧集、电影乃至电子游戏，一个个虚构的人物就像在这个宇宙中真正生活过一般，在人类的精神世界中留下浓墨重彩，也必然为相关题材的影像创作注入持久的生命力。